作家精选
必读的精品散文
策划

春天的自行车

沙 爽◎著

在这个春天，自行车比往昔更接近一个寓言。两只暗中指向时间的轮子：上帝和现代科技并没有赋予它们向后转动的权力……

知识出版社

图书在版编目(CIP)数据

春天的自行车/沙爽著. —北京:知识出版社,
2011.9

ISBN 978 - 7 - 5015 - 6275 - 6

Ⅰ.①春… Ⅱ.①沙… Ⅲ.①散文集—中国—当代
Ⅳ.①I267

中国版本图书馆 CIP 数据核字(2011)第 179086 号

策　　划　刘　嘉
策划编辑　马　强
责任编辑　张　磬
责任印制　李宝丰
封面设计　晴晨工作室

知识出版社出版发行
地　　址　北京市西城区阜成门北大街 17 号
邮政编码　100037
电　　话　010 - 88390732
网　　址　http://www.ecph.com.cn
印 刷 厂　三河市兴达印务有限公司
开　　本　1/16
印　　张　14
字　　数　180 千字
印　　次　2011 年 10 月第 1 版　2024 年 6 月第 3 次印刷

ISBN 978 - 7 - 5015 - 6275 - 6　定价:58.00 元

目　录

第一辑　鸟　语

鸟　语 …………………………………………………… 3

童年的多米诺 ……………………………………………… 7

镜子里的时光 ……………………………………………… 14

两只猫的忘年交 …………………………………………… 19

杨,或者槐 ………………………………………………… 23

雪　国 …………………………………………………… 29

两个人的地震 ……………………………………………… 36

过去时态的雪 ……………………………………………… 40

鸟的事情 ………………………………………………… 44

海虹时间 ………………………………………………… 46

第二辑　逆时光

逆时光 …………………………………………………… 57

两个女人的编年史 ………………………………………… 64

春天的自行车 ……………………………………………… 72

时间背后的事件 …………………………………………… 78

夜行车 …………………………………………………… 81

手　语 …………………………………………………… 87

田野,有时是用来痛的 …………………………………… 93

童话背后的脸 ……………………………………………… 99

生命的衬里 ……………………………………………… 102

42天：足不出户的旅程 ·························· 105

在与火箭相反的方向 ·························· 108

第三辑　碎　香

盛　开 ·· 115

醉蝴蝶 ·· 117

初　见 ·· 119

五月八月 ·· 122

电生活 ·· 125

闪　电 ·· 127

算术题 ·· 129

天神不需要眼睛 ···································· 131

满江红 ·· 133

参　差 ·· 136

琉璃脆 ·· 138

浥轻尘 ·· 140

一根电线杆歪了 ···································· 142

第四辑　风乍起

温泉小镇 ·· 147

在怀玉山，怀想一个词 ·························· 153

倾　斜 ·· 156

测试题 ·· 161

那幽深的、神秘的洞穴 ·························· 166

河　流 ·· 170

水泵站 ·· 176

缺　口 ·· 183

时光飘落在葡萄园上空 ························ 197

纸上的建筑 ·· 205

风乍起 ·· 213

第一辑
鸟　语

鸟　语

外贸成衣店门前的阳光很暖，有两只鸟在晒太阳。是一对虎皮鹦鹉，弯喙橘红，羽衣鲜丽。看到我走近，它们开始在笼子里跳来跳去，发出一串金属般明亮的声音。我认真地听了好一会儿，确信这种语言比我想象的还要艰深。对待任何一种外语或少数民族语言，我们通常在词不达意的情况下使用"音译"。但是汉字中间显然没有虎皮鹦鹉们反复咏唱的这几个字。我设想它们在说：

"瞧！又来了一个人，想淘便宜货！"

"这人好像不太对劲耶，她干吗站这儿？"

"就是就是，还把我们的日光浴打断了！"

我往旁边让了让，阳光重新铺满鸟们简洁的一居室。西墙边放着多半桶新鲜的小米，东北角的水缸清澈地满着。如果没有太多奢望的话，这样的生活几乎算得上完美无缺。何况，还有爱情相伴左右，还有冬天的阳光不离不弃。

几年前，热爱八卦的女友给我出过一道心理测试题：春天的花；夏天的西瓜；秋天的月亮；冬天的太阳。四种事物按其美好的程度进行排序。被我毫不犹豫地排在第一位的冬日阳光，始终悬挂在年末岁初，照耀着我生活中不折不扣的现实主义。在周末的上午，我尽可能坐在向南的窗前，膝上万分惬意地摊开一本书。阳光很快地从我的身上移往东墙，在那里印下 3 个平行四边形的白亮影像。为什么是 3 个而不是两个？我停下阅读为这个物理问题研究了半晌。第二天，阳光重新回到我膝上，让我为失而复得的幸福满怀惊喜。

现在，我很想听清鸟儿们的见解，关于阳光和生活，它们的想法是不是与我相似？我已经很久没有听见有关阳光问题的讨论了。同事们在探讨经济危机、转制、工资、失业率以及陈水扁绝食；朋友们在议论发表、出版、专栏、稿费和签约；我妈在说我的刚满18个月的小侄儿的学习问题，以及我弟弟的证件和我爸的手机；我儿子徐鉴涵说的是捐款、考卷费、肯德基优惠券和小狗嘟嘟的交际圈问题。虎皮鹦鹉会说起这些吗？它们的嗓子眼里似乎藏着一只钢质滚珠，每说出一个字，滚珠就向不同的方向骨碌碌转动。这个被说出来的字因而质地脆薄而坚硬，仿佛掷地有声。这样的交谈中含有大量的感叹句式，适宜夸张和抒情，而不宜于进行琐碎的生活描述。

　　我向它们伸出一只手。这个动作是下意识的——见到自己喜爱的东西，人的本能就是伸出手去。索要，争夺，赢取，抑或只是短暂的抚摸。我的手指触到了鸟笼的栏杆，它停顿下来。这是我和两只鸟之间的区别，一个在笼外，一个在笼里。但是鹦鹉们并没有我这样多的心思和顾虑，它们距离我最近的那一只，当即张开小小的喙，轻轻地在我的指尖上啄了几啄，另外的一只马上也加入进来。从家里出来之前，我往手腕上涂了一点儿迪奥"毒药"香水，指尖上因此也沾染了香气。但是香水的概念是一种虚无主义，它不可能代替清水和馨香的小米。两只鸟对我的手指很快失去了兴趣，最早与我亲近的那只（可能是雌鸟）用喙去啄另一只，阻止它与我亲热。

　　"你别价！你别价！"

　　"干吗呀?！许你啄就不许我啄？"

　　两只鸟嬉闹拌嘴，四瓣鸟喙像叠罗汉一样彼此交叠。我看见里面精巧的鸟舌，像两粒洁白的葵花籽仁儿。

　　去年夏天，在一个温泉小镇，我们下榻的宾馆大厅正门口出人意料地安置有一只鸟笼。这只鸟羽毛漆黑，圆眼晶亮而锐利，像古代巫师一样具有神秘气质。我正在暗自诧异，鸟忽然说话了：

　　"你好！"

　　是纯正的汉语普通话。我们呼啦啦围拢到它跟前。徐鉴涵试探着和它打招呼："你好！"

　　它很有礼貌："你好！"

原来八哥是这个样子的啊！我又长了点儿见识。

我的同事亚贤命令它："快对我说'你好'！"

八哥侧头看她一眼，隐有责备之意。

亚贤很没面子，数落它说："你看你这只鸟，让你说话你偏不说话！"

八哥显然开始生气，别过头去不肯理她。

亚贤起身走开。徐鉴涵再次问候八哥："你好！"

"你好！"

亚贤回头，在几米远外狠狠向八哥丢去一颗白眼。八哥假装没看见。

"我叫徐鉴涵，你叫什么名字？"

"你说啥？你说啥？"

从小镇回来，我和徐鉴涵一直在想念这只八哥。听我们翻来覆去把一只鸟热议了好几天，先生说："要不，我去花鸟市场买一只回来吧？"

我马上说了一连串的"不"，惟恐态度不够坚决，他会真的心血来潮买回一只八哥。我没有信心承担另一个生命的重量，何况，还是一种能够使用和模仿人类语言的鸟。在我看来，这样的鸟已经不只是鸟了，它停留在地面上，与人类对话，而不远远飞走。它的灵魂至少有人类的一半那样重。

不知从什么时候起，单位的院子里挂出来几只鸟笼。在一般的机关里，这简直是不可想象的事情。养花弄草是美化环境，但是养鸟，多少有点儿某某主义作风。或许是传达室的师傅认为，像我们这样的单位，本来就没有太多的政治性；来来往往的大多是艺术家，鸟的啁啾对提升创作灵感大有益处。领导们也默许几只鸟就此加入我们的大家庭。它们是：两只画眉（都是雄性，分别居住在两只鸟笼里）；一只虎皮鹦鹉；另外的一只我至今叫不出名和姓。

这天下午，我们聚集在会议室里开会。会议内容比较严肃。我在会议桌下悄悄翻开纳博科夫的《透明》，领导开始讲述整件事情的来龙去脉。

原来，同事A（某部门主任）带队去参加省上级部门组织的表演比赛活动，评选结果宣布，多数人认为评奖不公，以A为代表的几个人便去找组织部门的领导反映情况。双方意见无法统一，以致发生了冲突和争执。

此事影响极其恶劣，省上级部门因此要求对带头闹事的 A 进行严肃处理和教育，同时对我们单位实行通报批评。

领导们说明情况后，A 开始他的长篇检讨。某些事物原本具有透明性质，但是我们必须保持自我的不透明性。也就是说，既要有向内的透明（出众的智慧和玲珑心肝），又要有向外的不透明（深邃的水域和情绪节制），并把诸如此类的准则贯彻终生。我们要相信领导部门的权威和公正，并以此规范好优雅的礼仪和言行。总而言之，主人公（或者 A）都必须在事件中尽可能控制好表情和语速，严禁笑场，避免不和谐音从自己身上诞生。

鸟在会议室外面忽然叫了几声。

作为旁观者和听众，在被领导点名叫到之前，鸟应该保持沉默。对于这一点，鸟显然没有弄懂。

但是，我疑心它们其实在说：

"真无趣！一个破会开了这么半天！"

"就是就是，就是说给别人听，做给别人看！"

"做一个人是多么苦恼呵！"

我记起传说中两个听懂了鸟语的人。在童年时代，我们相信这罕见的幸运来自对善良的回赠。而问题是，因为这额外的倾听，两个故事的主人公无一例外地招致了灾祸。在成人世界当中，传说内部的深意其实隐晦而曲折。关于鸟语者的故事，我们可以作出如下理解：

［理解一］ 一个人一旦了解到超出他自身能力以外的秘密，是可能带来危险的。因为一切秘密都带有危险气息；

［理解二］故事中的人类实质上充当了秘密的窃听者，而窃听是一种不道德行为，无论窃听用具是一根羽毛还是高科技产品，都应该受到惩罚和谴责；

［理解三］一旦行径暴露，窃听者很可能会变成一块石头，或者遭遇逮捕和监禁——在本质上，这两种结局是同一个意思。

［综合结论］鸟语中隐藏有造物的秘密，即使是精通英汉两种语言的鹦鹉或八哥，也不肯把这秘密翻译给人类——因为，有些东西，比如骄傲和掩体，永远不可以破碎。

童年的多米诺

　　每天下午的最后一堂课，在 T 的感觉中短暂无比。夹杂在一群神不守舍归心似箭的孩子们中间，T 知道自己注定是一个形单影只的异类。身后的悬崖正在张开它幽深的大嘴，而她置身的时间：一小片荒芜的坡地，陡峭，光滑，没有一根草可以阻挡她向着身后的深渊一路跌下。幼稚的自尊心则像一小截紧闭的喉咙，坚决不肯出声呼救。这时候，放学铃声宛如一组噩梦的开头，她努力延长整理书包的时间，尽可能在噩梦和悬崖边上磨磨蹭蹭。但校门口的踞伏者永远比她更富有毅力和耐心，像一只喜欢炫技的食肉动物；而她，一个小个子的二年级女生，天生的胆怯和柔弱，被目光犀利的掠食者准确挑中。整整一个月，剽悍的高年级女生撵着 T 一路追打，让童年的噩梦低低呻吟着无法自拔。

　　后来，还是母亲的出场，把她从隐忍不发的尖叫中打捞出来。但是，被欺侮的命运仿佛如影随形，在整个童年时代紧紧纠缠住她。像母亲随时可能炸响的斥骂，像父亲周身缭绕不去的酒气和通红的眼睛……在这些有关童年的一团乱麻中间，她终于一点点捋清了一个头绪：那些理直气壮地欺侮她的孩子，不只是在外形上强壮有力，他们还具备让自己高人一等的厉害魔法。那是些她怎么也追赶不及的东西，自童年开始，"钱"的概念就一点点压倒了其他，占据了她人生目标的重要位置。

　　听好友如此这般地讲述她的童年，我不禁大吃一惊。当我试图复述出这段故事，在电脑键盘上的 26 个字母之中，我最终选择了"T"。在我看来，这个字母的外形和气质，与我好友小时候的样子相对接近。它是这样的小心翼翼，手和脚都尽可能放得规规矩矩。然而它大脑里那么多想法实在无处隐藏，它硕大的头部因为过多的想法而过分沉重，使整个童年在一个细瘦的身体上危险地摇摇晃晃。

这使我暗自庆幸（尽管这样有点儿可耻）。我庆幸的是我小时候没有遭遇这么多花样。虽然 8 岁之前我置身的环境和 T 差不多，同样在乡村生活里淘洗和打磨；但是在我的记忆里，除了老爷家大我半岁的小叔，并没有其他人明目张胆地对我实施攻击。小叔的掠夺也主要体现在物质上面，他两手空空，因此嫉妒我手中层出不穷的饼干和糖果。而这么多年来，我始终没有培养起对世界的严谨防范，手中的白面糖饼被人觊觎良久仍全无察觉。也许在我看来，白面糖饼并算不上什么值得觊觎之物——如果它出现在别人手中，我没有任何理由出手抢夺。这样一来，事态的发展远远超出了我的估算。我吃惊地低头打量着自己蓦然空旷下来的两只手：刚才究竟发生了什么？在此后很长的一段时间里，不是一张突然失去的白面糖饼，是比糖饼远为复杂的什么，让我在乡村里的游走神情恍惚迷惑不解。

小叔对我其实怀有些微忌惮，这忌惮来自时不时出现在我身旁的三哥。再往远处看，还有三哥的哥哥二胖和大柱子。只是那时候我还没有弄明白这个复杂的人生数列。我抽抽噎噎，额头上火辣辣的，正在酝酿着鼓起一个包；我回家去找我爷爷。但是我爷爷有什么办法呢？自从我家翻盖新房的那一年，老爷家就彻底与我家恩断义绝，老死不相往来。具体是因为什么，我至今也没能弄明白。可以肯定的是，我爷爷不可能为我去找老爷理论，即使理论，他也全无胜算。我爷爷也不可能为一张白面糖饼去找我大爷爷诉苦。虽然我大爷爷一家因为人多势众足以与我老爷家抗衡，两家之间仍旧保持着礼貌和走动，但是我温和淳厚的大爷爷除了唉声叹气，同样想不出什么法子来约束他弟弟的 3 个儿子。也就是说，我唯一的办法，就是远远绕开小叔日常出没的地点，像我成年后主动绕开某些人连同他们的私人地盘。

每个人都是有疆界的，成人之后我越发懂得这一点。双方的领地相互重合的部分，我理解为燃起战火的潜在祸根。与一位谦谦君子为邻是一件多么幸运的事：你对这个世界的信任在一个人的美德中获得了回赠和首肯。然而多数时候，对方要么划地为界，保持两个凡人之间冷淡的壁垒和对立；要么精于算计，一定要把公共占有的部分划入自己的私人疆域。遇到这样的对手——使用这个称谓实在是我自己在抬举自己，因为实际上，我全然不知该如何与人为敌——我识趣地退下一步；一步不够，再加上两步三步。这样，我就退回到我自己的坐标系里。有的人生下来就具备某种扩张意识，有的人却只勉强学会了抵御。我像那个谨小慎微的沙和尚，无论白骨精在眼前变出多少种花样，我都要坚决守护住我小小的、安全的圆。所谓画地为牢，我和昔日的卷帘大将同样擅长这招。我退让的姿态也说明我尚有余裕，而一旦到了山穷水尽的地步，我也会变成一枚格外坚硬的榛子。甚至嚓嚓嚓，从棉花里面亮出一大把锋利的荆棘。

现在想来，在这件事上，我居然从未想到可以向三哥求援，这多少有点让人意外。或者那时候我已经隐约明白：每一个事件的后面，都隐藏着一副源远流长的多米诺骨牌。而糖饼事件的骨牌效应是这样的：假如三哥真的前去替我教训了小叔，小叔回家请出他的二哥，那么三哥双拳难敌四手，势必又牵连进二胖哥赶来敌忾同仇。而三哥的父亲即我郑二大爷，一个老实巴交的庄稼人，对打架斗殴这类赖叽事深恶痛绝。三个儿子是他在自家院子里种下的 3 棵小树，无论采取什么方式，他都有办法把他们修理得笔管条直。这样一来，我可能在背地里被二胖哥称作害人精；至少，因为我的一张白面糖饼，三哥的记忆里会滞留下一块比饼的面积大出两倍的疼痛阴影。或许直到若干年后，他想起我，身体的某个部位仍会不由自主地牵连起一阵疼痛。而我是多么不情愿化身为一朵阴云，投影进他人的脑海和记忆。我无师自通地绕开了我的小叔，从这件事开始，我被迫学会大事化小小事化无。

毕业那年我回乡看望大爷爷，正巧有人来他家里串门。尽管有点儿迟疑，我还是根据猜测和记忆叫了一声"小叔"，弄得小叔很不好意思。过了这么多年，我的脑门早就淡忘了他在上面敲出的那几颗凿栗；但是我忽然意识到，即使在今天，小叔仍然比我更具备某种体力优势。只不过体力在成年后已经变成了生存的次要素质——迟早有一些东西，会在未来扭转它本来的尴尬局势。

如果抛开小叔带来的微弱不快，我的童年整体上温暖而明媚，祖父母的宠爱让我无忧无虑，还有高出伙伴们多倍的零花钱。我也学着那些大孩子的样子上山去拾柴火，在刚过立春的小雪天里冻得双手通红。我爷爷一边替我焐手焐脚，一边从炕沿上探出半个身子问正在厨房里烧火的我奶奶："我孙女拾了多少柴火回来？"我奶奶说："足够给你炒盘鸡蛋的了！"我爷爷一听，高兴得一个劲地夸奖我能干。这一天的炒鸡蛋因此变得格外香甜。

长大以后我才发现，早年的拾柴火活动留下了严重的后遗症。我的从不知柴火为何物的小妹，与我的城市同窗潘琦一样，以一双纤纤玉手作为城市女孩骄傲的通行证。与她们相比，我的手是唐诗里享有盛名的"红酥手"——已经有学者经过反复研究，证明"红酥手"就是红烧猪蹄。弄清楚这个典故的时候，我年近三十，已经有底气举着一双经过多年前的乡村寒风红烧过的蹄子开玩笑了。而在进入城市之前，我无知得全未觉察到我的手况有多么糟糕。现在，我还知道了"皴裂"这个词所代表的意思——中国画技法中要求崇山峻岭表现出的雄性姿态。皴裂的巉岩布满了山峰样粗粝的手心和手背。而在20世纪70年代，无论性别，一双皴裂的手才是乡村生活的正常姿态。但是到了城市里，这样的一双手就显出了它的风霜雨雪，也显出了它的孤单和古怪。我因此有理由严肃地对我奶奶说，我小时候也是吃过苦的。听了我的话，我奶奶"扑哧"一声，很不严肃地笑了起来。

实际上，因为我的祖父母，我幸运加幸福的童年没有为世界留下哪怕一小节励志文摘。我胸无大志的格局也自此无从更改。我不像我的好友T，在顽强的意志力支撑下，径直奔往成功以及成功背后的人民币与美元。

郑淑华老师是我在郑屯小学就读时的班主任。这个与我妈年龄相仿的年轻妇人，对我怀有某种喜爱和厌恶交织的复杂情绪。这是我后来才明白的。其实不只是郑老师，在我的整个学生时代，几乎每一位班主任都对我表现出令人迷惑的摇摆姿态。多年以后，这道深奥的谜题在我旷日持久的追想下终于得以真相大白。我是一个优等生（这一点毫无疑问），干部工作认真负责（那时候能否当上班干部多多少少与学习成绩挂钩），问题是一个好学生和好孩子是不应该有自己的想法的；即使有一点儿想法，也不应该表现得像我这样直接。唯有在一张没有脾气的白纸上面，大人们自天而降的教诲才能书写出足够完美的轮廓。而我与一张白纸显然相去甚远，我生来就带着固执己见的斑点和花纹，又时常在百鸟朝凤的热烈场合袖手旁观。我在长征小学的班主任王惜时老师对我妈表达了她对我的这一意见。她动用的成语是："冷眼旁观"。成人之后我明白了：这个成语构成了对凤凰和其他鸟类的严重伤害。生活的旁观者已经不受大众欢迎，何况这个旁观者使用的居然还是两颗不怀好意的"冷眼"。

我并且猜测，凤凰陛下在准备封爵的时候，首先想到的是它的近亲孔雀。王者的高贵有一部分来自臣属们作为陪衬的美——从这一点上来看，乌鸦势必很难进入大臣候选名单。在讲授《骄傲的孔雀》这一课时，郑淑华老师代替孔雀朗诵了一句台词："丑喜鹊，你笑什么!"郑老师随之还原成郑老师，为这句台词作出注解："可见，喜鹊是很丑的。"说到这里，老师忽然意识到什么，飞快地向我投来一瞥。直到许多年后，郑老师的这一瞥穿越岁月风尘，在我心里投下了一道温暖的、滋味复杂的电波。而在若干年前，我蒙昧未开，对老师同情怜惜的眼神无从领略。直到进入青春期以后，我才明白我的外表远非资质平常的喜鹊可比，深受同情的乌鸦才是我的同类。而任何事物都有让人始料未及的一面：当一个人意识到自身的丑陋，反而会对"美"无限神往和执意追随。

在郑屯小学校一年级一班，我的职务是"卫生委员"。到了城市里的长征小学，我变成了"组织委员"。无论头衔如何，我实际上都缺乏我的同班同学潘琦那样的领导风范。可是老师们很快发现了我的优点：我极具耐心并对所有同学一视同仁（也许在老师们看来，这后一条尤其显出特别）。我被安排去给差生们补课。接受我辅导的第一个同学，就是三哥。我把三哥辅导成了全班第一名，我自己则屈居第二。所以三哥得到的奖励是一支价值两元多的包尖钢笔，而我的那支钢笔裸露着难看的巨大笔尖，只值 7 角钱。这件事让我不知该高兴还是难过。我对裸尖钢笔们的成见也由此保留至今。听说我要离开郑屯到城市的父母身边生活，三哥黯然神伤："你这一走，我学习又要完了。"一语成谶，三哥最终连初中也未能考取，只得回家务农。这个结果让我深深自责。

王惜时老师说她的名字是她自己改过来的。她教导我们，一个人必须从小就珍惜时间，长大后才能出人头地。我猜，惜时老师当时就已经看出来了，潘琦长大后远比我有出息得多。所以潘琦从来不会被安排去给任何同学补课，好像补课不是学习委员而是组织委员的活。听说潘琦大学毕业后果真留在了省城；不像我，只能在巴掌大的小城里庸庸碌碌地了此一生。老师们一个个火眼金睛阅人无数，看什么事情都入木三分。一个团体要提高它的平均水准，势必需要有人做出牺牲。而和平年代的牺牲最好在暗中进行——当牺牲者心存懵懂，并不了解自己就是牺牲，这样的结局再好不过。

惜时老师起初安排我辅导两个男生。所谓辅导，就是在每天放学后寸步不离地守住他们，先写作业，不会做的地方随时讲解；写完作业陪着他们做游戏，以防止他们到马路上惹是生非。这是两个淘气异常的小个子男生，在我的记忆里险些混淆成一对孪生兄弟。他们最热爱的经典节目，就是施展壁虎奇功，沿着楼洞口的铁门一直爬到二楼的窗台上去。这幢临街的三层住宅楼当时就已经不够新了，想不到过了将近 30 年，至今仍奇迹般挺立在原地。偶尔从下面经过，我都会忍不住朝那个黑洞洞的楼口看看。我依稀看得见自己的当年：站在楼下紧张地仰着一张脸，嘴巴张得很大，可以一直看到里面两颗鲜红的扁桃腺。

到了下一个学期，我被安排去给一个女生补课。这个女生被全班同学鄙视，大家背地里叫她"女流氓"，说她有很多地痞朋友。这传说让她显出了与众不同的神气。学校规定不许染红指甲，这类校规落在她身上就自动失效。不仅如此，她手背上的四个指窝里也用红色圆珠笔涂上鲜艳的圆点，看上去充满神秘且意义未知。但是除了这些，我觉得她没有什么反常的。辅导进行到第三天，她很得意地告诉我，这之前老师分派给她补课的两个同学，都被她气跑了。老师没办法，就让她在班干部和小组长中间选择一个，她于是点名要了我。"你和她们不一样！"至于哪里"不一样"，她没有往下说。后来我又被安排去给其他同学补课，她在上学路上远远地看到我，大声呼唤着我的名字，兴冲冲地奔过来抱住我的一条胳膊，问我头天晚上看没看《赛虎》？紧接着，她像发现新大陆一样兴高采烈地叫起来："哎呀！你的名字叫着很像《红象》里那个'岩甩'耶！"为这个重大发现，她高声大嗓地一路说到了校门口，惹得同学们纷纷侧目。我心里有点儿不以为然（我不喜欢那个自私软弱的岩甩），却不好意思对她说出来。

至此我恍然大悟，为什么我和 T 长得同样瘦弱矮小却不曾被同学欺负——在我身后，站着参差起伏的广大"差生"。而在"差生"与"差生"之间，有什么东西让他们结合得远比"好学生"们更为紧密——那是弱势者与弱势者之间的默契与善意。在校外遇到我，他们亲热地向我眨一眨眼睛，或者侧身为我让开道路。他们对我的友善和敬意让我在很长时间里不明所以。现在想来，这是一群聪明睿智远在我之上的花季少年，他们小小的心里明镜一样映出了我的脸，我发育欠缺的骨骼，连同我自以为隐秘的心思。他们甚至比我更清楚地知道我是谁：我和他们被老师归类在一个同类项里；只不过，我的胸前假装兮兮地戴了一个"三好学生"的标记。

许多年后，一副色彩斑斓的多米诺骨牌蜿蜒坍塌到我的脚边。这只藏匿了预言的蛇，它从开始的一刻就以隐喻的方式道出了我的一切。我果然变成了我注定要成为的那个人，单纯又复杂，明朗又阴郁，所有矛盾的双方叠加而成的一个混合体。我的身体里藏进了两个人，他们日夜不休的争论满含歧义。从星相上来说，这是变幻无常的双子星座，它左右我。它不好不坏，在主流和边缘之间反复摇摆。而我的好友 T，仍旧固执而顽强地，在想象中重建她完美幸福的童年。

镜子里的时光

晚间8点20分，002路末班车像一只大拉锁，由西到东拉过整个市区。过了兴隆超市，我的心脏部位忽然没来由地一疼。没等我想清楚是怎么回事，这疼痛已蔓延至五脏六腑。我把自己按定在临窗的座位上，等待这疼一点点平复。我没有说错，我置身的这辆车正是一只大拉锁，它身后的道路业已闭拢，我回不去了。我经历过的时间，刚刚发生的事件，它们像拉链上的两排牙齿紧紧啮合，使过往的一切如此严丝合缝、无从改写。史蒂芬·霍金说，这就是熵。这辆车，它开往时间箭头的方向。

这一天是农历九月初九，下班的时候，我到圣士西饼屋买了3盒礼品粘糕，径直打车去我母亲家里。多年实践证明，这是省时省力的最佳路线，公平合理的分配法则：一份粘糕给我父母，一份给我祖母，剩下的一份带回家送给婆婆。从我母亲家出来，向北26步，是我祖母家的大门。但让我意外的是，大姑也在。一秒钟的犹豫之后，我把一盒粘糕放在她和我祖母中间。

我姨奶，也就是我祖母的姐姐，生有3个女儿。我的这3位姑姑不仅相貌上相似得惊人，并且都有那么一点儿孩童气质，大姑尤其如此。我不知道这样好不好：3姐妹互为镜子，看得见自己不远处的过去和未来。潜在的、仿佛深海中的水藻一样迂回缠绕的血缘和基因浮现为如此简明的联系。而与此恰成对比的是，我们家姐弟3个，性格上固然全不相同，面貌上也是各自为政，这巨大的分歧同样令旁观者吃惊。不过他们很快找到了一个合并同类项的理由，说，我们姊弟3个神色间有一种比较接近的东西，看得出是源自同一个家庭的气息。

似乎只不过几年时间，大姑就从一个中年妇女变成了一个老人。头发白了，牙齿豁了，我在突然间目睹了这一切，忍不住满心惊异。那时候我祖父病重，大姑从大连赶来看望，陪护了整整一周。大姑说我祖父没有女儿，她来尽一点儿做女儿的孝道。当时我妹妹沙琳已经从香港赶回，负责周一到周五的白天看护工作；我父母轮流值夜；周五晚上到周日则由我护理。家里人手虽少，倒也井然有序。所以，听大姑这样一说，我和沙琳都深感意外，不禁相互看了一看，不知该如何应对。客套话显然不合时宜——大姑并没把自己当成外人。但对我和沙琳来说，由于没有任何血缘上的直线联系，"姨父"是一个礼貌的、疏淡的词汇，很难牵涉到"孝道"这样重大的话语体系。显然，大姑是和我们不一样的人，她从属于另外的族谱和血统，有着许多我们不具备的性情和品质。

我父亲是独子。也就是说，我既没有叔叔伯父，也没有姑姑。但是我祖母说，我其实是有过一个姑姑的，7岁上得伤寒死了。那时候我父亲尚在襁褓之中，他的记忆里大约不曾留下关于这个姐姐的任何印迹。从他有记忆开始，他就是一棵树上伸展出来的孤零零的一枝。这棵独臂的树，他的神态中有区别于一个热闹的大家庭时代的落落寡合的东西。我疑心，他会不会也和我一样，随着时光的流逝，越来越试图打捞那些被时光席卷而去的事物，越来越怀念他早夭的姐姐，我的姑姑。而随着我祖父母的日渐老迈，对这个姑姑的怀想日复一日地飘浮在我的脑海。如果她仍在，她膝下的子嗣，我的表哥表姐或表弟表妹们，虽然他们并不与我同属于一个姓氏，但在这样一个家族的浓荫之中，我和我父亲的投影将不会像现在这样孤立无援。作为我头顶的一小片天空，我的姑姑，她是我的缓冲地带，她使我祖父母的衰老和离去不会这样触目而锥心地径直抵达我的眼前。我一遍遍地想念她，60年前那个7岁的女孩，她置身于一个多寒冷的冬天？我的想象无法延伸得那样远，隔着整整一个甲子，我的想象丧失了细节上的虚构能力。我看不到她的脸。她的发丝。她葬在哪里？她是否和我小时候一个样子？诸如此类的疑问，我从未向祖母提及。我也疑心，在经历过漫长的苦难和生活的煎熬之后，我祖母的记忆也已无从拼凑这个夭折女儿的面容。

她曾经立体而完整，我的姑姑。即使她死去，留给我祖母的也是一张完整的拼图。但是时光会不断冲刷和吹拂掉一些东西，神态、话语、笑纹、肤色。今天丢掉了一根生动的眼睫毛，明天嘴角抿住的一小块地方失去了血色。时光越走越远，我祖母和我父亲越走越远，而我的姑姑，她停留在原地，在她7岁的那一年。她渐渐变成了一个点，直到我们再也无法把她望见。

我对她的想念从一句俗语开始。我想，如果60年前她不曾溃败于一场伤寒，那么，有没有可能，在此后的岁月里，她仍会被一波又一波涌来的苦难折断？作为女人，她拥有自然天成的优柔和敏感；而作为长女，她首先要背负起一个家庭的劳碌和清贫。这里面一定有什么比命运更深奥的隐喻，一个接一个的潜台词，奔涌在又深又暗的海底，直到我从中浮现出来。他们告诉我说，"养女随家姑"，姑姑的姑。当然，如果这句话起源的时日足够久远，也有可能，是翁姑的姑。我愿意相信是前一种。姑姑，她在你之前的二三十年，提供的对比和参照都不算太远。你一睁开眼睛，看到的就是她最鲜美的时段，水分充盈，腰肢柔软。她说话、走动、做事，她预演了你可能中的未来。如果你有足够的颖悟和聪慧，从很小的时候，你就可以开始擦洗掉自己身体上不尽如人意的部分，把语调放轻，调整笑容，勤于锻炼，塑造出长腿并修正小肚腩。也就是说，作为女孩，如果上苍送给你一个姑姑，这不只意味着送给你更多的亲吻、爱抚、赞美、礼物、压岁钱，更重要的，上苍希望你更趋完美。他送给你一个与你相貌仿佛的姑姑，送你臻于完美的机会。与你的老祖母不同，你一出生，她已经接近迟暮。她与你相隔有四五十年甚至更久远的光阴，这使你们之间相互重合的岁月显得如此短暂。从一开始，你就看到了她的老年，她身上雕刻的众多时代的印迹你无从索解，而你所看到的暮年生活，正在被时代不断篡改。

事实就是这样，上苍曾经给过我一个机会，一把伞，一小块天空，一片缓冲地带，但在我出生之前的若干年，他突然反悔，把这一切强行收回。我生来就看不见我自己，我是谁？我将要变成什么样子？我疑心重重，因为我没有镜子。我的母亲、弟弟、妹妹，他们与我全不相似，我要到哪里找到我自己的影子？

按我母亲的说法，我是那种典型的祖母的孙女、父亲的女儿。我的确沿袭了许多来自我父亲的基因，沉默，聪慧，易于满足，与万物之间保持高度默契的颖悟和灵性。我也像我祖母，很容易陷身于琐碎的生活内部，外表平和安稳，内心隐藏着至为坚硬的核。

在我父亲的少年时代，有一段时期，我祖父母和我姨爷姨奶一家生活在一起。因此我父亲很自然地把我姨奶家的二姑和老姑当成了自己的亲妹妹，而把大姑当成姐姐看待。但在我看来，这3个姑姑显然更多地承袭了她们的父亲的血统，从外表到性格，她们显现出另外的遗传和血液。当然这中间也有微妙的不同：大姑勤谨温厚，二姑木讷隐忍，老姑聪颖任性。上个世纪90年代之后，大姑和大姑父带着一双儿女迁居大连，二姑留在盘锦，老姑则在营口开发区购置下房产。年轻的时候，我不明白一家子骨肉何以分居地北天南，现在我知道了，生存自会让至亲的手足四下里离散。

大姑后来又变卖了大连市区内的房子，为我的志刚表弟买了一套新居；剩下的钱，大姑给自己在农村置下几间平房，外带一个大院子。房后有两棵大杏树，一棵甜仁的，一棵苦仁的。大姑对此非常满意，几乎逢人便说，那里的土地有多么多么的肥沃，种什么长什么，根本不用费力气。大姑养了一群鸡，几只鸭子，还有一对斑点狗。到了繁殖季节，斑点狗也由一对变成了一群，大姑因此更加操心和忙碌。几年前，大姑父去国外亲戚家的餐馆里当了两年厨师，是哪个国家我记不清了。这件事听起来很像一个传说，而不像真的发生过。大姑居住的村庄也很像传说中的某个地方，它到底在大连的哪个方位上，至今仍让我迷惑。在我的印象里，大连实在算得上是弹丸之地，怎么会有尚不通长途客运的边远山区？

每年夏末，我都会收到大姑辗转捎来的一袋杏核，大约有五六斤光景。熟透又晒干后的杏核非常坚硬，我把它们放在阳台的大理石窗台上，用一把钳子和一只钉锤上下夹击，当当当，当当当。巨大的噪音让我有点儿不好意思。但是噪音像大树一样，长出来就无法隐藏。两棵大杏树，一棵长甜仁儿，一棵长苦仁儿。四下里无人的时候，树上熟透了的杏子露水一样一颗颗地落下来，硕大而金黄。有几颗苦仁杏骨碌碌滚到了另一棵树下，大姑拾起它们再三端详。但是所有的杏儿都长得这样像，无论甜仁儿还是苦仁儿，谁也不肯把内心的甘苦写在脸上。所以我吃到的众多香喷喷的甜杏仁中间，偶尔会夹着一两粒苦仁儿，像美满的人生中间不时穿插进憾事。即使如此，一个人也应该对上苍感恩，像我感激大姑捎来的美味杏仁。我不知道一棵杏树每年能结出多少杏核，但我想象得出会有多少家亲戚共同分享它们：大连的娟表姐和志刚表弟；盘锦的二姑和她的一双儿女；营口开发区的老姑；以及大姑父家的直系亲属。如果不是大姑特意留出来，它们没有任何可能到达我这里。这个时候，我很容易把我想象中的姑姑和大姑混淆在一起。姑姑，就是这个词，它多么遥远，又如此近在咫尺。

我弟妹分娩的时候，我一直陪着我母亲守在产房门外。和我母亲的祈祷一样，我希望即将诞生的是一个女孩。因为按照那句俗语的后半部分，如果是男孩的话，很有可能，从性格到长相，他会与我远隔千里。我弟弟就是这样，从小就沿着我舅舅们的道路一路疯长。我但愿生下的是"她"，这世上唯一的一个人，与我同性且无比相像。我此生一面小小的镜子，照见我已经忘却了的时光。让我看见自己成长，让我为自己的另一个未来提供营养和修正的可能，让我在白发皤然的时候，发现另一个自己仍然矫捷而轻盈。

我的祈祷落空。小侄儿降临人世，只象征性地哭了一两声。多数时候，他吃饱睡足，对这个世界绽出心满意足的笑容。他不像我，我小时候是个软硬不吃的夜哭郎，嗓音嘹亮，远近闻名。不出几个月，我就耗尽了我母亲全部的宠爱和耐性。我祖父只好抱着我，一夜夜，在外屋地上来回走动。从一开始，我就像我的姑姑，我想要逃走，但是找不到借口。成年之后，我想到了一些事情，从此学会顺天应命。我抱着小侄儿，用食指一下一下点着自己的鼻子，告诉他："姑姑，姑姑，这是姑姑。"这一次，他扁起嘴巴，眼睛眯成一条缝，绽开一个与我的周岁照片上一模一样的天使笑容。

两只猫的忘年交

此刻，当我开始回想这只黄猫的名字，才发现原来我一直在叫它"咪咪"——这是猫界使用率最高的一个名字，相当于婴幼儿们通用的"宝宝"。这两个由相同的字组成的叠音词很像一对孪生子，混淆了小孩和小孩，也混淆了猫和猫。在我家生活过的猫有许多只，但如此漫不经心地被叫做"咪咪"的，似乎再无它例。由此可见其饱受轻视。这实在要怪它自己：它脾气太好了。在这个世界上，会闹的孩子有奶吃，迄今为止还是真理之一。反过来说，一只温柔恭俭让的猫，像早年的多子女家庭中某个沉静懂事的女孩儿，总是让全家人轻易忽略她的想法和意志。

但"咪咪"乃一只男猫。它来到我家的时候，已经八九个月大，相当于人类八九岁的年纪。这也是我们全家人与它感情疏离的原因之一。众所周知，与某人建立起最深切的情谊应从他的婴儿期开始——只有在这个时期，他对你的依赖和信任才会最真实和彻底，在全无心机和自主能力的情形下，他不可能尝试拒绝你的呵护和怜惜。你对他的爱怜也由此蓬勃生长，像发育良好的一棵树苗。如果没有大的意外，时光会按部就班地层层加深枝叶间重叠的情意。但是这个已经八九岁的男孩子，我是说，这只即将踏入少年时代的猫，它对这个世界已经具备了怀疑的能力。它甚至可能早已学会了伪装和虚饰，这才是最致命的。所以，从一开始，我们全家就对能否养熟它缺乏信心。我们时刻小心翼翼，对门户格外留意，生怕它从窗子或门缝中溜走，就此一去不回。这是一种防备外人的心理，但是这个外人时刻就在身畔，因而尤其累心。

我回家，听我妈说她怎样不由分说从我马姨家"抢"回了这只猫，再瞥一眼它伏在一旁低眉敛目的模样，险些要笑出声来。我有两年未见到马姨了，但一看见这猫，我就知道马姨的脾气没有丝毫改变。如果投生为人，我想这猫一定和我 10 年前见过的小刚弟一般模样，面色白皙，身材瘦削，穿米色长裤和雪白衬衣，非常非常的干净，非常非常的规矩，非常非常的有礼貌，总之非常非常符合马姨的家教。马姨退休前是我妈厂里的车间主任，管着 200 多号泼辣赖皮精通花言巧语兼各色古怪社会关系的繁杂人等，不厉害一点儿还成?!

　　这样的开篇有点儿冗长，但两只猫中的另一只——后来被我们称作警长的——尚未在猫世正式登场。独角戏暂且由黄猫咪咪担纲。它悄无声息地在四下里秀来秀去，在短短的日子里与我家的三居室及小院亲密地融为一体。这是一只随遇而安的猫，慢条斯理，不为物喜。我爸经多日明察暗访，对此绅士猫暗暗心许，遂将之引为知交，每夜共榻同眠。——人类向以此举表达对某人或某物的喜爱和信赖，从皇帝到吾辈莫不如此。这样美好的日子终究短暂，咪咪失宠的时刻日渐迫近，只是它自己浑然无知。

　　按我爸事后的叙述，咪咪当夜的表现实在令猫界颜面尽失。我家之所以一直保持有养猫的传统，注重的是其实用功能，而宠物功能倒居其次。因此，咪咪在此番与鼠辈遭逢中的表现，让我们全家大失所望，进而心生鄙视。在我们人类的卡通片里，猫通常身着警服出场；但是假如警察一见小偷即毛发直竖夺路而逃，被上司（我爸）阻拦后一头钻进了沙发底下，筛糠一样乱抖，如此威风扫地，理应开除警籍，以渎职论处。我家就此召开案情会议，我爸面有怒意，我妈啼笑皆非。我个人认为，咪咪（我差一点儿说成了小刚弟弟）从出生至今，一直在我马姨家洁净谨严的小楼里待着，从未有与老鼠相见的机会，也从未受过此项教育。所以它不认识老鼠，以为怪物，原在情理之中。（我弟插话说，听说黄色的猫都不会捕鼠，看来是真的?）

　　隔不多日，小小一只黑猫莅临我家，它尚未满月，腿骨还是软的。大约一小时前，它含着妈妈的奶头睡着了，醒来，奶头不见了，它就四腿绊着蒜找，撞东撞西。它可能在哭，但我们无法知道。咪咪远远看着，后来慢慢走过去，两只猫，一个少年，一个婴儿，它们怎么交谈？但是少年把婴儿领到了自己的饭盆边上，看它吃饭、喝水，然后帮它收拾卫生——从头到脚地舔干净。我们全家看着这两只猫，在短短的时间里相亲相爱、默契无间，简直目瞪口呆。

小黑也是一只男猫，黑身白爪，像黑猫警长戴着白手套。我这样一说，我爸就改口叫"警长"了。"警长"还太小，对世界完全陌生，甚至不会开口表达。我妈因此担心它是个哑巴。半个月后，它开口叫了一声，吓了我一跳，不是"喵——"，是近似元音之类，既轻且短，像小鸡什么的咳嗽一下。但是它毕竟会叫了，这应该是咪咪的功劳。它一改斯文常态，带着警长满屋乱窜，练习跑步和跳高跳远。在我，还是第一次有幸目睹猫界严格意义上的成长训练。咪咪两三下跳到大衣柜顶上，探头望警长，喊。警长目测各落脚点间的距离，犹豫，胆怯，低了头小声呜咽。咪咪复下来，两只猫继续做田径比赛。彼时我爸正躺在床上看电视，咪咪嗖地从他头上跳了过去；警长紧随其后，但功力不济，中途须在我爸鼻梁上借一下力——其实借一下力本没什么，问题是它尖利的趾爪还未能伸缩自如——我爸起身临镜，脸上新添血痕数道，险些伤及眼目。更糟糕的是近日出门无法对邻居及同事作出解释，我爸一念及此，大怒："咄！"咪咪知道闯了祸，带了警长欲上床安抚，遭我爸激烈拒绝。两只猫蹲在床前，一递一声地表达歉意，请求我爸谅解。我妈在一旁笑得前仰后合。我爸绷不住，神色渐缓，但罚它们几日内不准上床，睡沙发。

我发现咪咪把警长惯得有点儿不像话。比如刚开始，它让警长睡在它身上，这天然的毛皮褥子，想必既暄且暖，让警长睡得香甜无比。后来警长日渐胖大，还是这样睡法，我替咪咪抱屈，但它自己不以为意。两只猫一直合用一只饭盆，咪咪每次都让警长先吃，从此成了惯例。两只猫，都是男的，我始终弄不懂它们之间的情谊。兄弟？父子？人间的疑问如此之多，而两只猫怀揣奥秘，对我们永不说破。

咪咪的傻气不只这样多。它算得勤勉，每天把警长收拾得溜光水滑，对自身的卫生则日渐潦草，很像一些女人生下孩子后荒芜了自己的外表。有一天，我仔细看它的脸，忽然觉出异样。以我的经验，猫的鼻头多为粉白，黑色的相当少见。我伸手摸了摸，再细看，不禁大笑。这个咪咪，洗脸的时候把最重要的地方忘了。米饭的黏液和灰尘已经结成了硬壳，我用棉签醮了水，慢慢地帮它剥下来。过了一个月，我再看，它白鼻尖上又结一层脏。它可真是有忘我精神，忘了自己正值青春年少，保持清新整洁其实大有必要。

仿佛在须臾之间，警长也长成翩翩少年。它有很"酷"的外形，沉默里隐藏深远的温情。只是在咪咪面前，它偶尔还要故意霸道和任性，是一个孩童自知被宠而表现的无赖和骄纵。我觉得咪咪是一只难得的绅士猫，重情重义，温和礼让，即使不捉老鼠又有何妨？我推开警长，让咪咪多吃一块猪肝，警长就在一旁"哈——"表示生气。反之，咪咪反应淡定，确是谦谦君子，于饮食并不挂心。让人意外的是，它们从不携手同游，它和它，两个独行侠，（为什么如此？）出大门即分道扬镳，或者一个出游，一个守家。（猫和猫之间的默契和约定依照什么法律？）出游的那个回来，在家的这个碎步迎上，先贴右脸，再贴左脸。（西方文明的礼节有无可能乃从猫界模仿而来？）

前几天，我看余华的《兄弟》，看到最后，泪水哗哗地糊了一脸。谁说异姓兄弟亲不过手足？水浓到深处，比天生的骨血更情深意重。咪咪被我妈送人之后，警长神色忧戚，在门旁守候多日，不住地轻声呼唤。它以为兄长（或者好友？）还会回来，它不知道，它们之间，已经隔了一条那么深广的大河，远比命运宽阔。

杨，或者槐

场景：杨

杨是我母亲的姓氏。但是有关乡村的记忆中，她并不在我的四周。然而她给我留下了尽一切努力进入城市的正确教诲。她追随这话语去了城里，我父亲先她一步。我只有四五岁，已经懂得了这样多，多得就要胀破了我。我长到六岁，一开口就说到"考大学"，紧跟其后是滂沱的热泪。

杨就站在墙外看我。我在墙边喂我的黄狗。狗吃食的时候，我伸手爱抚它的脊背。黄狗忽然翻脸，回头在我肚子上咬了一口。杨在墙外哗的大叫一声。祖父操起一把铁锹冲过来，我一边哭，一边张开双臂护住黄狗。从我有记忆开始，杨就站得那样高，它看见了我家院子里的每件事情。黄鼠狼来我家偷鸡的时候，它一定也看到了，吓得瑟瑟发抖。因为早晨起来，院里院外，有许多叶子在地上乱走。我专挑那些叶柄粗壮的捡起来，和三哥他们比赛。两根叶柄交叉套在一起，同时朝着各自的方向用力，看谁的武器最锋利。这个游戏教会我从多个方面对某一事件做出判断。比如说，看起来最粗的那根，并不一定就是最结实的。它不能太绿，身体里的水分太多，也就还没能改掉做大树的孩子时养成的娇脾气。也不能太黄，黄到近褐，体内的水已经枯竭，叶柄就是脆的。也就是说，一个人最具韧性的光阴，不是青年也不是老年，而是他腰身充盈脸却开始脱水的中年时间。比如说，我父亲回乡省亲，自告奋勇帮我祖母提水，结果水桶离家门还有几米远呢，他的腰先扭了，不得不在炕上躺了好几天。那时候他才三十左右，惹得我祖母好一番心痛。而杨们也深以为异，几次把影子趴到窗上偷看，回头喊喊喳喳地议论了好多天。过了50岁，我父亲开始被腰脱考验，像孕妇一样双手托住后腰小心迈步。中间的这20年，他自己打了众多家具，帮别人家盖房子和做土地勘测，还拉了一个草台班子承包铝材工程，其中的一幢六层楼房，朝街的一面整个用玻璃幕墙，他自己身先士卒攀上爬下。我和小妹从楼下经过，忍不住大声惊叹。

这4棵大杨树，紧挨着我家的西山墙。它们的根须，一定早已纠缠进整栋房子的地基。我们全家出来进去，隔着泥土和石板，一根根踩着它们的脚趾。有一次，我听见祖父讲杨树历险记，是割资本主义尾巴的那一年，几个民兵举着锯，呼啦啦涌来我家墙外。祖父双手叉腰，挡在第一棵杨树跟前，一番慷慨陈词，抬出他贫农出身加解放前参加革命的老资本，抖起他年轻些的时候做民兵连长时的余威，软硬兼施，好歹赶走了伐木人。逃过此番劫数，杨树们终于与我相见恨晚。

每个夏天的黄昏，捉迷藏游戏像晒蔫的叶子得以重新舒展。众望所归，"家"的重要角色由大杨树充任。它这样高大、笔直、英俊，让一群乡村的孩子对成长和未来满怀信心。在它的眼皮底下，几个人围成一圈，一齐伸出手：剪刀石头布；石头剪刀布。嘿！弟弟又输了。但是他跑得飞快，并且每次都针对我大义灭亲。当我从藏身处逃出来，拼命向大杨树飞奔，他就紧紧咬在我身后，好几次差点儿抓住我的后衣襟。大杨树呀大杨树，我终于抱住了它粗壮的腰身，惊喜得难以置信。我听见三哥还在身后大呼："快追！快追！"弟弟却气得要哭出来："你干吗拽住我衣服?!"

这几棵杨树，用我祖母的话说，可不是一般的杨树。它们是钻天杨，依血统属杨树王国的皇室贵族。它们彬彬有礼，仪态优雅，一派君子风度。羽扇纶巾，说的是它们临风的时候。作为成长的关键词之一，速度有时决定了机遇。是钻天杨，抢先一步把最高处的风抓在了手里。它因此有资格不紧不慢，从下而上，把油亮的大叶子一个一个翻卷过来理顺。偶然的一次，我看见我前座张战斌同学的作文，说辽河公园的白杨像站岗的士兵。我想，是真像，那些白杨树冠硕大，河岸风猛，它们因此东张西望地摇摆不定，很像站在军分区大门两旁向着大街好奇张望的小兵。而我远远观察过田野里作为防风林的钻天杨，它们一齐把头转向一边，向左看，或向右看，立正，稍息。像训练有素的仪仗队员。

考上初中的那一年，我11岁，离捉迷藏和三哥业已遥远。13岁，我从《红楼梦》中得知，杨树的花原来叫做无事忙。我心里有点儿失望，仔细想想，又渐渐欢喜。这名字有趣又悠闲，好过"沙爽"。它们集体在空中打秋千的场面也蔚为壮观，属于短暂的忙里偷闲。只是每当此时总会来一场扫兴的雨，扫得落红满地。我始终弄不清它们是杨树的花还是种子。它们刚刚从两瓣绿萼间探出头来的时候，面颊红润，一定就是花了；过了两天，色泽变浓变黑，我就把它当成种子，偷偷埋进郑屯小学后边的空地里，这里的泥土松软湿润，我认为它会喜欢在这样的地方出人头地。我在旁边插进一小截树枝作为记号，每天课间避开众人眼目，溜过来反复巡视。我焦灼的等待多么漫长，春天就要离去，而我期待的一切还没有来得及真正开始。前几天，我看张锐锋的散文，他说："我们等待的事物，总是在我们等待的极限上出现。"我想起我早年种下的杨树籽，它们超越了这个极限。大约 10 天后，我终于忍不住刨开泥土，眼前的情景令我目瞪口呆。我把作为记号的树枝拔出来，仔细看了又看。在我自认为种有杨树籽的地下，除了湿润的泥土，我什么也没有发现。

闪念：槐

槐是我老舅的名字。杨槐，啧啧啧，村里人一听这名字，就知道我外祖父是个偏心眼。我大舅曰军，二舅曰营，我外祖父希望两个儿子志存高远，到军队的大熔炉里安营扎寨。只有这个老儿子，他想把他种植在身边。

在我认识的树木中，槐其实多数不成气候。我猜测这是因为它们的生长过于缓慢。尤其当它们和钻天杨站在同一个队列，视觉和心理上的落差制造的对比愈趋强烈。而在我家的围墙外边，4 棵大杨树之南，恰恰是矮小的槐，小心地站了一排。它们就像我，在操场上局促地排在高个子同学后面。正是出于这种对比，我至今想不起我的成长期。我甚至不能确信我真的长高过。我的海拔好像始终这样低，是群山包围着的多瘴盆地。谁都知道水往低处流，从 10 岁开始，我的性格由明朗滑向忧郁。因为高度受限，按照惯例，我除了旁逸斜出或横向发展，就只能把自己变成压缩饼干。很多时候就是这样，体积从相反的方向成就了密度。若干年后，我长得骨质瓷实、心思细密，和长得慢大约不无关系。

但我老舅并非如此。他身材颀长，面貌俊美，说明在长身体的清贫年代吸收了足够的营养和宠爱。从外表上看，他综合了我外祖父母的全部优点，而性格上则正好相反。我妈生下我弟弟的那一天，老舅12岁，一路飞跑着来看。我祖母每每提及小弟命运多舛，都将之归咎于老舅作为来访者最先挑开了我家堂屋的竹帘。按乡下的说法，婴孩的性情乃至长相，将与他降生后第一个前来探视的亲人密切相关。这种传说毫无道理，但我祖母经过多年观摩，对此深信不疑。

我祖父栽下这些槐树的时候，已经料到它们没有机会长成参天巨木，祖父给它们指派的任务，只是做我家与村路之间的一道绿色屏风。这可比加高院墙省力多了，也让防范和拒绝的表情不动声色。和我家隔墙相望的三爷家，石砌的院墙高不可攀，像三爷的怪脾气一样终年板着一张铁青的脸。但是也不会有人来爬我家的墙，这么多棵洋槐挤挤擦擦，在墙头上下交织成一张多刺的网，除非像我家的黑猫那般武功高强，闲杂人等委实缺乏以身试网的能力和胆量。成人后我才明白这样的姿态其实至关重要，在以郑、常两姓为主要姓氏的郑屯村，沙姓只有3家，而我家远非大爷和老爷家那样人丁兴旺。我父亲作为独生子，远在陌生的城市；即使偶尔回来，他也不具备威慑乡里的体魄或者官职。如此，祖父祖母带着我在崇尚体能的乡村生活，需要巧妙的智慧和妥协。而槐树自然天成的樊篱半遮半掩、不进不退。它既不迎迓，不拒绝，也不把人间的事情一语道破。

后来我还发现我家那只红翎大公鸡总是尽一切努力要飞上墙去，它在上面并不为母鸡们表演昂首阔步或放声歌唱，而是伸长脖颈在槐树枝间寻寻觅觅——多刺的槐树上寄生有一种不长刺的虫子，通体碧绿，长度可达七八厘米，像成年的蚕一样肉滚滚的，是我童年敢于伸手捕捉的少数几种虫子之一。我们叫它小老虎，语调里透着亲昵和得意——降伏一只不咬人的老虎，让它在手心里爬来爬去，城里人看了会两股战战，呵呵，这多么让人惬意。

槐是不是最容易酿成精怪的树种之一？早年仓颉造字，为什么要将一木一鬼撮合一处，谓之曰槐？槐外表上并无离奇卖点，距鬼怪的姿容更加遥远。这世上，会有多少人对自己的姓名隐怀敌意？相对于个体而言，一个在出生之前已成定论的姓氏，如同出身和命运，上帝收回了一切个体对此进行筛选和回避的权利。在这样的背景下面，所谓对命运的反抗和回击，其实只能发生在相对固定的时间和范围里。从表面上看，槐从无出色之举，然而它们枝叶绵密，心事诡谲，大致属深藏不露熟谙世故者。洋槐有一股骨子里透出的阴柔之气，而龙爪槐的心里暗怀激烈和愤怒。这是两种不一样的槐，如果投生为人，大概要以才子和大侠进行区分。才子暗藏机锋，在满世界的歌舞升平中暗示漏洞；而大侠们不屑于此，他们本身早已漏洞百出。我总觉得将龙爪槐作为城市街道的绿化树种有失斟酌，它们须发虬张，在被园艺师统一修剪之后，整齐地列队在街道两旁，仿佛一群被现实收买的古代愤青。

在夏天的槐树下仰首细观，是无数只小小的绿孔雀遮蔽了蓝天，每一只都正在抖开或收拢它丰盈的尾翎。像一把一把扇子打开又收拢，刷刷刷，刷刷刷，从天空到地下，有那么微小的风声反复地悄然抵达。槐树的每一组叶片就是一支孔雀翎，羽毛并非狭长而为椭圆，其间隙往往疏可走马。在我童年的娱乐中，有一个寂寞的游戏，要借助槐树的叶子和内心短暂的安静完成。挑一组叶片多的折下来，从右边最下面的那片叶子开始，默念相关台词："一二三四五，上山打老虎；老虎不吃面，专打王八蛋。"数到"蛋"字的那枚叶片，摘下放到一边，然后接着数，直到剩下最后一枚。也摘下它，贴在唇边吹，像奇怪的虫子的叫声，渺小，无助。风在午后寂静的村庄里游走，青草的气息甜美而微腥，像刚刚蓬开羽毛的一只鸡雏。薄薄的槐叶很快被气流撕裂，像一对嘴唇张开后再也不能合拢。它曾经发出的声音，是青石板上不知何时爬上的一缕浮尘。

只有在开花的时候，槐才会令人陡然吃惊。而花开之前，花蕾亦呈绿色，如新生的一组嫩叶，羽状，对生，成功地避过众人耳目。当满树白花一夜间盛开，清晨出门的人，满脸荡开的诧异波纹久久不能平复。这便如同美人亮相，并不想让旁人知晓她背地里经过了反复斟酌和漫长梳妆。也只有如此突现的清丽，才能让庸俗的人间且惊且喜。尤其清香，是谨慎的人生中着意的戏剧化出场。我说的是我家墙外的洋槐们的花，她们语调甜美，是真正秀色可餐的异域族类。槐怎么像我一样，一不小心就泄露了开服装店的梦想？它挂起这么多做工精良的乳白色纱质长裙，还故意将里面的鹅黄胸衣半遮半掩。那些小时候幻想自己是仙女的小家碧玉，在梦里，大抵穿起的都是槐花的衣衫。

雪 国

叶 落

在初冬，叶子落得多么安静。

从春到秋，叶子一直住在半空里，以致我们几乎忘了，它也受地心引力左右。现在，它近乎垂直地落下来，因为没风。仅仅一夜之间，气温就从零上降到了零下10度，风一定被从天突降的寒冷惊呆了，一时不知该往哪个方向走动。这是这一年里新出生的风，像我家刚刚半岁的猫咪，对着它今生遭遇的第一场雪发懵。在这一点上，人和猫多么不同。哪个孩子会害怕雪呢？所有的孩子都无师自通，把雪地当成他们的天然画纸。人一出生就带着创造的本能，创造，或者破坏。两个词从同一个叶柄上生长出来。

在初冬，人和树木越发分道扬镳。天气越来越冷，人只好一层一层加衣，戴上围巾、帽子、手套，而树则褪掉叶子。树丢弃所有修饰的词，只留下生命中必要的部分。树根，树干，树枝。主语，谓语，宾语。一棵冬天的树是一个最干净简洁的句子，明晰，朴素，音节硬朗。

在清晨匆忙上班的人流的背景之上，一棵正在落叶的树，从容得令人仰望。此前我一直以为，树木脱掉叶子是出于被迫，是不得已对风或者其他什么作出的妥协。现在，我看见一棵专注于自身事务的槐，其静美原来如此无法言说。而叶子下落的速度是有节奏的，轻盈，舒缓，像亘古的仪式兀自重播。杨树和梧桐的叶片表面积偏大，下落过程中很容易受空气阻隔，像跳水运动员在自由落体运动中翻出许多花样。枣树和榆树叶相对细碎，有不易觉察的、沉迷于琐碎生活的美。而槐树在落叶时分显出了它的端凝和庄严，槐树叶具备足够的重量——它不是单独的一片一片，是由一队一队小叶子组成的微型军团，在整个行军过程中队列齐整，以正步向大地行进。而槐树一动不动，就这样承担了它命里的疼。如果一个人在生命的巨变面前也如此静穆安详，该有多么令人心驰神往。"人生"的主导动词虽然是"生"，为它提供验收的却永远是病痛和死亡。一个人面对死亡的态度，展示了"生"的高度和力量。这时候拾起一枚槐树叶数一数，会发现上面的小叶子永远是一个奇数：9，11，13，15。这是一个暗含玄机的数列，指向未来和被忽略的过往时光。但如果想象槐叶们聚在叶柄的长条桌周围，居然也在召开评委团或某级常委会议，是一件多么令人扫兴的事。

我不喜欢冬天，从来不。类似于一个孩子对某个成人的偏见，无理而顽固。我前生肯定不是一只圆融的候鸟，有足够的力量给自己找到温暖的安身之处；我更像迪士尼动画里那只异想天开的小鸭，固执而徒劳地梦想南方的家。在这个陡然间严酷起来的初冬，落叶的信笺来不及被风的邮差送走，已经被路旁的雪水拦腰截留。单位收发室的师傅养的一只鸟死了。师傅说，可能因为天气冷得太突然，这只鸟还没有来得及长全御寒的绒毛。我不知师傅分析得对不对，我只知道，又一枚轻盈的落叶被大地收留。

接下来我才发现，早在落下来之前，槐树叶已经变得既干又脆，阳光正在收回一切它可能收回的水。原来，"干脆"这个词的发源地属于冬天，难怪它与我互不理会。我喜欢中温、柔软、缓慢，或者诸如此类。冬天适宜用小号演奏，而我喜欢的曲子，在中低音部的黑白键间往复迂回。我试探着和一枚落叶握手，它却在我掌心里变成了一小撮碎末，像我祖母收割后反复晾晒的烟叶。整个夏天，烟叶在院子里肆意生长，离老远就嗅得到它辛辣的芳香。它吐出的白花和红花蝴蝶无意招惹，虫子们也不与它密切往来。孤单的烟叶平安地长大成人，以诚实的完整迎接它粉碎和燃烧的命运。在冬天，淡蓝色的烟雾在房间里久聚不散，叶子的呼吸一明一灭，它试图用它微弱的温度和光亮，抵挡人世的艰辛与寒凉。

雾起了

"早上，白茫茫的一片大雾……"小时候我是一个不折不扣的优等生，整日孜孜于解题和背诵。这么多年过去，这篇小学二三年级的课文居然还深嵌在我的大脑沟回里，在每一个有雾的清晨，它都会突然探出头来，与我随便在哪一个地方狭路相遇。我在街上走动的时候，闭住嘴东看西看，而它随时准备代表我发言。——这件事让我突然明白，除了获得老师表扬和考取高分之外，熟背课文比牢记某个数学公式的影响更为深远。背诵提供了清晰准确的表达样本，当我们试图说出自己眼前的世界，课文像开关简便的自来水哗哗地流淌出来。在进入写作之后，我费了许多力气，来制止这个水龙头完成它的水滴石穿。现在，它像一个隐形的影子，跟随我四处走动。或者它就是这雾气本身，它出现，而它身后的岁月隐匿无踪。

这一天，我去外地看一个朋友。因为有雾，出行的时间不得不延后了一个小时。到了上午 10 点，雾仍没有散去的意思，而且它也没有足够的浓，浓到成为取消行程的理由。这世界多么需要理由，哪怕是雾气这样缥缈的、随时可能被风吹散的理由。几个人挤坐在一辆帕萨特里，一幅白领式亲密无间的典型画面。被说出来的话语变成了雾气，有效地遮挡住彼此的脸。当车子终于小心地开到了市郊，我把头扭向了窗外。雾正从路两旁高大的钻天杨树梢上垂挂下来，这天地间巨大的幔帐，为平日里不得不相互忍耐的事物建造了人性化的虚拟空间。伍尔芙说，这是重要的，因为一个人的内心生活将会从一间属于自己的房子开始。收割后空旷的田野在想象中延伸出喻意和美感。雾层层叠叠，一级一级的田垄借着雾气的梯子向天空攀缘。好像所有的事物都想到天上看一看，连平日里老实巴交的田野也不肯例外。

我记起去年的某一天，直到夜里 10 点，我和好友终于从一场聚会中抽身出来，却意外陷身于一场罕见的大雾中间。雾的欢聚如火如荼实心实意，它们不像人类，惯于表面上的礼貌和敷衍。出租车鼓足勇气驶出大石桥县城，当即被雾气切断了一切退路。黑夜是如此之黑，在黑的中央又有一小团黏稠的白。这是一个偌大的、做工完美的黑芝麻汤圆，我、好友、司机连同我们的车子，一并变成了它内里的馅。雾把所有的人，所有的车辆和建筑都密封在一枚枚汤圆的核心，密封进与世隔绝的黑暗与乳白。20公里外的市区陡然间变得如此遥不可及，所有我们熟知的长度、速度和时间单位都在瞬间失去了正常的意义。每间隔一些时候——也许是三五十秒，也许是十几分钟——我大脑中关于时间的判断力已经完全瘫痪——前上方会出现一小团橘色的光晕，遥远、模糊，仿佛来自另外的星系。那是路灯。而雾本身无形无迹，直到有一次我费了很大的力气剥开一只柚子，剥开柚子里意味深长的隐喻。这似曾相识的絮状物，乳白，细腻，纤维间穿插纠结，手感凉滑黏湿，这是雾偶然向人间展现出来的一个喻体。如果凑近了嗅嗅：寒涩而微苦，雾的话语隐在它复杂的气息里。雾藏起了冬天的秘密，水的秘密，大地的秘密；它从来不肯把这一切和盘托出。

有人告诉我说，雾就是降落到地面的云朵，他们说的是雾的成因和颗粒结构。而我所理解的出入人间的雾，沾染了人间的忧伤的雾，它的灵魂比云朵的远为沉重。在冬天，雪是云的未来时态，而雾在幸运的成年时刻蜕化为凇。不是所有的雾都有机会变成美丽的雾凇，不是所有的蛹都有破茧飞翔的可能。雾凇的出场多么宏大而惊艳，因为宏大，生命愈显其无奈和短暂。雾的灵魂不可能长久地在枝头绽放，它会迅速委地成尘，把灵魂交还给大气，把身体归拢作泥土。

在冬天来临前早早迁去了南方的燕子有多么遗憾，它们只好在来年对着一沓照片发呆。像一些习惯昼伏夜出的小虫，只好就着月光，一遍遍找寻它们从未见过的太阳的金线。

雪的加法题

一场大雪下过，冬天突然又回来了。气温从小阳春跌回严冬，从雪花呢大衣网站又返回羽绒服.com。没有羽绒服的冬天可怎么过呢？这个问题一旦冒出头来，那些有幸安然度过了的、已成定论的过往时光突然间变得如此令人迷惑。早晨出门的时候，迎面碰上一个穿西装的人，皮带还亮闪闪地扣在衬衫外面。没等看清此人的面目和眉眼，我已经替他连打了几个寒战。有关人之初性本恶的说法显然是错误的，人生来就具备某种同情的本能。眼看着同类饥寒交迫，独善其身的某人很难收获完整的幸福感觉。而作为条件反射之一，"同情"这个词来自唇亡齿寒的基因累积。事实上，如果再追溯一下，还会在"同情"的前面发掘出另一个词："同感"。这两个词的血缘关系由浅入深，由形而下的知觉潜入形而上的精神。因此，做一个幸福明亮的人是绝对必要的，整洁，优雅，保持正常的笑容和体温。为了不让他人的身体产生负面联想，还要随时注意同天气与环境合辙压韵。

打开电脑，我才知道一场雪有着怎样的壮志与雄心——它的目的不仅仅要为广袤的东北大地加一床暄软的厚被子。作为水的另一种变身，雪生来具备智者品性，到达华北平原上空，雪随机扭转了风格和语气，在嘎嘣脆的东北方言里掺进一点儿江南的吴侬软语。温温润润的雨水落在满心焦渴的北京城，让整整晾干了100多天的巨型水泥丛林忍不住且惊且喜，所谓久旱逢甘霖的意思。就在雪和雨紧锣密鼓地酝酿情绪的这天下午，我打开邮箱给一个北京的朋友回信。我语速匆忙，细密的雨脚仿佛要随时替代我敲打上键盘。于是我赶紧说：天阴得厉害，雨或者雪眼看就来。甭管要来的是什么，都是喜事一桩。点下发送键，我喜滋滋地收拾东西准备下班。因为天气预报里报的是雨夹雪，我儿子徐鉴涵临时取消了到辽河大剧院看电影的打算。这一天上映的是《马达加斯加2》，正值散场时间，有几个家长带着孩子在大剧院门口等车。由于一场谎报军情的天气预报，让我和儿子擦肩错过了一部卡通大片。

这只是与雪有关的一个寻常案例。在此之前，我曾经反复想过，城市是用不着欢迎雨或者雪的。尤其是大雪，基本上旨在给交通和出行造成不必要的麻烦与阻隔。紧随其后进行的一场大规模扫雪运动还准备消耗掉许多体力和工作热能。但是京城的朋友说，她们盼雪简直要盼疯了，比王宝钏盼夫君归来还要望眼欲穿。她们甚至担心雪从此只肯出现在童话里，就此变成北京未来居民的一个传说。

让所有东北人民意想不到的是，第一场雪还没有被阳光正式疏散完毕，第二场雪的上映铃声已经拉响。好像坎坷的人生在某一时段突然驶入了顺境，好消息赶集一样接二连三。细盐样的小小雪粒从早晨一直落到了中午，我羽绒服上华而不实的宽檐帽这下派上了用场，在去食堂就餐的路上得到了同事们的一致表扬。当我再次心事重重地站到窗前观赏雪景的时候，发现雪粒已经变成了正宗的东北雪片，大小和形状都接近完美，在午后无风的天空里纷扬得曼妙异常。雪是喜欢安静的事物，它自己不发出声响，让城市不觉中也压低了平时的音量。奔赴晚宴的时间到了，雪意外停了下来，有点知趣地为某些事件让路的意思。其实大街上已经雪泥翻卷，铲雪车还在仰观天象，自行车则老老实实地待在车棚深处，任凭汽车轮子和行人的脚在雪泥里艰难跋涉。我心情很好，虽然雪的知趣让我多少有点儿遗憾，——即将展开的酒宴少了一道老天赠送的助兴大菜。雪本来是天地给精灵准备的一道纱帘，它一出现，就把不属于精灵的一切都隔在了外面。我的朋友 D 是一个儿童文学作家，写过好几本有关精灵的童话，我一度疑心他作为精灵被安插在朋友们中间。他即将调往省城的消息一公布，朋友们就开始排队为他饯行，这一天刚好轮到我做东。在打车前往酒店的路上，我想，如果古人也有手机，很多东西就再也没有机会诞生了。比如这一首诗，只适宜写在竖行的、半透明的纸笺上，吩咐书僮打马送去。"绿蚁新醅酒，红泥小火炉。晚来天欲雪，能饮一杯无？"眼看着第一朵雪花飘飘而下，而老友将至，天地间回荡着一股温软清气。当是时，无论独饮或对酌，其实都是好的。

第三场雪落在深夜与凌晨之间，像梦境特意留下的纪念和索引。早上出门的时候，世界明显又白了几分，大约只有一寸厚的新雪还没有来得及盖上太阳的印戳。气温随之再一次跳水，从零下 10 度一路狂跌至零下 17 度，创造了 50 年来同期最低气温。但是藏在人身体里的生物钟仍然坚持以它既定的规律运行，刚过立春，它就调集起体内的汁汁水水。让人一不小心，就会发现自己身体里游走着的火焰状的小小碎冰。接连吃了几片感冒药，我的体温才算恢复正常。我因此忽然想到，如果草们也按照往年的约定日期探出头来，衣衫单薄，一脚踏进了一个冰雪世界——打着喷嚏的草们拿什么武器来对付感冒呢？

雪＋雪＝雪国。这个等式是我的朋友 D 发现的。他还发现麻雀用翅膀扫雪，一只翅膀扫累了，再换成另一只。米店门口的雪地上一点点现出麻雀们的丰盛大餐。这是我偶然记住的一个经典画面。我私下里给这个画面配上了黑白背景：起脊的老房子在厚厚的雪帽下露出它带一点点褶皱的半张脸。在缺乏童话的城市里生活得太久，关于雪国，我的想象力就只剩下了这么多。

第一辑 鸟 语

两个人的地震

　　年轻的时候，我曾经仔细设想过一些"未来"的事。比如说，那时我想，如果有一天我必须结婚生子，千万千万，上天不要分派给我一个女孩。她会全盘复制我的歇斯底里和坏脾气，像一面镜子，提醒我时刻注意：原来，我是这样的——乱扔东西，自私自利，动辄绝食。更重要的，她可能很丑，却绝不放弃任何一项与美有关的权利。总而言之，我此后的一生都将复现在这面如影随形的镜子里，无处遁形，无可逃避。而根据穆菲定律，闭合系统中的无序度或熵总是随时间增加——换言之，所有的事情都趋向于越变越坏——我全部的坏都将被这面镜子复制成几何倍数，向时空深处延展。

　　有时候，主观愿望强烈，会收到类似魔咒的客观效果。上苍果然赐给我一个儿子。他多么好，完全崭新，像一个不断长大的惊喜。他可以优雅、温情，拥有迷人气质。我的仅限于女性的坏毛病，不会在他这里获得传承。他将展现我生命中优良的一面：敏锐、聪慧，与万物之间保持高度默契的颖悟和灵性。事实上也正是如此，我的儿子，由于天赐的性别，他温暖地隐瞒了真相，永不可能充任我今生残忍的魔镜。

　　但是疑问始终盘旋在那里：为什么女人和女人，要么可以迅速建立一条相互体谅和沟通的捷径，合乎数学的物理的高难度法则；要么就化身为两道礼貌的平行线，丧失了一切彼此交接的可能？显然还有一整套复杂缤纷的生命原理，涉及生物、物理、化学的奇妙定理和公式，远非"同性相斥"的简单语法可以解答。既然女性挚友之间可以相互搀扶肝胆相照，证明携带同性电荷的两个粒子可以把斥力转化为引力，建立比异性更为牢固和明亮的同盟关系。至于血缘，这天然的粘合剂，理所当然，它应该让两个粒子结合得更加亲密无间。究竟是哪一层操作出了意外，这隐蔽的上帝之手，善于制造这样那样的失误，致使两个女人之间的灵魂通道向对方永久关闭？

在许多年里，我和我母亲相互间必须竭力容忍，才能不摩擦出争吵和怒气。这样直到我出嫁。我出嫁后回娘家还是时常可能制造紧张气氛，这样一直到我终于成人。我成人后仍然克服不了自身的任性和天真，因此不能杜绝我母亲的抱怨和批判。但是我成人后扩展了学生时代理科优良的一面，善于逻辑思考并举一反三。所以我母亲有时候反过来要我帮忙分析一件事情的来龙去脉。而作为长女，为支援家庭建设，我当然也有义务充分调动起我并不出众的智慧和同样有限的人际关系。

直到今天，我母亲还常常追忆和控诉我早年与她进行的残酷争战。其中最司空见惯的一个场景：我急于出门上学，被我母亲强行阻止，理由是我少穿了一条毛裤或一件棉衣。我以不冷和上学即将迟到为由拒绝改正。我母亲毫不留情地予以反击，抨击我"为臭美不要命"云云，最后以一句东北方言作结。这句方言含义丰富，至今我不能完全解读："浪的呀！""浪"字下面加重点，"呀"拖长音。我曾在乡村度过整个童年，对"浪"字相对敏感。我觉得这个字名词动用已经败坏了风景和气味，再转化为形容词，更加不堪。气急交加，拉锯战开始，空气渐近燃点。无论胜负，此后多日的冷战在所难免。

直到近两年，我才发现，正如当年与我母亲之间的误解一样，我与气温之间的误解是经常性的。清晨拉开窗帘，我五楼的卧室和客厅里一片阳光灿烂。这满房间温暖的阳光蒙骗了我，若无人提醒，我只穿很少的衣服就出门上班；到了第二天，气温回升，我被特意添加的大衣捂出满身香汗。再者，时隔多年，我觉得东北方言精萃处简直妙不可言。比如"浪"，一语双关且富于动感。我早已过了动荡不安的年龄段，很有可能，是遥望产生了美感。

我在后来变成了一个冷静的旁观者兼战事调停员，目睹曾经在我身上发生的事件在我母亲和小妹之间反复上演。我妹妹沙琳生来身体单薄兼挑吃挑喝，我母亲不得不斥巨资为她添置了一件羽绒服。在当年，以我母亲的俭朴性情，"斥巨资"三字短语委实精确无误。可惜沙琳并不热爱这件价格昂贵但形象臃肿的羽绒服，所幸它活里活面，把里面柔软轻盈的绒胎取出，剩下的罩衣倒也苗条俏丽。数九寒天，沙琳就穿着这件苗条的风衣在家和学校之间骑车往返，反正青紫的脸色也没几个人能够看见。不用说我母亲的恼怒和斥责，连我也觉得此举暴殄天物。这个"天物"，百分之四十送给娇姿弱质的沙琳顾影自怜，百分之六十我不得不送给这件被摘走了心脏的羽绒服。我在心里反复告诉沙琳：你已经够瘦的啦，用不着像我这样给衣服减肥。但眼见自己的作风起到了立竿见影的榜样作用，为了不从我母亲这里引火烧身，我只得三缄其口。

这场羽绒服战争也以沙琳远嫁香港宣告结束。除却外出旅行，沙琳从此无需与臃肿虚胖的羽绒服们为伍。我母亲则开始蓄猫养狗，比起我们姊妹，猫狗们省心省力——它们会按照季节自己换穿衣服。

这一天，我看电影《怪诞星期五》。为提升中文票房，也有的翻译成了《辣妈辣妹》。辣是辣了，只是丢掉了许多意味。在地球的另一面，又一对母女间的拉锯战正在上演。每天早上，母亲苔丝都要一遍遍进入女儿房间，督促安娜起床。直至耐心耗尽忍无可忍，一把捞住对方的两只脚踝，用力往床下拖。睡意深甜，安娜抓紧床头的栏杆，竭力捍卫卧床和睡眠。这是一场名副其实的拉锯战，足以令旁观者忍俊不禁，但两个当事者气怒当胸，丝毫不觉得好玩。两种力道，来自相反的方向，都在努力着试图克服对方。每个人心里都在说：那是你，你的规则，别指望我会和你一样——真相原来如此简单，每个人既只要做他自己，又期待世界认可和顺从他的规范。每个人都喜欢说："如果我是你，我会……"每个人都试图把别人拉入他自己的规则内部，围绕同一个圆心永久转动。相比之下，作为母亲的苔丝显然具备了优势和主动权利，安娜的抵抗处于守势，但无比顽固。两股力量作用在安娜的身体上，于床铺上方十几公分处僵持，悬空，表面上静止不动。

当然，如果仅仅为了表现诸如此类的母女战争，似乎没有必要耗费太多镜头。在此，好莱坞再次动用它最喜欢玩的换位伎俩，假借一位中国老女人之手（或许，好莱坞认为中国女人具备神秘又神奇的女巫气质，饱经风霜的老女人尤甚），把这一对母女置换到对方的身体里。一觉醒来，苔丝在镜中照见了安娜的脸，先于思维，一声尖叫冲破她一贯谨慎的嘴。而安娜的尖叫后面紧跟着脱口而出的道白："天啊！我像一个母夜叉！"——即使世界倒悬过来，我们双脚向上生活，感觉大约也不会这样古怪。现在，为避开被双双关进疯人院的危险，她们必须互相冒充彼此，说话，走动，做事。不是每个人都拥有表演的爱好和天分，但是除此别无它法。置身古怪的中国魔法内核，她们没有办法返回。

这是真正的设身处地。苔丝终于明白了，诚如安娜所言，换了她进入眼下的高中校园，的确连一天也活不下去。仅仅想不起来 π 约等于 3.14 倒不算什么，她更需要打点起全部精神，来面对"人"：心怀夙怨的语文教师；女同学因妒而生花样百出的恶作剧。即使曾经在大学里游刃有余，她同样没有办法逃脱女儿的留堂室命运，或者在测验时得到一个"B"。而安娜也终于知道了，她的母亲有多么了不起，她不只是钱包里插着一张张银行金卡的母亲，她还有这么多为难事必须面对。此刻，她代表着她，被那么多人信任和依赖。而她一直以为，她只会时时处处跟自己过不去。当两个人终于完全地谅解和懂得彼此，那一场期待中的地震，只有两个人能够体验到的地震，突然发生了。和最初两个人在剧烈冲突之下感受到的一模一样，天摇地动，万物变形——但这一切，仅仅是属于两个人的。正如许多的战争，和解，也仅仅是属于两个人的。在这里，地震——这一个隐喻，它意味着破坏和摧毁，也意味着新生和建立。

多么幸运，只用了一天时间，一对母女就真正进入了彼此，并迅速重建只属于她们两个人的爱和秩序。而这世间有多少至亲的人，夫妻，母女，父子，在魔法之外，为了找到这一天，还要相互消耗上许多年。

第一辑 鸟语

过去时态的雪

十年前，作为一种时尚或者说发热症状，旱冰场独有的背景音乐像一阵紧贴地面的风，呼啦啦席卷我所在的这座小城。但是，如果仔细画出一张坐标图，我们会发现，这场风无论怎样曲折行进，也只能在 15 至 25 这一年龄纵轴间蜿蜒。当然也偶有例外，这是我的表妹雪。那年她大约只有 14 岁，或者 13，但是身高已经远远超过这个年龄正常的水平线。纵向发展过快，横向未免难以两全，何况人类的眼睛如此习惯在任何事物中寻找比例和安全——我亲爱的表妹，在飞快拔节的几年间，她多么像……一块被抻得相当危险的橡皮糖。

从营口到盖州县城的长途客车每三十分钟一辆。说是长途，也不过大半个小时的路程，与市区内七拐八绕的公交车全程差不了多少。交通便捷，使我觉得每次去外祖母家串门，简直是抬脚就到。而雪，在上了初中以后，独自跑来我家也仿佛抬抬脚。但是我看得出来，对这个满心虚荣的城市她缺乏喜爱。我觉得奇怪，盖州县城不过是弹丸之地，她怎么可以在那里玩得热火朝天并花样翻新？

顺便说一句，这个古老的县城有一种朴素又狡黠的气质。每次我回来，一眼就看穿它又新添了几件新外衣，用来掩饰灰扑扑的土气。我二姨居然在这样一个县城里领风气之先，晚婚晚育——她这样做，最直接的后果，是使雪与我之间的相见隔了漫长的十年光阴。

所以，当雪把我拽到县城边缘处新建的溜冰场，我觉得有点不好意思。向场中放眼一看，我分明已是大龄青年。但是雪已经租来了溜冰鞋，下一步就要绑到我的脚上。罢了罢了，我假装拗她不过，其实是自己难捱脚痒。在这些方面，雪总是与我一唱一和，扮演哼哈二将。虽然不止一次与雪同台献艺，但是舞台布景换成旱冰场，倒还是首次。原来雪滑旱冰的模样如此古怪，瘦而高，视觉效果本就欠缺柔软，偏雪还要卖弄技艺，浑身笔直，活像一支红蓝铅笔。我只看得惊奇万分，仿佛亲见一根电线杆脚蹬滑轮。一念及此，我只来得及仰天笑出一声"哈"，登时乐极生悲，一个大马趴摔在地下。

雪没能把我拉去陪她跳蹦床，改打起杨帆的主意。我舅妈带学生去南方实习，前脚刚刚出门，雪后脚就见缝插针，把杨帆拐带到游乐场，滑旱冰，跳蹦床，这还不算，踢足球又打碎了学校一块玻璃。为调教出杨帆这个乖女儿，我大舅和舅妈费尽十几年心血，万不料几天内便被雪破坏殆尽。别看杨帆比雪大着一岁，抛开书本，雪处处堪为她帆表姐的启蒙老师。如此疯闹了一个月，大舅妈从南方回来了，杨帆固然重新关了禁闭，我大舅也免不了要检讨失职之过。至于雪，地球人都知道她早已被我姨父宠得不可救药，上天入地随她去吧。

只有我，坚信雪的未来比任何人都光明磊落。可以不花团锦簇，但一定要珍馐满桌——这是我和雪共同的美好理想。许多个晚上，雪和我躺在被窝里畅谈对未来的种种假设，不提防遭我妈窃听，事后悄悄向我二姨告密："那两个丫头说来说去，原来主要是说好吃的！"隔墙有耳，我和雪对她们暗怀悲悯。可怜我们两个的妈，一对饥荒年代走来的老姐妹，枉自投生为女人，竟不知零食袋里包裹着何等美妙的人生滋味。

越来越觉得雪就是我的少年时光，只是版本间加入了些许现代手法，整体效果因而更为鲜艳明亮。应该不只是同根同源的血缘纽链，是骨子里共同的糖，或者对糖的向往，把我和雪紧紧粘合在一块。要不然，眼看雪在外祖父家被舅舅们奚落和表妹们排挤，我不可能甘冒受冷落的风险，与雪同进同退、同仇敌忾。冷眼旁观，那时候我已经洞悉一个偌大秘密：任何一个家族都是一个小国，以秘而不宣的暗号划分等级。雪的地位是杨氏家国的倒数第一：最不受外祖父喜爱，外表和学习成绩又无丝毫可取，加上还是"外女"——姓别人家姓的孩子。至于我，孙辈中以我最为年长，从小便被外祖父树立为表妹们的学习榜样，不仅如此，在外祖父眼里，我发表的豆腐块文章完全可以和大舅的职称和学位一较短长。有这样一个强援站在身边，雪的还击登时理直气壮。有一次她居然胆大包天，打了倍受全家人宠爱的杨柳一记耳光，理由是杨柳无理取闹，其实是多年的积怨借一件小事的源头飞流直下。这一下惊天动地，漂亮的杨柳嚎啕大哭，五官错位；我二舅暴跳如雷，被闻声赶来的老舅按倒在沙发里。捅了这样一个巨大的马蜂窝，雪依然傲立当场，拒不认错。

我发现我二舅居然有学龄前儿童一样的报复心理，他一再试图把雪整个地打倒在地——动用拳头必须出师有名，动用舌头则无需任何理由。当着我的面，二舅指责雪小时候的种种劣迹：懒惰啦，挑食啦，学习还那么差，以至留级。雪一直假装不屑地撇着嘴，直到听二舅说她"留级"，顿时沉不住气，脸红脖子粗地出言反驳。二舅说，如果不是学习跟不上，怎么会留级？留级是确有其事吧？我想起来了，雪确实念了两年小学一年级，倒并非因为成绩不佳。我姨父当了多年的优秀教师，在女儿的教育问题上却欠缺长远考虑。

我去过姨父供职的那所小学校多次，学校后边有一小片幼柳林，是学生们自己栽植。那个时候的雪，在我的记忆中，和一只刚出壳不久的小鸭子非常相似，神情又暖又憨，在长长的柳树枝条下面摇来摆去。我姨父觉得天天接送她上幼儿园费时费事，干脆让她提前入学，才5周岁，雪就上了一年级。虽然个头并不比同班的孩子们矮多少，但这只是表面；雪的心智远未像身高一样获得超前发展。学习成绩尚可，但其它的各项活动就明显相形见绌。相对一个6岁的孩子来说，两年的实践经验的确占据了相当重要的人生比例，即三分之一；如果长到8岁，比例下降至四分之一——当分子固定为1，而分母不断增值，两年的时光落差才会逐渐变得微不足道。我姨父当然精通这样的数学演算，当他发现这些分子式和雪之间的直线联系，他再次做出了一个错误决定：让雪留级。

必须承认，一个人其实不太可能对自己的命运实施全面操纵。至少，当我们年岁幼小，所有的运行系统不得不听从于父母指令。而爱之所以是爱，在于它的单一性和针对性；在另一方面，爱存在巨大的漏洞。比如说，它使我的表妹雪不知不觉坠落其中，终生背负一个"留级"的恶名。姑且不说我二舅对此反复重申是否心存恶意，直接的后果却只能是：倾泻在雪身上的"留级"阴影被一再加深。一个孩子，她不太可能有足够的定力摆脱这样的灰色暗示。"你是一个差等生！"正如"你是一个坏孩子！"一样，谎言在重复一千次之后变成了真理。我因此怀疑，正是受到这看起来微小的谎言影响，使得雪最终没有走上宽广严正的治学之旅，而一路偏离到另外的方向。

　　我外祖父去世的那年冬天，雪被二姨父送到篮球队做业余训练。我记得雪无遮无拦的大哭，向着即将入殓的外祖父。此时她已经高出我一头，大张的嘴暴露在我的头顶，让我有一瞬甚至吃惊得忘记了悲痛。这个雪，她心里从来没有记恨过外祖父吗？他的严厉和苛责。而他的宠爱，大约从未在雪的头顶上停留片刻。我内心的伤痛，是因为失去了一个人的温暖和恩宠；至于雪，她是为从未得到的一份疼爱痛哭？

　　雪后来终于从篮球场上胜利逃亡，短暂的篮球经历，却使她由此进入了一个大人国团体。雪得意洋洋地告诉我说，他们这个鹤立鸡群的少年组合，男生身高统统 1 米 8 以上，女生则至少 1 米 7。得意之余，雪接下来告诉我她发现了一个重要定理：朋友之间的交往概率，与双方身高的相仿程度大致成正比。是说，对大多数人而言，更喜欢关系密切的朋友同自己的身高差距不多。见我沉吟，雪当即以她的亲身经历和杨帆的小个子好友为例，从正反两方面进行推导论证。我仔细想想，的确如此，怪不得我不愿意和雪一起外出。她一路追着我叫"姐"，惹得听众们大为惊奇，一个劲追问：我和雪是不是一个妈生的？我答出这第一个问题，但下面的提问又接踵而至：我妈和我二姨是不是亲姊妹？一连串问题顷刻间风生水起且源远流长，我不得不仓皇逃离。

　　生活投射在我们心灵上的光影多么琐碎，使一个人的注意力很容易就变成了一只蛋卷的表皮，既薄且脆。至少，在回忆中，我拼凑不出雪完整的成长轨迹。但是雪分明飞快地长大成人，然后飞快地远走他乡。

　　这一天，我经过单位旁边的辽河广场。草坪沐着北国三月的阳光，一小堆一小堆的残雪紧张地弓起脊背，像一只一只的猫在假寐。白色的毛皮有点儿脏，耳朵竖着，仿佛随时准备跳起来向远处奔逃。我想起雪。在终年难得飘起雪花的深圳，雪 T 形台上的风光：猫步蹁跹，羽衣霓裳，惊艳声和闪光灯海浪一样此伏彼起——所有这些，是否恰巧吻合当年我和雪共同描绘的梦中景象？

鸟的事情

　　我是去卧室拿话梅糖的。这是徐鉴涵的零食，它们通常待在看电视的时候方便够到的地方；而属于我的零食，都堆在书房的电脑边上。长期以来，我一直和徐鉴涵如此实现资源共享。我走到卧室门口的当儿，有两只鸟正准备降落在卧室窗前的晾衣架上。我所看到的情形就是这样，左边的这只扑闪了几下翅膀，算是成功迫降；右边的那只也扑闪了几下，飞快地从窗口消失了。

　　我停住不动。因为这只鸟侧对着窗户，我猜测它一定业已发现并正在审视我的动向，我不想让一只鸟也误以为我居心不良。我远远打量它，不是燕子，但是我不能确定它是麻雀。看来鸟们喜欢我家的晾衣架。去年的一个星期天，有一群燕子聚在这上边开小型会议，我数了几次，最多的时候在场的竟有7只。它们也像人类开会的时候一样，喜欢不停地出来进去，接听手机，假装上厕所，借此活动身体和逃避场内的严肃空气。燕子们比较傲慢，我在卧室里走来走去，它们一直佯装不知。但是眼前的这只鸟尾部一直微微翘着，像人类起跑之前要做的那样。大约它终于认定我不足为虑，这才转过身去，给我看它不太漂亮的尾巴。我趁机走到床边坐下，与它的直线距离不过二米，它也不以为意。它不时喊上一嗓子："介——"我不知其意，但直觉它有点儿不悦。它的头转来转去，很警惕的样子，转到和窗户平行的这一边，张大嘴打了一个呵欠。这是夏日的午后，刚刚结束午睡的人们在楼下懒散走动。这只鸟，它困了。合上嘴，头再次转到我这一边，让我发现它的喙非常之尖。我更确信它不是麻雀，它背部的颜色较麻雀深黑一些。再者麻雀的体态较为圆润，一眼可知其小富即安的品格。眼前的这只鸟，看上去有点儿落拓，羽毛参差，像文联开会时我见到的艺术家们，身家百万而仍鹑衣布鞋。我先假定它是男性，因为它虽然困倦，仍能保持激昂和警觉，这是女人们做不到的。女人们偏爱的成语：草草收场；养精蓄锐；卷土重来。我小心地往窗边再靠近一点儿，不禁吃了一惊：晾衣架的左上角还伏着一只鸟，蜷腿缩颈，做出假寐姿态。这是一只喜欢取巧的鸟，它让尾巴斜斜支撑在晾衣架 L 形夹角下面的那条边上，这样，它的身体就刚好联结成为稳定三角形结构的第三条边长。这是五楼，窗外的风凌乱而汹涌，两只鸟的羽毛不停地变幻着漩涡和流向。这其实应该在预料之中：正是因为它的存在，它旁边的那只鸟紧张兮兮而不肯离开。这也符合现代社会的惯例：女人可以休息，男人则受天性驱策，强打起精神捍卫理想中的英雄主义。

过了一会儿，我发现男鸟忽然振翅欲飞，两秒钟后，又一只鸟在窗口的左下方出现。男鸟立即当胸扑上，来鸟倒退，旋即离开。我回目看那女鸟，它不动声色，安然作架上观。我心生感慨，原来鸟类世界也如此醋海生波，对情感需动用武力捍卫。我不禁对这只女鸟反复打量，未见其有何美貌；想来鸟不可貌相，尤其以人类眼光来相。说情鸟眼里出西施是不对的，因为西施在鸟的眼里未必有丝毫可喜；正如我无从发掘这只女鸟的任何优点。但它让一只男鸟如此奋不顾身，而令另一只追逐不舍，可见多少是有些手段的。

未几，前番来袭的那只鸟再次进犯，男鸟奋起直追，女鸟见状亦尾随而去。透过纱窗，我目注 3 只鸟在楼前盘旋，眨眼之间，又变成了 4 只。我正在诧异多出的这只鸟的身份，它们突然从我视野中消失了。

整个下午我心神不定，隔几分钟就去察看晾衣架，但鸟们一直没有回来。

到了晚间，我把这见闻描述给先生听。他哈哈大笑，说一定是两只大燕子带着两只小燕子试飞，而我之所以分辨不清，恰是因为小燕子的羽毛还没有完全长成。它们刚刚学会飞翔，还需要大燕子喂以食物。我还是不能十分相信：为什么另一只并不迎上前去讨食吃呢？先生说，如果不是已经吃饱，就是生病了。

我担忧。复觉好笑。我按自己的方式理解鸟，而鸟们，如果看到三四个人在一起厮咬，而后追逐，鸟一定以为他们彼此喂食，并相互交流运动技巧。鸟站在树上看，对幸福的无限怀想盈满它小小的心脏。

海虹时间

一、下午4点，海虹

春天还在赶往北方的路上，海虹已经捷足先登。

随便在哪儿都可以看见她们的身影——为什么是"她们"？因为从人类的眼睛里看出来，所有的贝类都具有女性特征。她们柔滑而层次繁复的肉体开合自如，散布进空气中的气味甜美而微腥。这海洋深处的部族无意中摹仿了大地上女人们的神韵；或者也有可能，是上帝在创造女人的时候，从珠贝的隐痛中找到了秘密索引——从一开始，上帝就只想让女人的身体里更容易潜进一颗日夜打磨她的砂粒，然后让她们拥有一颗爱这砂粒又永远无从倾吐的心。

总是在这样的天气：南风短暂地来临，不肯撤离的小雪仍时断时续，北方进入大地冰消前的泥泞时期。这时候如果有人从大辽河岸边走过，看见整个河谷宛如一只巨大的土黄色容器，里面盛装着黏稠的奶油巧克力冰淇淋。这一大盆绵延千里的冰淇淋缓慢地倾进大海，身世寒凉的海虹正自此间出世。

又一场小雪下过，露天市场凹凸不平的菱形路砖湿漉漉的。小心翼翼地沿着甬路走过来，我的咖啡色长靴上还是很快溅满泥点，像大地上提前长出的黑色花蔓。两只泡沫保温箱并列在一起，由海虹堆出两座饱满富足的微型小山。所有的海虹都长着一张俏丽的三角脸，以及据说是红颜薄命的尖下巴。我用中指在这山脉的上空划了一个圈，老板娘操起笊篱，把我指定的海虹捞进塑料盘里。站在一旁的男人（她丈夫、老板兼杂役）始终头也不抬，掌心里藏着一只小剪刀，嚓嚓嚓，把海虹们相互粘连的根须贴身剪断。这条根一直长进海虹的身体里面，因为有这条根，每个海虹都以

"家族成员"的面目在世上出现。这是一片生长在海中的低矮竹林，每一根竹子都有共同的根。伐木人的斧子无论砍在哪一棵竹子身上，或者拔走哪一只竹笋，整个竹林都会跟着簌簌作响，都会跟着摇摇晃晃。现在这条根被剪断了，像脐带剪断了母亲。现在竹林变成了竹子，海虹家族变成了海虹个体，而胎儿变成了人。然后，竹子化身的筷子会挑出海虹裸露出来的肉体，输送进人类强大的消化系统，变成蛋白质、无机盐、维生素和氨基酸。

我拎着海虹回家。街边的小雪还在融化。食杂店门前的人行道上停着一辆轿车。我已经走过去了，又倒退几步走回来。我没夹在一大群人里涌去考驾照是正确的，像我这种人思维散漫，比如这一次，视网膜上的细胞足足用了两三秒钟，才把信息输送到我大脑里面——奇瑞轿车的副驾驶座位上站着一只鸡，并且，它在看我。

这是一只相貌平平的小母鸡，羽毛黄褐相间，暴露了它的乡野出身。如果它可以多活上两年，就会变成我奶奶所谓的"老抱子"，即热爱孵蛋性格沉稳的老母鸡。换句话说，它就是与"笨猪"对应的乡下"笨鸡"。在江西婺源，一只家炖笨鸡开价60元，两个难得请客吃饭的女人齐声嚷"贵"，让懂行情的男士们只好瞪眼。回到营口一打听，家常菜馆半只笨鸡炖土豆优惠价50元人民币，相当于16斤海虹的价钱。但是从一开始，我就注意到眼前的这只小母鸡并没有被作为"笨鸡"对待，它的两条腿并没有绑上绳子，塞进后备箱随便哪个角落，身子底下垫一张旧报纸。从一只鸡的惯常命运中抽身出来，它心安理得地在副驾驶座上踱来踱去，显然非常习惯这个位置，也习惯欣赏街景和人类。我抬起手，它吃了一惊，侧过头飞快地看看我的眼睛。我的眼睛里泄露了什么秘密？我以为我抬起手只为与它道别，同时祝它幸福愉快。被老巫婆关进笼子里喂胖的孩子们为什么不愉快？因为他们作为蛋白质存在。和我一样，小母鸡应该庆幸自己生在一个蛋白质丰盛的时代，因为有了这些来源简易途径合法的蛋白质（比如我手中的3斤海虹），我和小母鸡才得以与蛋白质命运明确分开。

这次是真的走过去了，我回头再看一眼。车牌是"辽A"，沈阳的。这辆车经过了长途跋涉，从大城市到小城市，小母鸡一定见识不凡。

我得说，洗净后的海虹非常艳丽。她们是一群瘦美人，紫色的连衣长裙荧光暗闪。这是一种光彩照人又神秘莫测的紫，带着海洋不动声色的祈祷和咒语。紫得比 Dior "毒药"香水还要深。自山东以北，所有的海虹都是这种紫颜色，学名就叫紫贻贝。比它南方的同类性感迷人，但并没有人家自然天成的大气和富贵。自福建往南，海虹们被海藻染成翠绿色，它们是雍容华贵的翡翠贻贝，别号"东海夫人"。即使已经知道这翡翠和神秘紫的95%都是平淡无奇的碳酸钙，还是忍不住要惊叹上帝的非凡匠心。人类没办法不相信上帝或者神灵曾经并且正在存在着，因为这宇宙中无所不在的秩序，这倒映在任意一只海虹身上的大美的心。

接下来的事情由家人负责。炒锅里放进很少的盐，因为海虹本身就是有咸味的。它们记住了海洋的味道、家园乃至家族的气息。但是人不应该知道植物和动物到底有没有情感和痛觉，如同人类不能对任何事件都拥有完整鲜明的记忆。好在海虹们擅长记忆却意志薄弱，在这一点上，它们很像我。假设我生在战争年代，身为地下党而不幸被捕，我必须迅速死掉，越快越好。也只不过三五分钟，海虹们就张开了嘴，它们不吐出联络地点和名单，它们只吐出汁水和香气。

所有的贝都只有壳会留下来。壳是贝的终极命运，贝和壳本不应该并列在一起。某人的骨头怎么可能代表某人？它如何张嘴呐喊、控诉或忏悔，抗议被同类施予研究和展览？像这一只平凡的紫贻贝，它的壳无奈地向两侧摊开，如同一扇门，它关不上了。

我稍稍用了点力气。细碎的一声脆响，连接两片壳衣的薄膜碎裂了。两片壳体像两只花瓣落进我的手心里。两瓣紫色的花，靠近花心处呈现柔和的珍珠白，那是贝柔软的身体曾经待过的地方。贝把生命的记忆和影像印在了它的骨头上。我小心地把它们扣在一起，还原出贝活着时的样子。它的侧下方有放射状的金褐色纹理，侧过来一看，天呀！这张脸可真像一只狐狸。眼睛，胡须，还有可以以假乱真的鼻子和尖嘴。这是一只藏身在大海里的狐狸，它有过它无伤大雅的谋划和算计。再正过来看看，狐狸脸变成了苏美尔人古老的楔形文字，传说它起源于6000年前的一次重要天文事件——船帆座X号超新星的爆发。闭上眼睛想一想吧，爆发的超新星低低悬挂在天上，它耀眼的明亮足可与太阳分庭抗礼。这突然出现的又一颗太阳惊呆了苏美尔人，他们把它当成神灵膜拜和敬仰。为了纪录它，最早的图画诞生了。然后图画变成了文字，文字延伸，成就了灿烂的苏美尔文明史。

二、晚上8点，还是海虹

这只我不知道名字的海虹，它把衣服留在我的书桌上。两枚坚硬的紫色花瓣，我试图把它们拼出不同的组合和形状。一对相互窃窃私语的耳朵，也许属于兔子或野山羊。两只穿山甲相向打洞，终于在大山的肚子里意外穿帮。一双长在超人奥特曼脸上的闪闪发光的电子眼。但是更多的是四不像。10分钟之后，我丧失了游戏兴致，把它们推往一边——但是且慢，那是什么，正试图从我记忆的深水底下浮出来？

我闭住眼睛屏息沉潜。深水之下是比夜色更深的黑暗。这么多与我如影随形不离不弃的水啊……我必须潜得足够的深，一直潜过二十几年的漫长光阴。我终于触到她了，多么侥幸。如果这一次我的反应慢上一步，很有可能，她会就此消失在这一大片海水之中。事实上，为了追索某件事情，我时常要在这片海域中独自摸索上足够久，但是每每两手空空。要知道，这只是我一个人的海，无论我发出多少请柬和求助信号，也没有人能够闯进来为我提供帮助。是的，早年的噩梦再次出现了：我一个人苦恼地站在小岛上，任由这黑暗的、无边的海水一层层包围住我。因为我一不小心遗失了我的过往；而未来的陆地还只能与我遥遥相望。

但是这一次不同。这一次雨过天晴，透过氤氲的水汽，时光投下它斑斓的幻影。

是的，她是海虹。黄海虹。

与海里的海虹不同，人世间的海虹有一张淳朴的鹅蛋脸。两边脸颊上对称地晕开两朵淡粉色的花。一头黑亮的短发齐到脖颈处，没多久垂至近肩，于是又返回脖颈处。但是不管怎样，前侧的发梢永远向脸颊挑出两弯甜美的弧。即使穿着千人一面的绿色校服，在操场上站成一排排高矮粗细不同的刻板邮筒，但是只消细看一眼，这只名叫黄海虹的邮筒明显散发出与其他邮筒不同的温度。这是蜡烛上小火焰的温度，温暖，但又不至于灼伤哪个人的手。

作为插班生，我踏进三年级三班，带着插班生应有的冷淡和局促。我只需要与这个骄傲的班集体礼貌地相处 3 个月，然后自顾自地各奔前程。这一年我 16 岁，隐蔽的天蝎命宫高悬在群星正中，我生来就戴着天蝎座冰冷坚硬的青铜面具，并打定主意在这面具深处坚守一生。年轻的班主任金怡老师在第一排给我安排了一个座位，旁边的女生向我绽开一朵苹果花一样的朴素笑脸——她是黄海虹。

我得说，我与三年级三班的友谊是从黄海虹开始的。她蜡烛的小心脏里燃出的微小火焰温和而持久，让我青春期的清冷面具在不觉中冰消雪融。我由异物转化为一滴水中的水分子，这中间并没有出现什么艰难过渡。几次摸底测验之后，金怡老师暗暗吁了口气，与其他几位年轻的前同事一样，她已经顺利通过了托福考试，令人艳羡的留学生涯即将开始。我的成绩在班里属于中等偏上，因而不会成为她身后的遗留问题。要知道，这差不多是全市初中最优秀的一个毕业班，生源经过层层筛选，校内通称为"保送班"。金怡老师与大家正式道别时其实难掩眉梢的兴奋和喜悦，但一群男孩女孩围在她身旁依依难舍。眼含热泪的少男少女们并且许下诺言：决不辜负金老师的教导和期望，一定要认真复习迎接中考。两个多月后，三年级三班 61 位同学中，有 32 名进入重点高中就读；连成绩始终排在倒数第一的那位女生，也一鼓作气，顺利地考进普通高中。

这是我学生时代安恬自足的一小截光阴。无论此前还是此后，那些对我的一生构成折损的人，都在这个时间段里自觉隐退。我甚至对班级里一个戴眼镜的高个子男生隐约生出好感，每天直觉到他温暖的视线从教室倒数第二排斜斜射过来，准确地击中我的马尾辫。开始有女生悄悄告诉我说，班里的某某和某某从初二就开始谈恋爱，奇怪的是两个人的成绩一直名列前茅，因此老师和家长对这一例早恋案件表现出难得的宽容姿态。我听了大吃一惊，又忍不住暗自庆幸。我庆幸的是我身边有这样一株大花朵肆意盛开，在它的掩护之下，我酝酿中的小蓓蕾得以避开众人眼线。对我说悄悄话的女生也忍不住透露了她自己的秘密，不过她说的是："其实我一点儿也不喜欢某某某！"某某某是个男生，除了成绩好，在我看来委实再无其他可取之处。我假装没有听懂这句话后面的潜台词，我的视线漫不经心地从她的脸上滑下来，依旧停歇在眼前的书本上面——那张并不美丽的圆脸后面有什么东西正闪闪发光，它让我慌乱而惊骇。

相比之下，似乎只有黄海虹对身边这些风起云涌的故事毫无觉察。她甚至不知道，一个人的光和热不应该对所有人进行平均分配——但凡平均分配的东西，很难被人视为珍贵。喜欢东张西望的灯光只会照亮眼前的狭小空间，永不发散的激光束才有可能从遥远的月球上收获反馈。有许多次，我欲言又止，对身旁这个蒙昧未开的小女生暗生怜悯。

某个星期天，黄海虹约我和另一个女生一起打篮球，顺便到她家里小坐。真是想不到，在班级里很有大姐风范的生活委员原来是个娇生惯养的独生女。黄家的宽宅广院也大出我意料。这是上世纪 80 年代的最后两年，我在黄海虹的房间里与一张崭新的乳白色梳妆台狭路相逢。我已经尽了最大的努力，让眼光端正地留驻在两个女孩因刚刚运动过而微微泛红的面孔上面；但我的眼角余光还是不听话地溜了开去，仔细研究了一番梳妆台椭圆形镜子周围材质未明的复杂花边。若干年后，我也拥有了一张属于我的梳妆台，上面堆满了作为新嫁娘专有的成双成对的瓶瓶罐罐。我对着镜子把脸颊两侧的发卷仔细地涂上摩丝，忽然记起，当年我的同学黄海虹的梳妆台上其实缺少了很多物件。它亮闪闪的桌面是一片雪野，一只粉红色的塑料梳子寂寞地躺在上边。它当时告诉我的是：它几乎被它的主人遗忘了。现在我知道它骗了我，它假装忘了那些静夜和家中无人的白天，它的心里倒映过一张双颊绯红波光潋滟的鹅蛋脸。

在与黄海虹分别两年后我才知晓了她的秘密。那时候她正就读于第二高中，但我得从第一高中的一个男生说起。这个男生的名字我已经忘了，那么我们就叫他 K 吧。K 是我们三年级三班的数学课代表，却在高二这一年突然写出了小说，并一举夺得全校文学大赛一等奖。小说的标题有点儿古怪，叫做《柠檬月》。曾经对我倾吐秘密的圆脸女生及时向我通报了这一信息。作为一家跨校文学社团的主编，我当即写信给K。一周后，这篇在几所高中和中专校园里传诵一时的小说稿寄到了我的手里。

果真是美丽朦胧的初恋故事。柠檬柠檬，有点儿青涩的柠檬，当然还有微酸和细碎的甜蜜。我和圆脸女生把头凑在一沓稿纸上仔细钻研，故事发生在初中毕业前夕，那么需要把我们三年级三班的全体女生逐一排查一遍。排查之后我们失望了：这么完美的女主角，现实中完全不可能存在。

小说在我们的文学小报上发表后没多久，我应邀去了一趟K的家。现在想来，这件事情的真实性大大值得怀疑——这之前，我和K同窗苦读3个月，却几乎没有过任何交谈经历。我顺利地找到了K家的门牌号，敲门进去，发现K独自在家，一切都恰合我意。后来我才疑心：就在我抬手敲门的那一刻，一个鬼魅悄悄潜进了我的身体。

K先对我编辑的文学小报上的一个细节提出了疑问：他记得仲殊是个大官，为什么作者却说是个僧人呢？我说，你说的大官应该是晏殊吧，仲殊是出家人没错。说完，我惊讶自己思维敏捷记忆奇佳，不觉喜形于色。

又七零八碎地聊了些别的，K忽然问我：

"你知道我那篇小说的原型是谁吗？"

我张口便答："黄海虹！"

话一出口，我和他同时大惊，不禁相对瞠目。

"你怎么知道？——她告诉过你？"

"没有没有。——是我忽然想到的。"

——其实是那个鬼魅，是它在说话。不是我。

成年之后，我曾经无数次试图看清楚这个鬼魅的面容。它凭借什么选中了我？但是我显然越来越依恋它了：许多时候，只有它才肯告知我一切。那么究竟是不是它带来了这些附加在我身上的神秘物质？这些物质已经在不知不觉中把我变成了一块磁铁，有意无意地，我吸引了无数枚秘密的钉子——其中包括K和他的初恋故事。它们让我变成了一只走起路来哗啦作响的刺猬。一不小心，我就有可能碰伤什么东西。

那之后，我和K再未见过。我很快失去了有关他的一切消息。

但是我仍牢牢记得对他作出的承诺。我必须时刻留意，不让别人发现我身上携带着这样的一枚钉子。圆脸女生成为第一个需要防范的人。因为她与我保持了多年的友谊。直到我们进入不同的工作领域，又各自结婚生子。偶尔在街上碰到，只好随口探讨一番衣服的款式和面料问题。

还有我暗暗喜欢过的戴眼镜的高个子男生，我居然这么轻易地忘掉了他的名字。还有生来就带着小蜡烛的黄海虹，在人到中年的静夜里，有没有一只蜡烛可以单独用来温暖和照亮她自己？当我在百度输入这个已经久远的名字，我发现，这么多同名同姓的陌生人，我根本无从翻找他们的过往和来历。

她，他，他们，还有我自己，我们曾经是一滴水中的水分子。离开作为母体的中学校园，我们迅速成长为人海中的一滴水。或者也有可能，成长为一抹会隐形也会变异的水蒸汽。

我青春期的海市蜃楼，它曾经生长在那里。这件事真是令人难以置信：它已经来过了；然后，它带走了那么多东西。

春天的自行车

第二辑

逆时光

春天的自行车

逆时光

一、大 钟

大钟的秘密在火车站正式建成的这一天得到揭示，时间是 1918 年。随着乐队指挥的手势戛然而止，大号上绽出的最后一个音符在空气中熄灭了它的花瓣。好了，现在百川归海，所有的视线开始向大钟汇集。蒙着厚面纱的大钟此时还没有显露它的神秘。按照既有的常识和经验，我们早已知道，所有的钟表和火车站都会在大体上相似。火车站意味着旅程和未知，而钟表代表了已知和时间。时间本身当然是神秘的，但是它被人画成了钟面上等距离的线段和格子，像火车道上两条等距离的铁轨，以按部就班的方式向远方延伸。或者，钟表的神秘最终停留在它背后的机械上，这些相互啮合的秘密齿轮，被平淡无奇的 48 个格子黯然遮蔽。而火车和钟表注定要在某一点上相遇，在 1918 年的某一天，美国路易斯安那州新奥尔良市，在火车和大钟之间，隔着一道即将拉开的幕布或帘子。

就在这个时候，戴着黑墨镜的凯克先生，这座大钟的制造者，出现在人们和幕布之间。整个美国南部最好的钟表匠，从一出生双目就完全失明，这件事听起来简直不像是真的。或者，因为上帝拿走了凯克先生一双尘世的眼睛，而把另一双属于神灵的眼睛安放进他的手掌——手指将比视线触摸到更深的神喻和真相。现在，幕布终于被拉了下来，大钟修长的秒针指在 8 和 9 这两个数字中间。钟弦旋紧，一张弓已经拉开，时间将把弦上的箭射往远方。在万千双眼睛的注视之下，秒针像一位站在半山腰的圣者，沉吟着向下迈了几步台阶。这是让人目瞪口呆的步法，像一阵大雨点凌空泼下，人群中陡然溅起一片诧异和喧哗。连特地赶来观礼的罗斯福总统也一时间不知所措——大钟行进的方向居然是反着的！

大钟建造的时间长达数月。在这个漫长的时间段里，任何事情都可能发芽，并迅速伸展出它的根须和枝叶。战争已经持续了差不多4年，共有15个亿，也就是当时全世界四分之三的人民，被战祸席卷和波及。凯克先生心爱的独子，只不过是这阵亡总人数的840万分之一。而实际上，由于这个庞大的分母数，我们很容易就低估了某一个人内心里独自蔓延出来的悲伤。我们通常以为生命仅仅是生命，而死亡仅仅是死亡；我们忘了，一个人的死亡可以在他的亲人心上敲打出多么沉重的回声和闷响。凯克先生的心就是这样碎掉的。他破碎的心最终变成了这样一座大钟，让时间每时每刻倾听着它的祈祷或诅咒。让时间成为一场正在倒带的电影，——这样，在战争中失去的儿子们可以重新站起来，一个接一个地返回家乡。凯克先生和他的儿子将在他们当初告别时的火车站惊喜重逢。又是火车站！火车还是一味热衷于前行和带走；但是在一座大钟的咒语深处，它或者也可能返回原地，仿佛什么也不曾在人间发生。

大钟从此奔走在火车站的高处。它和所有的钟表一样整日滴滴答答，但它和所有的钟表都不一样——它走在与它们完全相反的路上。

二、在他与大钟之间

他走在和所有人相反的路上，只是刚开始他对此懵然无知。那时他这样幼小，一个刚刚出生的婴儿，眼睛已经睁开，但只能看得见一团朦胧的光亮。大脑已经进入运行，但还没有展开记忆和思想。他还无法知道，因为他的出生，他的母亲必须亲近死亡。他也无法知道，自己与平常的婴儿究竟有什么不同，为什么每一个看见他的人都忍不住倒吸一口凉气，捂住一声即将冲口而出的尖叫？

他叫本杰明。这是奎尼妈妈向大家——养老院里的老人们——介绍他时随口叫出的名字。眼下他和奎尼妈妈一样，还暂时无法知道自己所属的姓氏，因为巴顿先生把他放在养老院的台阶上时没有留下任何标记——有这个必要吗？他压根儿就不相信他可以长大。当他抱着裹在襁褓中的儿子，穿越大街上狂欢的人群，甚至来不及思考他此举背后的含义。战争终于宣告结束，所有的人都在欢庆，但在一个刚刚失去爱妻的人眼里，这是一个加重伤痛和令人发疯的场景。他对怀中虚弱的婴儿毫无怜悯之情，甚至还有隐约的厌恶和忿恨——这是父子之间自然天成的亲密的敌意，我们通常期待它可以在时间中一点点被消磨和消泯。但是这一次似乎什么也来不及了，年轻的奎尼女士已经发现了他。她再次仔细地看了看他皱巴巴的脸和身体，摇摇头，叹了口气："你看起来像个老人一样虚弱，但是你仍然是上帝的孩子。"

　　现在我们还不能确定他与那座大钟有什么关系。他在成长，这本身就像一个奇迹。一个 5 岁的老年人，皮肤松弛，白发稀疏，身形伛偻。还有每一个 80 岁老人应有的状态和痼疾。不同的是那双眼睛，一张藏在眼镜后面的真正的白纸，还没有来得及写上任何字迹。也是在这一年，他学会了阅读，有一些东西正在试图沿着文字的溪水流淌进他的心里。但现实中的世界仍然让人无限好奇：台阶下面的空地上有几个孩童聚成一堆，他们在玩什么游戏？这成为他非常关心的一件大事。不知不觉，他的轮椅已经接近了阶梯的边缘，一不小心就可能栽下去。而养老院里的晨昏是安全的，许多个既定和已知的时刻亲密地连结在一起，凝滞，舒缓，安静，适宜成长和回忆。从窗口斜过来的最后一抹阳光将是一个深受欢迎的漫长话题。

　　所有人都说他很快就会死去，他自己也这样想。但是偶尔，他觉得死亡这件事与他还没有太大联系。又过了两年，他居然意外地学会了走路，尽管还需要借助双拐。到了 11 岁这一年，他腰身笔直，白发渐趋茂密，两根拐棍也只剩下其中的一支。这是 1930 年的感恩节，他将永远为这一天的到来对上帝心怀感激。就在这一天，5 岁的女孩黛西——紧随其后的漫长岁月愿意提供足够的证据，证明她是他今生最重要的人——出现在他的生活里。上帝有时会化身为一个顽皮的小孩，悄悄把一件珍宝塞进某人的行囊，并为自己的小把戏未被及时发觉而暗自得意。

总的来说，世界是奇怪的。也许这一切与那座大钟并没有什么关系。世界上看起来最奇怪的一切最终大都在时间中得到了谅解，就像他，一个让人疑心是偷吃了传说中的长生不老药的人，他究竟是处于人生中的 17 岁还是 67 岁，没有人能够明确区分。他在一艘拖船上找到了工作，自食其力的崭新生活由此开始。赶在拖船驶进太平洋战争之前，迈克船长，一位文身艺术家，带领他认识了"女人"。在男人的一生中，这是至为重要的一节课，值得书写和记忆。事实上，总会有那么多人，带领我们去认识一些东西——无论这些东西属于整个宇宙，还是仅仅属于我们自己。

三、事件的齿轮

　　我们先假设这个女人是所有齿轮中的 NO.1，她住在巴黎。此刻她正在下楼，准备去超市购物，忽然发现忘了拿大衣。刚打开自家的门，电话铃响了，女人停下来接电话，为此耽误了几分钟。在这个女人接电话的时候，黛西正在为巴黎大剧院的演出排练。音乐在空气中滑着舞步，她曼妙的转身擦出一轮眩目的光圈。

　　女人接完了电话，下楼叫了一辆出租车。这个出租车司机，整个齿轮组中的 NO.2，因为上一班活儿完成得比较早，就停下来喝了一杯咖啡。喝完了咖啡，他出来接了这个因为忘拿大衣而耽搁了几分钟，因而错过了上一辆出租车的女人。也就是说，NO.1 和 NO.2 两个齿轮绞在了一起，在车轮的带领下，他们开始向同一个方向旋转，却差一点儿撞上了 NO.3。作为一名循规蹈矩的公务员，NO.3 前一天晚上临睡前偶然忘记上好闹钟，以致起床的时间比平时晚了 5 分钟，此刻他正急匆匆地横穿马路。NO.2 和他驾驶的出租车不得不来了个紧急刹车，以谦让公务员先生更为紧急的通过。与此同时，黛西完成了排练，开始冲澡了。水花在光滑的瓷砖上蔓延、盛开，花蕊吐出转瞬就将被岁月遗忘的抒情与饱满。

　　出租车停在一家精品店外，等女人 NO.1 去拿她的商品。但商品还没有被服务员小姐包装好，因为这个服务员（NO.4）前夜刚刚与男友分手，一个沉浸在失恋悲伤中的年轻女孩，自然而然地将顾客订购这件事忘到了九霄云外。商品包装好后，女人回到车上，出租车又被一辆货车挡了一下。此时此刻黛西也梳妆完毕，在等待她的一个朋友——我们不妨称之为NO.5——她停下来，仔细地把断开的鞋带重新系好。就在出租车停着等候绿灯时，黛西和她的朋友从剧院后门走出来了。在巴黎春天的街头，青春和艺术的精灵正在走动，上帝宠爱的眼神照耀着她们，欢快的音乐紧随在她们身旁。一阵小风吹过，黛西长发飘飘，像一场未竟的舞蹈。完全是为了让所有人的陶醉更加无可救药，黛西踏前一步，情不自禁地旋出一个轻盈的弧。

如果这其中有一个齿轮不曾加盟：如果NO.5的鞋带不曾断开；如果商品已经提前包装好，因为NO.4并没有与她的男友分手；如果NO.3头天晚上记得上好闹钟；如果NO.2没有停下来喝咖啡；如果NO.1没有忘记她的大衣，而是上了前一辆出租车，那么黛西与她的朋友穿越马路时，出租车只会与她们擦肩而过。但是所有的齿轮恰好一个接一个地绞在了一起，一系列的人与事件层叠交错，他们向着同一个方向输送，直到把一场露出白茬的意外输送进某人的生活。

没有什么可以抱怨。作为齿轮，无论有意还是无意，在台风的盲点处，我们或许刚好充当了一只肇事的蝴蝶。

1962年春天，黛西回到新奥尔良。一场意外，她受伤的小腿与梦幻的舞蹈突然断开。而一场意外通常会带来另一重假设，在这个意义上，那些素不相识的齿轮可能恰恰值得深谢——正是这些齿轮，把他和她重新输送回彼此的生活。沿着佛罗里达悠长的海岸线，他们的爱情航行比舞蹈散发出的梦幻气息还要浓郁得多。

"我对我们在26岁时没有找到对方感到些许欣慰，因为那时候我太年轻了，而你太老了。现在它就是在它应该发生的时候发生了。"

这样说着的时候，她原谅了爱捉弄人的岁月。

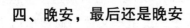

四、晚安，最后还是晚安

有一个人，我们可能不小心就忘了他的姓名和来历，不过这也没有什么要紧。因为我们已经记住了他偶然说过的一句话：

所有的人都与我们自己一样，内心里孤独无依。这是一个秘密。

有一天晚上，那时候他和她还没有团聚在一起。那时候她在她的舞蹈中飘来飘去，像每一支爱做梦的羽毛喜欢的那样。但是忽然有一天，在睡意朦胧半梦半醒之间，她听见自己在说：

晚安，本杰明。

这两个词轻轻地从她的唇齿间滑落下来，像两粒熟透了的草籽，饱满，自然，就要长出声响和呼吸。好像他就在她的左右，而不是远隔千里。并且，他一直都在那儿，就像她自己的影子，从来也不曾消失。

这样，在终于得以相守的日子里，每天睡前，他们都要轻轻地相互道一声：晚安！然后温暖地一路睡去。

在这世上，如果一直有一个可以互道晚安的人，这是不是证明：我们已经获得了一生中最大的幸运？因为，也许那句话刚好一语成谶：每一次睡眠就是一次死亡。

但是许多个晚安把许多个日子连成了一串。像一道珠帘，我们从来没有想过要数一数，那珠帘上究竟串连着多少粒晶莹的珍珠。或者是，幸福的日子就是这样一串来不及细数的糖葫芦，转眼就会被一张张贪婪的嘴吞得一干二净。

1968 年，他们的女儿卡洛琳出生了。他在 50 岁上成为父亲，幸福甜蜜又忧心忡忡。他已经知道他会越来越年轻，越来越小。年龄是靠不住的，而爱情则跟随着时光四处走动。

他决定离开。这是对的：应该让遗忘赶在记忆之前。天下所有的女儿都需要一个强壮有力的父亲，而不是天真的玩伴。凌晨时分，他走了，抽屉里留下了所有的钱。她醒着听他的摩托声，渐去渐远。

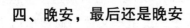

多年过去，他回来看她一次，之后再度飘远。她知道他仍然活着，在每个新年寄回的明信片里，在世界的任意一地。直到有一天，他被人发现在一间废弃的房屋里，眼前放着一只上锁的日记本，上面写有她一个人的名字。她终于又可以看到他了。如果我们乐意算一算，他这一年到底有七十几岁，外表上是一个 10 岁的孩子，幼稚或苍老得完全忘了自己是谁。

她小心地走近他孤单的背影，说：嗨，我是黛西。

他一点点回过脸来，一点点追忆这个久远的名字。他说，我见过你吗？

她缓缓地摇头。

他说，我好像已经有过一生，但是我什么都想不起来了。

有人以为这是破碎的相聚，但是完全不对。一个女人和她的爱人，她有多老，他就有多小。而时光有多么痛惜他们，让她和他就这样一起风雨飘摇。

2002 年到来的时候，人们把那个大钟摘了下来。世界上已经发生过太多事情，而一只执意向着过去奔走的大钟，不用说，与这个世界早已格格不入。这个世界已经被证明不是诗意的，因此不再需要诸如此类的祈祷和象征。

大钟被摘下来的第二年，他的面容变得像初生的婴儿那样透明。他在她的怀抱里，久久地望着她，然后慢慢地闭上了眼睛。

若干年后，她也走到了最后一刻。原来死亡并不让所有人都心怀惊恐。死亡让某些人好奇，因为它并不透明。像许多年前在他身边睡去的时候一样，她最后一次轻轻地说：

晚安，本杰明。

我听见我身体里的什么地方响起一个温暖的回声：

晚安，黛西。

两个女人的编年史

如果我记得没错，我和苏是在 1999 年认识的。把她介绍给我的是编辑 T，把我介绍给她的是一本当时发行量颇大的《上海服饰》。作为一只产量不高的母鸡，我当然希望我生产的每一只蛋都引人注目，并对品尝和慷慨赞美它的人心怀敬意。就这样，在 T 编辑的安排下，我和苏在国际酒店的茶吧里见面了，当时在座的还有另外几人，如今这几位朋友的面孔变成了记忆的模糊布景，苏穿着一件绛红色的羊绒大衣，在我的视野中正式现身。她隔着桌子和许多杯杯盘盘向我打量了一会儿，在终于落座的同时提出了一个疑问——

"我们见过的吧？"

我向来是个反应迟钝的人，这一天却福至心灵，脱口说了一句："'虽为初相识，疑是故人归。'——是这句话吧？"

苏一点儿也没为这情境深远的古意迷惑，她坚持她的现实主义看法："不对，我们肯定见过。"

从国际酒店出来，我和苏站在路边大致交换了一下各自的情况。苏说她在某商城开了一家店铺，卖装饰画和相框。这下子，我明白先前的问题出在哪里了：几天前我陪我母亲在那家商城里买了一只相框。当时我母亲夸赞一幅画"太艺术了"，我提醒她说，这是印刷品，可不是什么画，所以也算不上艺术。想不到我很不地道的一句话被苏听去了，我也因此在她的大脑里留下了一点儿印象。

好了，现在真相大白，我和苏旷日持久的友谊自此明确展开。

2000 年开始，我在深港商城开了一家服装店。苏经常跑来看我。我这只喜欢隐形匿迹的蚂蚱被没长腿的店铺拴住了，让她觉得找到我相当轻而易举。这时候她已经不卖装饰画了，开始和她先生一起做房地产生意。刚开始是小打小闹地承包一点儿建筑活，所以时间上还颇有富余。工地开工之前她和我一起吃顿晚饭，席间问了我一个私人化问题。等明白过来她的问题是什么意思，我惊怒之下把到了嘴边的汤匙扔回汤煲里。

我脸上一定变了颜色："这是什么话?!"

苏不动声色："上次吃饭你还挨着他坐的。"

我说："是呀。"

"是呀"之后，我闭口不语，把这些年来的情形一点点在脑子里过了一遍。看来我处世不够低调和小心，以致生出这等无稽的绯闻。其他人都在暗地里嚼舌头咬耳根，只有苏坦然地把这巨大的谜底透给我。

或者，她要一个属于我的谜底，我也得到了一个她的。两个人，联手打了一个平局。

我和苏的友谊算不得多么顺利。我们两个都是双子座，双子们的特点就是反复无常，角色切换过快，在不同的立场上跳来跳去。两个人又都真实得过分，坚决不肯在友谊中戴上面具。她的 O 型血喜欢直来直去，我的 B 型血喜欢粗心大意。这样也好，什么河流都不喜欢自己一泻千里，它需要一个沉积地带，安静，舒缓，把内心里的东西仔细打捞一遍。

说起来也巧，两个人星座相同也还罢了，生下来的儿子又都是巨蟹。巨蟹们优柔寡断，有超乎寻常的恋母情结，这使得两个男孩的面目看起来居然有了几分相似。苏一想到这种巧合就会发痴，有一天她突发奇想："是不是双子座生的儿子都是巨蟹座呢?"

对于这样的傻瓜问题，我是懒得回答的。

在朋友们看来，苏和我半路出家的友谊接近一道谜语。正如同我们早就知道的，人是多么热爱认同的动物，最喜欢做的事情就是在朋友的身上翻找自己的影子。但是我和苏显然无法完成这一道镜子模式。她身材高挑，比我高出 10 厘米不止，一副径直奔往成功人生的女强人气派。而我人近中年还怀揣一副小孩心思，得贪玩且贪玩，想要赖就耍赖。她是一棵站立在向阳地里的白杨，我是偏爱雨林气候的草本植物。她的小说关注大多数女人的心灵成长，我只顾着专心摆弄自说自话的散文和诗歌。在草草作出如上对比之后，我不得不向朋友们艰难地说明：究竟在内里的什么地方，我和苏可以做到相似和相通？

每当这时候我就会发现，原来"说明"是一件如此困难的事情。事实上，有些事情你永远无法"说明"。语言诞生了这世上最曲折的道路，当我们涉过千山万水，仍无法到达另一颗心灵。我们眼睁睁地看着这道路变成了一条带状的烟雾，它蜿蜒、飘移、隐退、消散，最后剩下空旷和虚无。语言有时候恰恰起到了面纱的功效，让陌生的人得以永远陌生。

由此我猜想，这世上的每一对好友之间，都有他们共同发明的秘密语言。书本上艰深的修辞在这里得到了极其简易的广泛应用，频繁的指代、象征、明喻、隐喻、引用，大量的旁人无法知晓的缩略语和典故……如果未能熟谙此中的密码和技艺，没有人可以泅渡过这条披着凡俗外衣的诡异河流。

苏试图对我说清一个想法时通常使用"比喻"。

那一天是在苏的家里。是五楼或者六楼我已经记不清了，因为没过多久苏就搬进了她眼下的新居。那一天的黄昏时分，窗外次第展开一片比我们的视野略微低矮一些的楼群或房子。苏指着窗外的某个地方开始了她的讲述：某一天下午，也就是两三点钟光景，她抬头从我们坐的地方望出去，意外被不远处一个闪耀的物件夺了眼目。好奇心上来，她忍不住左瞧右看，试图弄个明白。足足过了个把小时，她才看清楚——那原来，是一块碎玻璃。"虽然它只是一块玻璃，但是在那个特定的时刻，那样特定的阳光下面……"

我明白了她的意思。

这之前我们正在谈论一个男人，并且达成了基本共识：这男人相貌平庸，性格软弱，本质上缺乏明朗和辽阔，为什么一个自视颇高的女人居然会爱上他呢？

苏的意思是说：虽然这个男人只是一块碎玻璃，但是在某个奇异的时刻，他在一个女人的眼里，突然变成了金子。

诸如此类的对话非常之多。我利用我时隐时现的勤勉记录下其中的一部分，它们后来无一例外地变成了属于我的私人财产。虽然，我记录的方式是这样的："苏说……"

我想，若干年后，我或者可以专门写出来一本书，书名就叫做：《苏说》。

我忽然生出"来不及"的念头是在 2002 年春天。接下来我想，我这样慌里慌张是有原因的——这一年 6 月，我即将年届而立，却还不知道自己将去往哪里——我来不及和苏说清楚我的担忧和疑虑，就匆匆忙忙地跑到了沈阳。

我在辽宁文学院首届新锐作家班里学习了 3 个月。中间还穿插着一个暑假，小半年就这样过去了。

和多数人一样，我从来没办法相信写作可以通过"学习"来获得，所以这是一件非常奇妙的事：在辽宁文学院，我的脑子突然开了一道隐秘的缝隙，它开始知道如何进行一桩相对复杂的叙事。我甚至还写了一篇名为《鱼在飞》的小说，让苏看后大为惊喜。

现在，当我怀想 2002 年的辽宁文学院，还可以隐约嗅到那类似于幽昧的气息。我想，一定有一些文学的幽灵隐藏在那里，它们行踪不明：教室，走廊，操场，宿舍，食堂……它们不一定在什么地方突然现身，随机与某一个人融为一体。在当事者完全不知情的状态下，激烈的化学反应已经完成，那些深埋在某人生命中的潜能就此变成了肉眼可见的灿烂火星。

到了 2003 年秋天，辽宁文学院第二届新锐作家班召开结业典礼，我到沈阳，看苏接过文学院颁发的作品获奖证书。就在这一次，我大致看得更清楚了，从文学院走出来的队伍大致排出了三个队列：第一小队意外被幽灵附体，就此生出了征服文字的勃勃野心；第二小队稳步行进，对自己内心的目标永不言弃；第三小队由最聪明的人士组成，因为看见了眼前漫长的队列，下定决心另谋他径。苏属于第二种。她没有野心，也不打算过分聪明。文学在某些人是奋力拼杀的疆场，在她只是闲庭信步的花园小径。

现在回想起来，2004 年正是苏生命中的第三个本命年。当我也度过了今生的第三个本命年之后，我才突然意识到，在 2004 年，苏的内心肯定也经历了某种嬗变。遗憾的是，我可以记起她对我讲述的某些重要事件，却忘记了这些事件发生的准确时间。

和我的 2008 年本命年一样，苏的 2004 年很可能也是最为动荡的一年。大约正是这一年，苏频频发来短信，与我约定见面时间。她有许多话急于说给我听，为我无法悉数领会而面露焦灼之色。她的生命正流经大片峡谷和山地，眼见得处处山高浪险；而这一年我身在平原，并且深深沉湎在自己的生活里面——我本质上就是一个自我主义者，始终神往一种旁若无人的生活。这一年，我以为这生活已经离我越来越近，我黯淡的人生底调上隐约泛出些许亮色。我听见苏开始表扬我做什么事情都兴致勃勃。这句话可以剖析出两个层面：一个层面是，这一年我状态良好，整个人比较明朗向上；另一方面，苏这一年里内心沉郁，就此成为我的一个对比。不过接下来苏又说，我之所以拥有这副得意洋洋的相貌，是因为从未在男人手里吃过败仗。我谦虚地表示，因为从不与男人交手，导致我始终没有败仗可吃。

说这句话的时候我一点儿也不脸红。大抵正是从这一年开始，我决定在内心里把自己打磨成中性。苏说我本质上与她一样，其实对爱情满怀热爱与神往。但是我已经看明白了：上帝从来没打算给某个人十全十美的幸运。所以，即使注定没有爱情，我也有必要让自己活得自给自足、圆满又圆融。

这一年，我对苏公开了我发现的一个重大秘诀：这世上任何一件事物，包括抽象的和具象的，包括几何、代数、化学、物理，都可以经过裁剪、打磨、组装、穿插、折叠，最终化身为一篇散文。换句话说，散文无所不在无所不容，散文与万物同生同死。

又过了一阵子，苏也说出了她的一个重大发现，她说我是个非常讨巧的家伙。我忍不住问："讨巧是什么意思？"她说："别人看见你的样子，就会认为你性格温柔，小鸟依人，擅解风情，而实际上这些优点你一个也没有。"

我在心里惊叫了一声。被人看穿是一件多么可怕的事情，但是，为什么我内心里的感动和狂喜竟这样汩汩涌流？

有许多个夜晚，我和苏各自占据她家雪白餐桌的一条边长，展开只有两个人的探索和倾谈。餐桌那头有时插着一束鲜花，比如康乃馨或玫瑰之类；有时是干花或者绢花，看上去比鲜花还要优雅蕴藉。和苏在一起，我的口才要比平时好上许多——抛开对词语精确性的担忧和遭受误解的可能，我发现，话语在唇齿间饱满绽开的花瓣竟然如此妙趣横生。话语原来并不只是话语本身，它是芳香而有毒的鸦片，是迷宫中层层叠叠的路径，是瞬息之间的峰回路转和柳暗花明。双子加上双子，这两面相向而立的镜子中间，任一事件的影像都被无限延展。而这正是双子之间的秘密：对人世永不消泯的好奇心在彼此的内心得到了回声和鼓励，让两个人的探险航行暗礁密布又激动无比。一个事件就是一只门扉紧闭的蚌壳，经过我和苏的一系列缜密解剖和推理，直到挖掘出两个人共同认可的细小珍珠。每一次相见都会有一颗到几颗珍珠的收获，让我们一次次欣喜于人生的饱满和富足。

苏请我一起享用她爱吃的比萨饼。她说作为女人，我们就应该尽可能地享受美食、美景和美色。给自己买喜欢的衣服和食物，平时努力工作，闲暇外出旅游，在有生之年里看遍千山万水。我眼看着她一步步奔着这目标而去，步子迈得又大又急。她的脚步在几年里覆盖了中国的大部分山水，又开始蔓延往世界各地。而日渐坚实起来的经济后盾最终会变成一架梯子，让一个人梦想中的一切逐一升级为现实版本。

我觉察到与苏之间的不平等是在 2006 年以后。在此之前，虽然生理年龄相差 4 岁，我们的心理年龄其实大致相等。甚至某些时候，由于行动缓慢与世无争，我的表现比苏还要安稳镇定。我不知道这一年多的时间里苏究竟有了些什么际遇，以致整个人获得大幅度的超越和提升？

苏还是像以往那样与我倾谈，但是语速明显舒缓，似乎已经没有什么事情可以让她心烦意乱。我的劝慰和开导不再是必需的；恰恰相反，我变成了交谈的主要受益者——平衡多年的天平突然倾斜，它传达的危险信号，让我一时间不知所措。

穿过一大片表面上错落起伏的迷雾，这才是我和苏真正息息相通的地方——无论外在的成就如何，也无论富有或贫穷、得意或失意，我和苏对成就的定义实质上完全聚焦在一个人的内质。换言之，让我们真正倾倒的，其实只有内在的成长和智慧，以及成长带来的透彻和敏锐。那些虚拟的锦绣和光环，永远无法进入我们的敬意范围。甚至，我们正是以此对友谊和所谓层次进行严格区分——从一开始，我们就知道这友谊是怎么回事：它存在于那个叫做灵魂的界面，而生活只不过是它的延伸和点缀。

2007 年夏天的某个傍晚，因为陪同一位外地客人，我们一班人马个个喝得半醉，嘻嘻哈哈地乘快艇游河兜风。暮色渐次四合，天色半明半昧，这儿那儿，点点灯火在水底陌生地闪烁。这时候的大辽河整个是陌生的，这陌生里有一种异样气息，它起落，飘浮，我怎么也捉它不住。我四处张望，和苏迷离的醉眼碰在了一起，忍不住相视而笑。游艇这时候在河心划了一道弧线，开始向入海口疾驰。T张开双臂站在船头，向着空旷的水天大喊了几声。我和苏也学着他的样子，张开双臂迎着风声，感觉自己马上就要长出翅膀。我也试探着喊了一声，又喊了一声，一阵窒息的狂喜突然来到我的心中。

事后，我看苏在她的文章里重现这一幕，她火花四溅的才华让我吃惊。是的，当时我并没有想到，她对这个瞬间的感恩和沉醉远比我来得深沉。

是因为，至深的感动只能来自最柔软细致的心；也因为，她平日里的心情和音量，比我压得更接近泥土和沙尘。

2008年终于过去了，那曾经属于我的，艰辛的、折损的、伤痛的、焦灼的……时光！终于都过去了。

又有很长时间没有见到苏了，我开始想念那些彻夜的长谈，白餐桌上的两杯咖啡，知心知肺的痛和美。不过没关系，我已经知道有些东西并不需要活在空气里，因此它永远也不会随风飘移。

我所要感谢苏的，或者正是苏会感谢我的。整整10年，由时光构成的巨大星云终会让所有人心生敬意。两只渴望化蝶的蛹，我是说，两个在星云中相扶相携的女人，这是她们从星空中索要回来的：光线，草野，短暂的逃逸，永远的飞翔。

如果有一种度量衡可以用来称量友谊，它一定可以证明，苏在我的生命中起到的作用，远远超过了我对她的全部给予。有些人从一出生就具备某种向上的力量，我的幸运是，在与这个力量的遭逢中，我的灵魂一点点止住了下滑和沉降。而在此之前，我已经确信我是一只经过粘合的碎罐子，我从未想过它也可以盈满水色，盈满春天的香味和明亮。

我是多么庆幸啊，在2009年的春天到来之前，我终于也和苏一样，安静地抵达了宠辱不惊的中年时光。

春天的自行车

那辆深红色的蝴蝶牌坤车，几乎还是新的。整个春天，它在阴暗的小房里度过。祖母说："谁要骑就骑去吧，老是放着，看锈住了。"话是冲着我说的。时间在 7 月，墙角的草莓已经歇了果。但是豆角和黄瓜架，还有喜欢招摇的月季和大丽花，把院子挤得满满登登，谁也看不出有什么空缺。"你爷爷在的时候，宝贝得紧呢。"这其实不用祖母说。车已经买了有两年了，骑到外面的日子加起来不会超过两个月。"360 多块呢，啧啧啧。"祖父把我拖出去欣赏他的新车。我觉得买贵了，但也只好逗他欢喜："嗯，蝴蝶牌，是好牌子呀！"他一年难得逛一次商场，跟市场和行情早已脱节。他从里到外的衣裳，除了捡我父亲淘汰的，都是由我和小妹买回来。他不知道什么是条形码，不知道要看商标上有没有生产厂家。有一次，我送货不及时，酒喝光了，他自己跑出去买了一桶，告诉我酒涨价了。我一看，幸好不是假酒，但他买的是 60 度。按我和我父亲达成的协议，最多让他喝52 度。他老了，喝上两盅，颧骨上就洇出明显的酡红；他对我说"酒上头啦"，微醺满足的神情像一个得意的孩童。前几天，我发现壁橱里面还有一桶二锅头，超市的包装袋还封着口。是早春时节，他身体不适，不得已戒了烟，又戒了酒，一直到他去世，这桶酒竟然没来得及给他送去，好像一幢建筑还未曾入住就突然变成了遗迹，崭新得让人恍惚。

这是一个恍如梦魇的春天，蝴蝶车停栖在小房里，祖父在我父亲和小弟的陪同下于各家医院辗转出入。怀疑、依恋又恼怒，我们一家人的情绪大致代表了普通人对待医院的整体态度。怀疑是自然的，即使医生真的是上帝派往人间的救赎天使，我们仍有理由怀疑他白衣下面的真实质地。还有这些造型各异的神奇药片，这些名称古怪的输液剂，这些所谓的高科技医疗器具，它们表情冰冷，神色可疑，像一团陌生的雾气试探进祖父的身体。更重要的，他们和它们，在我祖父的痛楚面前束手无策。为掩饰这些，它们举止生硬，他们动用术语。他们假装温情，它们繁复程序。他们和它们，共同引燃我多年的敌意。

许多年来，我对我所未知的一切同时抱持敬畏和疑虑：复杂的机械；奇妙的化学；简单事物背后的多重隐喻和繁华传说。这个世界自有它的温暖和残忍，它喜欢重复诸如此类的交付游戏，把一个人完整地托付给另一个人，把一个群体托付给另一人群。把病人托付给医生，把幸福托付给命运。而这个被托付的人，他甚至没有机会表达真实的内心。他的痛楚，他的拒绝和厌弃，所有这些，被世界忽略不计。

现在，我看见了这么多被病痛折损的人，像一辆又一辆旧车，生命的方向盘失去了控制，命运将他们传递到另一些人手里。他们必须睁大眼睛，对代表科学的判决虔诚倾听；他们依照指令反复伸出胳膊或舌头；翻来覆去地配合护士们手中的注射针头。我想，一个缠绵病榻的人是否更容易发现自己裂变成了多个？——一个乐天知命；一个满心不忿；一个坦然面对；一个疑神疑鬼。他们躲在竖条病号服下面彻夜争论。像一个把车推进街头修车点的人，苦于无法驱散心头阴郁的烟雾和起伏的戒备。还会有谁比他更需要和热爱这辆不起眼的旧车？但是此刻，他只能寄望于修车的人信守良心和责任。他仿佛突然置身事外，张开另一双陌生的眼，惊奇地发现了如此之多的破绽——这辆车，跟随他奔波多年，他早已习惯它古怪的个性，它偶然的尖叫，以及各个部件之间隐蔽进行的离散。甚至它在冰雪路面踯足而行的微妙颤栗，转弯时刻短暂的畏怯和迟疑，都像一阵微弱的电流传输进他的心里。这么多年，他的手始终握住它的，它带着他，走过那么多地方，那么多陌生的钉子有意无意间契入了它的脚掌。他记不起它究竟有过多少道暗伤，过分的熟稔消泯了距离和美感，也让他和它彼此亲密到视而不见。现在，他被迫退避一旁，习惯向外部世界窥望的视线聚拢到眼前。它满身触目的疤痕让他惊骇。竟然会有这么多来路不明的烟尘和锈迹？他没有注意到它们已经跟随它多少时间。它动作迟缓，仿佛提前进入了暮年。铃铛暗哑多时（对自身的存在无意表述），前闸近乎废弃（某个比较重要的经脉暗中失控），辐条断了两根（未曾留意的骨折），轮胎花纹磨损（与世界啮合的牙齿松动脱落），更多的螺丝暗暗摇摆（不肯再配合他对时光的紧凑界定）。他眼神躲闪，慌乱和羞赧都突如其来。一个人很容易忘记自己对生活的过分粗粝，当他在病榻之上回想这些，深海般的夜色在窗外摇晃，恍惚和幻觉再次罩住了他。我们看见过他：一个虚弱的婴孩，静默，乖觉，柔软。我们也看不见他：他周身裹着透明的惊慌，向夜色深处逃窜。

在这个春天，自行车比往昔更接近一个寓言。两只暗中指向时间的轮子：上帝和现代科技并没有赋予它们向后转动的权力。这也像小时候我们玩过的滚圈游戏：铁圈飞驰，催促我们紧追其后，游戏开始时刻的主从区分迅速瓦解，铁圈与人合二为一。至少我们眼中的情形大抵如此。而钢铁在此时成为我们身体的一部分，不可须臾分离。只有当时间抵达某个限度，铁圈訇然仆地，我们弯腰拄膝，气喘吁吁。属于某人的单程游戏就此结束，他持续奔跑过的道路象征了成绩，不能修改或回溯。时光的甬道构造简洁，试图修改它的科技最终只能成为装饰。而甬路无止无休，蜿蜒成为我们热爱钢铁的无数理由。

我苍老的祖父，他对一辆自行车的热爱也有无数条理由。只是在我看来，这些理由连同他今生的过度节俭，都像一株没有根须的大树。在我的整个学生时代，祖父为我买了3辆自行车，而他自己的那一辆，骑了近40年，对此我从未深想。我熟悉的这辆二八型载重车，从我两岁开始，就坐在它的前横梁上周游四方。在我启动记忆之前，已经对周围几十里的地界了若指掌。我去过我至今都记不起的那些地方，它们安然躲在我生命的某个角落里不声不响。许多年后，祖父无意中和我说起县城的各个去处，我多数茫然不知；但是祖父肯定他带着我去过。他说到"青石岭"，这个地方我倒是知道，在县城北郊；而我们居住的郑屯在县城的西南方向。也就是说，青石岭算得上是整个县城距离郑屯最远的地方。我最多4岁，性格急躁倔强。我要吃冰果。祖父喊住沿路叫卖的小贩，由着我一口气吃下七八支，冷得直打哆嗦（难怪我的胃一直造反，祖父的溺爱造成了一生的灾难）。这是5月的傍晚，我不及观赏县城初放的灯火，歪在车把上睡着了（我在梦境中游览了县城的若干条大街）。

有无数理由让我牢牢记住这一辆旧车。在变旧之前它寒光闪闪，交错的辐条绞断过我的踝骨。那时候我多么幼小，甚至来不及对痛楚形成深邃记忆。我幼年的踝骨在赤脚医生的简单包扎下神奇愈合，只是它与地面之间的交接出现了微妙的倾斜；这不为人知的角度，是我从右脚的鞋跟儿上微弱的磨损中猜测到的。到我祖父75岁这一年，他与一辆旧车的关系日趋恶化。看吧：它牌子不明（车身的油漆斑驳脱落）、整日絮絮叨叨（那些衰老的零件如此急于诉说）、日益显出笨拙（内部的吵闹造成了巨大的消耗），使多年愉快的合作变成了难堪的计较。它阴郁、执拗，情绪的走向让人莫名其妙。我的祖父，他曾经用了几十年的时间，热爱烈酒和一方楚河汉界的棋盘。让他意想不到的是，到了晚年，会与一辆相伴多年的老车对弈成一盘欲罢不能的局面。在最终的败迹出现之前，祖父终于下决心放弃这场比赛。一辆新车紧接着出现在我家的院子里，它轻巧，光洁，著一袭华丽的绛红新衣。每天下午4点45分，他准时把它从小房里推出来，赶去小学校上班。他已经75岁，为自己仍然胜任一份工作暗自得意。他是这个城市里最后那批年老的更夫之一，因为没过多久，市内接连出了多桩盗窃案，更夫受伤或遇害。市政府责令各单位加强夜间值班管理，年老的更夫一律清退。祖父特意更换的新车，买回来不到一个月，它和他一起"下岗"了。

这是我今生最难以承受的瞬间之一。后来我想，是不是这突然到来的无所事事导致了祖父的快速离去？这样一份收入菲薄的工作，他做得有滋有味、尽职尽责。离开小学校有三面玻璃窗的传达室，他盘腿在自家的火炕上度过了一段神情恍惚的日子。在此期间，他试试探探地问我，能不能为他在我朋友投资的建筑工地上找一份看守材料之类的工作？我登时如箭穿心。这是我所记得的唯一一次，祖父开口求我。对我，他此生唯一钟爱的孙女，他始终是大树，是对腋窝里小草的给予和怜惜。他原本是高大的，强壮，有力，满足我的一切索取。然后故意悄悄伸出两根脚趾夹得我哇哇讨饶。直到我长大成人，他变得瘦小、枯干，但是仍然笔直。他。他的脸上，盛开两朵羞赧的、虚弱的红色。他一开口，已经预知了拒绝。

应该说，身为人子，我和我父亲同样是失败的。祖父开口求我，这让我无地自容。生活的压力无处不在，但是对一个75岁的老人，它理应选择绕开。除此之外，我所感应到的祖父的内心，还有一个隐蔽的角落。作为移民者的第二代后人，他的做派始终停留在传统的大东北时代。他极少插手家务，认定这是女人的工作。他是男人，养家糊口方为重中之重。他失去职业，这意味着他将退回和我祖母相同的角色。他不能容忍这一点。不管生活把他鞭打得怎样千疮百孔，他最后要护住的，仍然是在我祖母心中的力量和威风。在他病重的日子里，他让我祖母将他的皮鞋和新些的衣物一一翻找出来，送给前来探望的老家侄儿，即我堂叔。我祖母犹豫不动；他因此大发脾气。这是我母亲转述给我的。此时祖父已有半个月无法进食，全部体力依赖输液瓶中名目繁多的种种流体。我母亲由此断定我祖父对自己的病情心知肚明，虽然她和我父亲自以为隐瞒得天衣无缝。

现在，我才发现我忽略了至关重要的一点：这个小学校呈半地下室状态的传达室，其实是祖父与这个世界日常接触的最后一个站台。离开它，他就彻底游离在这个城市之外。他是一个寂寞的、寂寞的老人，以暮年的身体进入城市，却始终没有建立起自己的交际圈。尽管前几年我托人将他和我祖母的户口迁进了市里，这微弱的粘合剂，完全无助于修补他们与这个城市之间巨大的裂隙。我猜：有一种奇怪的生物寄居在他们的身体里，是它，执意带领他们向着与城市相反的方向飞驰——几年前，我的脸上也飘浮着这样一种陌生的物质。但是城市慢慢渗透到我的内部，我已经不可能离开坚硬、齐整、快捷的城市，返回乡下柔软邋遢的缓慢时光。但是我祖父选择了回去。他在赋闲后对老家的一次次造访中，顺便为自己在鹤阳山上选中了一个位置。他一定考虑了很久，最终决定放弃这个城市新建的龙翔园公墓。尽管它严谨、肃穆，交通便利，礼仪完整。他从未去过那里，这使它在他的想象里越发面目阴冷。我的祖父，他一次次回到乡下，虽然那里真正意义上的亲戚只剩下我大爷一家；他回来，津津乐道我堂姊为他做的两副鞋垫。他走上春天的鹤阳山，在我祖母的母亲的墓前停留片刻。这个没有生出儿子的小脚老太太，在她的风烛残年，他在幻觉中把她当成了幼年失散的母爱。他找到我外祖父的坟茔，他已在此等待他多年。沿此向北，他在延长线上走出50米远，重重叠叠的柞树像几十年的时光蜂拥而来。就是这里了，他仔细交待给我父亲这个具体的所在。他并不知道，一年之后，他将浓缩进一只小盒子里引领我们回来。没有什么不能够舍弃。连同这棵刚刚在窗外吐出青果的山楂树。连同这被癌症占领了的身体。他曾经败给一辆残破的老车，他干脆把它换成了新的。但这次是他自己的身体，一生的溃败将就此停止。

时间背后的事件

　　前几天看新闻：北京一出生仅 61 天的婴儿开口叫"妈"。不仅如此，这个小天才还会叫"奶"——此字发音难度较高，因为是他生命所需的主要粮食，故而居然也早早纳入了话语系统。此外的"a"、"o"等元音，大约被作为休闲时的练习曲使用。不管照片上的小家伙有多么目光清澈，在旁人的眼里多少带了些惊骇色彩，像目睹一个精灵进入民间。按照常识，婴儿一般要长到一周岁左右才能具备比较完善的发音器官，最早的也要七八个月以上。人类发展到今天，进化功课应该早已做完；只是现代人的词语库存爆满，一茬一茬的新鲜词语还在不断地被生产出来。难道是为了配合这样的现场，隐身暗中的发音器官也正发生着不为人知的质变和进展？北京儿童医院保健科的医生不敢像我这样做出草率论断，面对这个人间奇迹，只好将之归功于科学的辛勤胎教。

　　如果放在早些年，这小天才就不叫天才，叫妖怪。按照传说，人在重新投胎之前要喝一种类似于"忘情水"之流的东西，不只忘却前生的幸福和痛苦，也忘却语言。面对崭新的人世开始又一轮的表达修炼。当我们面对孩子，使用率最高的一个词是什么？是"听话"——这个不知不觉中掺进了强迫性的动宾词组，动词是"听"，是孩子的动作；宾语是"话"，是大人的命令。而强迫性有它生理上的合法因由，即孩子不得不"听"，哪怕是为将来的反驳和叛逆积累经验，孩子也不能不短暂做出顺从的姿态。如果不听，他有效的反对意见将无从发布；即使真的不听，他也没有办法发表另外的看法——他必须忍受将近一年的失语状态，以及此后数年的初步练习阶段，直到成年后还在进行的自我修持和精益求精。也就是说，面对孩子，成人的优势不止源于体力，还关乎语言的霸权主义。孩子的语言和身体一样是脆弱的，他要用一生来学习狡辩和制造话语迷宫。作为智商情况除数字运用以外的另一种实际功能，语言的力量不容忽视。他制造的话语迷宫越多，他的攻击力量就愈发强盛。他可以让另一个（甚至比他还要年长的）成年人在他的面前变成孩子，张口结舌，无所适从。像这个仅仅两个月大就开口说话的小天才，在面对体积和人生经验都要比他大上数倍的婴孩时的优越感一样。而这优越感的后面，是因为语言。这语言的后面，是年龄和岁月的落差。当实力与年龄成为反比，其间的优势仿佛被扩大了 n 倍，这是因为年少者手中握有更多的时间。所谓未来，不过是指望时间使已有的色彩向着美好的方向进一步转化。

至于理查德·桑德拉克，12 岁的美国男孩，身高 1.47 米，体重 45 公斤，能举起比自己重两倍的东西，可以在 15 秒内踢腿 30 次。时间再一次在中国以外的地方出现了奇迹：它使理查德在 7 岁时即拥有了 6 块腹肌，以及像模像样的三头肌和肱二头肌。这个"世界上最强壮的男孩"，甚至在拜师时使健美教练受到了惊吓，效果同于出生仅 61 天的婴孩开口说话。时间在一个中国婴儿的声带和美国男孩的肌肉间奔跑得过快，使法定的年龄远远落在了后面。

但年龄也使一个早婚的少女处于劣势，这样的故事让人心情复杂。一个女孩被父母遗弃，他们离婚后要寻找各自的幸福，此前的错误果实需要强行忘记。在乞讨中流浪多年，不幸的女孩终于遇到肯收留她的人，他长她 10 岁，出于怜悯，他不想让她死于饥饿。她于是叫他哥哥，为他做饭洗衣。并在此后的岁月中将自己变成了他的女人。苦难肯定是一种特别的物质，比之幸福，苦难使颠沛流离的岁月在恍惚中拉长，使女孩在错误的计算中自认早已成年。她甚至为他生下了一个孩子，以为从此幸福圆满。但是消失多年的父亲突然出现，他说她只有 13 岁，因此被称为"哥哥"的青年其实涉嫌强奸幼女。最后一次的勒索没有成功，他将他们告上法庭。他没有作为父亲的每一种良知，但他握有当年的户口本和出生证明。年龄的幼小在北京婴儿和理查德·桑德拉克那里成为卖点，在此也一样，不同的只是走向了反面。法律的公正性在于，它不会因为同情弱者和善良的人们而稍作偏移。而法定的婚姻年龄起始于时间的公正性。问题是时间有时候并不是公正的，物理上的时间作用于每一个体身上将会有微妙的不同。按照爱因斯坦的说法，时间可以被速度改变——每个人内心行走的速度是不一样的，由时间计算的物理上的年龄也必将有所不同。苦难不止造就了心理上的早熟，会不会也同时改写了惯常的生理时钟？那么，年龄也可以因遭遇的特殊而做出更改吗？在这个事件中，令众人伤心的是，法律最终站在了卑鄙者的一面，将胜利交到了本应受到道义指责的父亲的手里。有弹性的年龄遇到了缺乏弹性的法律，结局只能如此。假设有一个精妙的年龄计算仪器就好了，哪怕只是一个公平的换算公式也可以，它会将不幸和安逸折合成正值或者负数值，在以正常生活为基数的年龄平均值上精确加减——早年间，"减去十岁"的说法虽然有点儿滑稽，但也不是全无道理。这世上，太多的人生曾经被恶意改写，它们至少可以在重新计算的时光中获得微小的补贴。

夜行车

夜晚在窗外飘动的样子让人喜欢。这同时需要多个因素向一处聚拢：适宜的速度；内部和外部暗合默契的光线；以及观赏者恰逢其时的双眼——过于坚硬的平静和激动，或者过于厚重的熟悉和陌生，都将阻挡我们的视线进入这样一场光影纷纭的旅行。还有风声，风在夜间拖动一条一条暗纹的光带，使星空和树林在隐约的乐声中暗自摇摆。这些出没在夜间的精灵，它们随风轻飏的吊床在星光下闪现。在一棵树与另一棵树之间，以及一棵树和它影子中的某一斑点之间，画出了意想不到的弧线。

而在它开始之前，嘈杂，纷乱。候车室总是汇集起足够令人吃惊的面孔和方言。事实如此，地图上的枢纽，一个象征城市的点，实质是落在此处。候车室将道路和人群向着八方吞吐。在夜里，它其实构成了一个由众多隧道围拢而成的议事大厅，灯火通明的心脏，洞悉人世的离合、辗转和动荡。一列火车晚点，一队驶向心脏的静脉迟迟不肯抵达，使整装待发的动脉血细胞焦急地列队张望。喧哗，焦躁，脆薄，莫名的上浮的气息，类似缺氧的症状，晕眩的灯光。

我知道，我对这个世界始终存在着某种幻觉。而到了夜间，候车室再次试图让它病入膏肓。陌生的灯火缓慢摇晃……旅途像一群即将起飞的植物，时刻已定，目的地仍然恍如来生。

有一天，在网上，沈阳的朋友发给我一张照片。我问：怎么只能看到半边？她说，本来就是半张脸，因为是在火车上。我还是觉得有种说不出的古怪。一张 30 岁女人的脸贴在车窗上，说不清是张望还是流连。我想，如果是夜间，消失的那半边脸也许正可以借助车窗的反光黯然呈现？夜晚像一面偌大的镜子，帮助我们找回了被真实遮挡的某个瞬间。夜色如水，第一个说出这诗句的人，他发现了夜的另一张底片？借助夜的眼瞳，他是否看见了自己和万物模糊的倒影？至少，是夜让车窗拥有了水的性能，流动，柔软，在隐藏的深处悄然再现。但事实上我只透过照片看到沈阳的冬天，另一列火车驶过，留下空白，留下白雪下面的铁轨和白雪上面即将消逝的末节车厢浓重的黑。奇怪的是它们并不像我意料中的那样，铁黑色的唇齿间咬紧湿润的、坚硬的亮光……如果它湿，应该是水彩在阳光下化开；而我看到的，分明一幅油画在阴天里半铺半卷。好像寒冷已经让空气凝结成微小的线性颗粒，使画面上女人的脸浮出陌生。这符合火车带来的生疏感受。火车使旅途更像旅途。乘着火车旅行，像一组艳遇的开头。我想起那些在夜晚的窗外一掠而过的北方的冬天，暧昧，隔阂，恍若小说中两条并列的情节，此时还没有到达融汇的关头。在夜晚，两条线索中的情节和人物互为陌路，他们的相遇是阅读中的黎明和日出。火车要穿过它们，到达真正的结局部分，夜色再次到来，相爱的人终成陌路，生离死别，风流云散。

这时如果有雨恰巧落在旅途中间，像偶然被记录下来的标点，旨在使两个原本陌生的人产生关联。他们的交谈成为谜底，而世界宛若巨大的谜面。两个人的往昔被偶然的相逢猜中，雨幕缓慢拉开，细碎又虚幻。两个人，或者四个，在雨夜的列车中低声交谈。夜色和车窗照见的镜像如此深奥，有若时间，将一个人陡然剖成两半。在窗外的细雨中奔跑的那人，究竟是我们的过往还是未来？如果两个人在语言的缝隙间同时望向远方，夜幕中的光阴不可估算，他和他，或者他和他，真实和幻像，哪一个的倾诉能够延伸久远？一个人开口，是否有可能在与他自己的背影交谈？时光的墙壁上裸露出土色的记忆，使神情温暖而目光躲闪。我们总是渴望把往事的门扉向着一个完全陌生者敞开，仿佛惟有如此，一枚事件的浆果才能获得两种存在：一个在密闭中发酵；另一个，被未知者带到远方。因为未知，我们想象它落地生根，在另一棵大树的峰巅获得隐蔽的来世。而火车，依然热衷于闯入和带走，让一个城市的雨进入另一城市的云霓。在旅途的百无聊赖中间，我曾经仔细观察过车窗上雨的绘画，首先是工笔，笔调纤细，画出春天微风中倾斜的柳枝。浅淡的虚线中间，杂以略浓的顿点，是叶芽儿从枝条的腋窝里小心地探出头来。此后笔触渐乱，渐成泼墨山水，远山晕成墨点。雨声沙沙，终于把车窗打磨成一张磨砂玻璃，对互相窥探的世事双方委婉劝止。

　　如果等待漫长无边，候车室的存在就旨在削减旅行带来的美感。但候车室的好处在于，它逼迫一个惯常逃避数学的人开始热衷计算：从五楼下到楼口再到路边的时间；招到计程车的时间；几个路口可能遇到红灯的时间。我要力争让双腿在最大值与最小值的曲线正中迈进火车站。而如此精确的计算则旨在让人步履慌乱。由己及人，我必须理解火车的阴暗心理。并且它有足够的理由对我表示蔑视。对它来说，我渺小到可以永远未知。但是我不能如此。一次出行计划和一张票，签署了我和火车之间的不平等条约。如果我违此条例，时间和金钱均使我注定处于劣势。而更糟糕的是，在目的地等待着我的事件将无从展开。在事先拟定的算术题中，我，和我即将到达的时间，已经作为已知数进入另一道庞大工程的预算。而当这两项忽然变成未知，整个应用题将被迫重新设置。火车离开，而我留在原地，与我相关的时间是否由此脱节？尤其夜晚，黯淡的天色中是否将出现一道隐蔽的缝隙？像荒诞小说或者奇怪的新闻境地：末节车厢中的乘客一觉醒来，发现夜深如海，而他和他们，已经被列车抛锚在陌生的站点。这真让人不知所措。预设的目的地，在出站口等待迎接的人，就此成为悬念之一。仿佛我们安坐电脑之前，等待网页悠然打开，它与我们的距离，当只在电光石火之间。然而网络忽然中断，一个人猝不及防，被抛出他即将抵达的世界之外，火车和网络仍在暗中疾驰，只不过他被独自放逐到一个沉寂的岛屿。

在某一天夜里，我打车自50里外的县城回家，一场罕见的大雾切断了道路。一出县城，出租车即陷入卡通世界，像一粒棉花籽在硕大的棉桃中奔突。一粒棉籽，对世界的猜测从白色开始，一根一根，雾霭的纤维亲密而柔韧。透过这些，它隐约看见了更为庞大的黑。然而白和黑都是它的异类，它是棉花籽，雪白浪花间的浅灰孤岛，用于比喻最透彻的隔绝。一个人，可以被世界抛弃在任何一地，即此时面前的屏幕上显示的"找不到该页"或"该页无法显示"。一个人的心灵出现短暂的空缺：他想要的业已消逝，而替代者还未曾现身。谢天谢地，作为一个不擅长随机应变的人，我只是曾经被生活短暂地假意抛弃。

当汽笛长鸣，火车修长的身体在虚拟的起跑线上呼啸越过，黑暗中的画卷一节节展开。沉寂的旷野浩渺无边，而闪耀的城市多么短暂。在夜间，灯火的密度区分开城市和乡村。而密度同时昭示了安静或安全。习惯了城市密密匝匝的灯火，乡村里稀疏的昏暗光亮总是让我心头荒凉不安。当一个孤单的旅人在黑暗的路边注视着火车：这悠长的灯火的河流，起伏、喧嚣，与他如此切近又毫不相关，他是看客，面对舞台上的一场繁华出演。而繁华多数让人钦羡。即使他是一个对旅行熟稔到几乎厌倦的人，作为旁观者的此刻，如同帝王逊位，蜂拥而至的猜测使他忘却了曾经的不便和厌弃，记忆展开了美妙的一隅，让他反复浸入甜蜜和骄傲，尔后有酸楚的液体漫过鼻息。旁观使一个历经繁华的人同时涉过两场人世。

就是这样一个简单的场景：车灯亮起，穿过面目模糊的村庄和旷野。它曾经距我如此遥远，以致迷雾般困扰我多年。在童年的乡村，我从来没有对任何人坦露心底的疑惑：为什么星光在天空只是闪烁，而到了天边，它们会这样怪异地跑动，突然出现又突然熄灭？如果是灯，那么远方的房子竟然会奔跑吗？童年的疑问太多了，放进这一个，像装满花籽的盒子，摇一摇，里面还是那样多。无数次，我站在村庄的小路上痴痴远望，这星星点点的神灵的灯盏，捉迷藏一样忽隐忽现。露天电影刚刚散场，和我一样手里握着手电筒的人，一闪一闪地消失在各自的路上。但是远方的星火多么明亮啊，我看见它们偶尔相遇，却互不理睬倏忽分离。如果我拐过那道饲养场的土墙，它们就突然消失不见。乡村之夜因此秘不可宣，让我对今生的一个个谜底闭口不言。

在夜里，季节如同一排排暧昧的文字，在火车或者汽车上浏览，辨认愈趋艰难。火车提速，催促我们与生疏之地更早相遇。5月初，像一个奇迹，燕地将熟的麦子进入我的眼底。这是在沈阳开往石家庄的夜车上，有一段时间，我疑心它们是我熟悉的稻田，只不过在时间上被巧妙置换；少年老成，世界通常对此表现赞叹。后来我躺下来，看到车窗外始终跟随着一枚朗月，它如此清明圆润，让我恍惚回到秋天。它在路旁的树尖上奔跑，从这个树梢跳到那个树梢，一边向我这边好奇张望。我担心它因此失足摔倒，不料一根枯枝忽然斜斜伸出，切蛋黄一样，把这个圆盘子割成了两半。我心头一凉，许多记忆一下子碎掉。

车在一个小站上短暂停留的时候，我陡然惊醒。有人下车，提着箱子快步离开。从背影上看，这是一个30多岁的高大男人，他有足够的智慧和力量应付黑暗？我还是相信我其实看见了他片刻的犹疑和躲闪。午夜两点，这是让人畏惧的时刻，会有人在梦中丢失了家园。而清醒着的人，离家又有多远？假如这里于他，恰巧作为一个陌生之地，他到达，像一滴水融进了黑暗的雾气。一个陌生的所在，一个陌生的夜晚，它们的交叠使我们生命中的陌生感以 n 次幂呈现，直至骨髓里溢出莫名悲伤。而最理想的旅途应该这样：一觉醒来，目的地的崭新一天业已到来。最幸运的成功应该也是这样，繁复的过程仿佛在懵懂之中一晃而逝。每天夜晚，我搭乘文字的火车远走他乡，表面上胜券在握，其实茫然失措，对可能到达的地点一无所知。写作无法像列车时刻表一样具备明确的指向和谨严的步履。在写作面前，速度失去了意义。而且，最好的文字似乎应该没有终到站，它应该永在旅途之中，颠簸、辗转。10多年以前，我看到车前子的《语文练习册》，当时我不知道他在表达什么。几年以后，我在自我的语言训练中蓦然明白，这组诗歌正是车前子的火车，带着他滚滚向前。而正如那么些个在火车上度过的夜晚一样，轰鸣中的摇晃让我能够安然入眠；一旦它静止、停滞，像写作中出人意料的顿点，磁带中间盘绕的空白地段，蛇一样发出的咝咝声响，让我惊醒，一个想要发言的世界因缄默而不得安生。

手　语

【河流】双手向前侧伸出，掌心相对，相距约 20 厘米，斜向前方做曲线移动。

【惊蛰】双手拇指与食指在胸前共同搭成心形，微微向上一提，脸露惊讶的表情，意为"惊"；右手平伸，拇指与无名指弯曲，其余三指伸直，即翘舌音"ZH"的指势，用以指代难以用手势精确表达的"蛰"字。

惊蛰之后，冰河解冻，我乘轮渡去辽河北岸的仪表厂正式报到。这是 1993 年，摆脱了市区内楼群们的围追堵截，早春的风横行得肆无忌惮。穿过大片的芦苇荡和低矮住宅夹峙的街道，我进入厂区，向迎面走来的一个人打听办公室所在。对方竟不理不睬。我心生恼怒，又重复了一遍，并不自觉中做出拦路的手势。这是个我瞧不出年龄的女人，她冷淡地看我一眼，把拢在袖子里的双手抽出，指指耳朵，又摆了摆手，径自走开。我怔在当地，过了好一会儿，才回过神来。

这就是仪表厂与我的第一个照面。偏远、隔膜、阴郁、古怪。后来我才知道，这个 200 多人的福利小厂，聋哑人大约有八九个，做最简单的产品整理工作。我在第一时间就碰上了其中的一位，实属天意。

他们对我表现出友善和好奇，背后称我"沙子"，三根手指放在一起捻一捻，好像数钱。偶尔三五个一齐跑来我的办公室，告诉我一些事。我能猜出其中的一小部分意思。多数时候，是他们自己聊得热火朝天，眉飞色舞的样子，手势舞得我眼花缭乱。直到有人进来，他们就一哄而散。如果进来的是杨姐，他们就换上一张恭敬的脸，认认真真地问几个问题——

杨姐是他们的教师，开会时负责手语翻译，平时的上传下达、办理保险或申请补助之类的一应事情，也由杨姐帮助他们办理。厂里的其他人，包括领导在内，只是一知半解地懂点他们的语言，流畅的交流是不可能的。

杨姐是仪表厂的"厂花"，一双桃花眼俏得妩媚。瓜子脸白白的，笑起来是诱人的奶油，板起来是霜雪陡然凝固。这些聋哑人为什么单单对杨姐小心翼翼地巴结，刚开始我是不明白的。那时候我多么年轻，许多事情都想不出究竟。

多年以后，我应邀到北京参加中国残疾人作家会议，趁机与北京的好友小聚。在宾馆大厅签了到，领了房卡和文件夹，正奔电梯口去，不提防斜刺里冲来一个人抱住我的双臂。我吃了一惊，看清楚是个圆脸女孩，满脸莫名其妙的热望和惊喜。我有点儿尴尬。即使同性，我仍不太习惯这样陌生的热情和亲密。她急切地打出一连串手语，见我茫然摇头，眼中盛开的灿烂烟花不禁黯然凋零。

这是被分配与我同室的小贺，来自四川攀枝花。但接下来我差点儿忘了她，忙着和女友去逛王府井，拍照，买书，吃烤鸭。回到宾馆，我和小贺有一段简短的交谈，用的是笔。她小我3岁，还没有成家，做手语团导游。宾馆配发的铅笔色泽清浅，使我在灯下辨认艰难。和我一样，小贺对这样的交流方式很快表现出兴味索然——写字速度有限，为节约语言，每句话语都被迫压缩了水分，看起来干巴巴的，味同嚼蜡，甚至多少有点儿虚幻感。真是奇怪，两个人面对面地坐着，竟然有失真的错觉。此后的时间里，我们几乎自觉放弃了沟通和交谈，只偶尔表示一下友好和关爱。

让大家有点儿意外的是，小贺向会务组提出为她安排一位手语翻译，虽然需要服务的仅仅她一个人。提议很快兑现，漂亮的翻译身穿一件白衬衫，出现在我们905号房间。小贺让翻译在讨论会上代替她发言，为此两个人形影不离地交换意见。房间的会客区和休息区之间隔一道屏风，我和女友在这一边嘻嘻哈哈地山吹海聊，小贺和她的翻译在那一边静悄悄地，我看不见她们；即使看见，也毫无意义——她们使用的是我所不了解的语言，它和她们一起，无比安静地，守住了全部秘密。

手语守住了秘密——我几乎为自己的想法感到吃惊。比之其它种种交流方式：窃窃耳语；私人电话；手机短信；电子邮件；QQ聊天……手语几乎是公开的。在众目睽睽之下，它行进、犹疑、转折、止息，自始至终无从藏匿。但是，为什么，偏偏是它，以最磊落的方式藏起了秘密？

这世上的语言有多少种？作为凡人，我们向来只倾向于选择其中的强势部分。付出最小值的努力，收获最大值的沟通区域——这与汉语普通话获得推行的理由一致。如果能够，我更愿意重新捡拾学生时代的英语练习，并揣度很多人抱持有同样心理。当某种语言局限于一个弱势群体，如果非关生计与职业，谁又肯为钻研它耗费心血和时日？谁会有那么多精力肆意挥霍，去关注与己无关的琐碎人生？而语言，这进入其他生命秘道的咒语，可能通往阿里巴巴的珍宝和金币，也可能通往残破的蛛网、颓垣和灰烬。

【清晨】右手四指与拇指相捏，手背向上，横放胸前，缓缓向上抬起，同时五指逐渐张开，象征天色由暗转明。

【傍晚】一手四指并拢，拇指张开呈直角，置于眼前，然后拇指不动，其余四指向下作弧形移动至与拇指平行，表示天色转暗。"黄昏"一词亦与此动作同。

如果课本上的讲述是真实的——在复杂的发音功能完善之前，我们的远祖依靠手势传达讯息，向同伴指出暗藏的食物或危险，那么，手语当是世界上最古老的现存语言。晨昏交替，篝火燃起，火光映亮那些寂寞的、无声的手势，投影在凹凸的洞壁，变成了岩画、符咒和舞蹈。而时光将这些指间流动的文字刻印在我们的血脉里，变成了基因和记忆。它流传，无视乎世事更迭，无视乎物转星移。

这是报纸宣称的科研成果：猫与狗天生的敌意不是源于人类编造的"忠""奸"分明的壁垒故事，而是身体语言上的相反和歧义——当狗伸出一只前爪，表达"来和我一起玩吧"，猫王国按照自己的密码将此手语翻译为"要不要较量一下？"面对强敌，一只猫登时毛发竖起，瞳孔收缩，进入紧张的战前警戒。也就是说，猫祖先和狗祖先遗传下来的手语基因是不同的，两个动物王国的误解和争战由此永无宁日。

【宠爱】左手拇指伸出，掌心向里，置于右胸部，右手五指抚摸左手背，意为"恩宠"；左手轻握拳，虎口向上，右手由前向后轻抚左手拇指指背。意为"爱抚"，所有与"爱"有关的词汇均要重复后一动作。

【崇拜】左手握拳伸出拇指，右手平伸，托于左拳下，同时向上移动；双手改为合掌姿势，向前微动两下。

手语有它类似于英语词根和汉字偏旁的简明体系。以上面两个词为例，所有含有"优秀"、"好"、"出色"等等诸如此类意思的词语，均要借助于一根拇指。这一习惯几乎是世界性的。当拇指有力地向上翘起，认可并公布了我们品性中优良的那一部分，它看起来如此理直气壮，面向阳光、风声和雨水，仿佛幼苗翘望成长。沿着它的反向延长线，小指低首向下，指向"优秀"、"好"、"出色"的反义词系。指向阴影和低，还有比低更低的地底。手语划分了生命状态的形而上与形而下，中间隔着蜷起的三根手指：一个中性地带，它是不动声色的，缄默，短暂。但是安全。

而当拇指俯伏，被另一只手掌轻轻爱抚，抽象复杂的"爱"，顷刻间变得简单且具体。当我们越来越羞于说出内心隐秘的情意，仿佛被唇齿磨损，一个珠圆玉润的词语丧失了原有的纯粹，并迅速在空气中改变了清新的气息；但是手语简洁地传递了依恋和温暖，明确阻止对一个词的种种曲解和歧义。在这个表述里，拇指退居为次要角色，它可以不是优秀的，甚至不是"好"的——这些并不影响它享有完美的爱的浴泽。这是中国人施爱的方式，承受者的回报和优劣被忽略不计。国际手语中的"爱"则表现得委婉一些：伸出拇指、食指和小指，其余二指弯曲，掌心向外。这是音节"ai"的指式。像一个人的中性风格，但是即使如此，它还是掩不住内里的热量和光焰，向着陌生的世界，缓缓四射。

当我坐在章欣办公室的沙发上，试图量出我与手语之间的距离——我是说，我为手语这个词汇预设的遥远和诗意，让我在写下这个词时，一度像触摸一件古旧的、却依然澄净的瓷器，心神宁静、恍惚，像一幅春天的轻纱摇曳生姿。前段时间，市残联组织下属单位的工作人员进行短期培训，手语的强化训练时间紧缩为一个星期。结业那天，我到培训基地去看望一位朋友，见到了负责主讲的章欣。她十指纤长，肤白如脂，在谈话中常常不自觉地做出相关的手势。我得说，我对手语的了解由章欣开始。——她说，手语是说明文，存在的惟一目的只为实用。倾向于极度简洁，忽略语法和修辞。可以将"你和我"简化为"你我"，将"一起回家"的"一起"直接省略。"你我"当然是"一起"，这还用说?! 我感到惊愕。多年的编辑工作和书写爱好，我早已习惯他人和自己在表达意见时字斟句酌，包括字与字之间的副词衔接，包括标点……每一个部件都力求精确。完全意外：汉语竟可以如此简洁。仿佛长篇缩写，作为核心的人物和故事，仅仅使用名词和动词就可以完整罗列? 这是手语所要表达的意见：将叙述和真实径直嫁接。像一幢建筑拆除了每一件华丽装饰，剩下的是骨架，还是砖瓦?

我不能回答。这世上，居然有一种语言至今不肯为说谎提供便捷。它没有办法模棱两可，王顾左右而言他——把说话变成艺术，这是多数人对语言的极致理解。但是手语，它竟然要求：直接表达，是或否，没有其它。这简直让一个热衷修辞的人毫无办法。

而这正是我所目测到的手语者的生活。一个人的心灵可以翱翔天外，但是身体，他如何冲破自己身体的封锁? 从他残疾的那一刻起，身体强行向他划出了生活的疆域。偷渡永无可能，除非医学史出现突然的奇迹。残疾使一个人成为真正的唯物论者——当他向世界伸出手去，最先触到了自己的身体，像被反弹回来的一个句子。他不得不相信，比之灵魂的画地为牢，身体的疆界更难以逾越。

在这里，一个手语者对世界的阅读丧失了一只天然的触须。失聪使声音变成了某个幻想中的物体；他要凭藉曲折的手势，和比手势更繁复的想象力，一点点触摸并描摹出世事的质地。这正如一个故事爱好者所要做的，声音——这是小说中虚构的情节，本身就是不确定的。但是他舍此别无选择。作为一个建设者，沿经验和思想攀缘而上，这并不能让人十分信任的脚手架，帮助他，把假设和词语一个个精心垒叠，构筑一个完整的故事大厦。他要用细节缩短他与未知的距离，而留下恰到好处的空隙，使正在叙述中的事件趋向完美和真实。当然这很可能只是他自己想象中的真实——在它与真切的世界之间，在手指和唇齿之间，或者是，在一个人和他内心的低语之间，正好存在着这样一个微妙的、暧昧的、意味深长的——空隙。

田野，有时是用来痛的

早晨醒来，胃痛，口渴得不行。把电热毯调到最高温，还是冷。冷从胃里呼呼地刮出来，好像我的身体变成了一个空旷的皮袋。这种表述不够准确，因为皮袋里装满了疼痛和大风。柜子里的三九胃泰本来还剩下最后一袋，春节期间吃喝无度，胃里隐隐生疼，想到大节当前，我不敢怠慢，赶紧找出来冲了喝掉，成功地把新一轮的胃痛进攻扼杀在萌芽状态。这件事情我记得很清楚。也就是说，我的胃已经有两个多月未发动任何兵变。对我来说，每一次胃病发作前都有一个漫长的征兆，像蹑足行进的先遣部队，虽然不显山露水，但多少有蛛丝马迹可寻。只是这一次，我假装没有听到它轻微的叩门声，我指望它识情知趣，眼见我置之不理，会放弃这一番造访，转身悄悄溜走。但是，我显然忽略了它的固执本性，它在我的身体内部，理所当然地承袭了我的性情。它甚至比我还要固执，比如这一次，它执意要与我正面交锋。

屈指算来，我的胃已经跟随了我整整 35 年。而我真正意义上的胃病史，则至少有 28 年。这和我的家族历史有关，但主要归咎于我个人挑肥拣瘦的饮食习惯。小时候随祖父母在乡下生活，偌大一个郑屯，有的只是山地和旱田，所以，每年生产队发放下来的口粮，大抵只有高粱和苞米两样。偶然有一年，我们所在的第一生产队试种了两亩麦子，听说这就是未来的白面馒头，我和伙伴们顿时欣喜若狂。我至今牢牢地记得那一片麦地，在即将成熟的日子里是怎样散发出金黄的香气，每一根麦芒都闪着醺然的光亮，字正腔圆地指向收获和天堂。我们假装在田地旁边欣赏和赞叹，趁大人们不注意，赶紧捻两只麦粒塞进嘴里。将熟未熟的麦粒柔软而湿润，像一枚小小的奇特的果子，它饱满的清香改写了我对"白面"的直接认识。我在此后的若干年里对面食满怀由衷的热爱，在学生时代就学会了做馒头、花卷、油饼、馅饼、酥饼、发面糖饼，甚至无师自通地掌握了控制炸麻花的软脆程度。可以想象，如果条件适宜，我很可能会成为一位白案大师，为弘扬祖国的面食事业奉献一生。

而在70年代的郑屯，平心而论，我家的生活条件在村里尚属上乘。当时我父母进城工作，祖母正值中年，每日下田挣工分；我祖父则在公社的水泵站上班，按月领取工资——这是共和国成立后对退伍老兵们的优待政策之一。我祖父在院子里种了两棵桃树、两棵梨树，还有一棵枣树和一株樱桃，并不像村里的大多数人家那样，仅有的一点儿自留地全部种上了玉米和菜蔬，目的直指生计和果腹。只是那时候我还想不到这些，也想不到可以经常吃上炒鸡蛋和咸鹅蛋有多么幸福。我全部的痛苦来自这些口感粗糙的主食，高粱米饭和玉米面饼子同样难以下咽。我幼年纤细的味蕾和食管天生就热爱大米和白面，我生来就适合过一种细腻的城市生活，至少，是细腻的食物生活。我父母把节省下来的细粮捎回乡下，烧饭的时候，我祖母在大锅里支上蒸屉，为我蒸出一小盆大米饭。有了这盆米饭，我不等菜上桌就已经扒下了两大碗。然而并不是每一顿饭都有大米饭吃，这个时候我就拒绝进食。实在饿极了，也就象征性地吃上一小碗。我的胃从此养成了一张一弛的习惯，像一只弹性极佳的口袋。我整个的童年都在这样的弹力下度过，时而食量惊人，时而变成了一只小小鸟，仅仅依靠几粒米轻盈过活。因此我完全有理由相信，再也没有什么物质比人类的胃更具有弹性，即使生活已经让我增加了这么多眼界和见识。即使我在后来的漫长岁月里斤斤计较于文字的弹性和张力，但是可以肯定，后天制造的文字永远无法获得一只胃的先天性能。

那时候我并不知道，节制才是一个人生存中的最佳法宝。这就是节制的意义：去掉一个最高分和一个最低分，为生命求得一个稳定的平均值。过饥和过饱是一只胃理应回避的波峰和波谷，让剧烈起伏的人生曲线尽可能减小波折和振幅。节制让一个人免于受损。但是一个孩子怎么可能懂得"节制"，懂得把眼前的美食分给未来享用？想想吧，整整 28 年——在我所有的朋友中，还没有一个人的友谊，能够维持得这样长久。所以，胃病正是我最忠实的朋友，在它与我之间，可以用知根知底来形容。早在 10 年以前，我就想到了：有朝一日，我很可能彻底败在它的手上。胃，这是我身体上最软弱的部位，我死于胃癌的可能性，远远大于死于衰老或其他疾病。我不喜欢这个前景，因为据我所知，这是一个澎湃的痛苦的病症。而我担心，到那个时候，我已经不能像眼下这样，有权力自主地选择死亡——这真是一件最糟糕的事情。

早在 17 年前，我外祖父被确诊出胃癌。当时电话还没有普及，在沈阳中国医大附院工作的表舅写信给我母亲，出于职业习惯，或者唯恐制造强烈的惊骇效果，表舅在信中字斟句酌地使用了一个专业名词：胃癌 Ⅲ 期。我母亲还是从这个语焉不详的罗马数字中看出了端倪，登时慌作一团。但实际上外祖父的病情并不像我们想象的那样糟，在做了局部切除手术之后，他很快恢复了常态和健康，从出院后的一小碗米饭到手术前的正常饭量，这中间的过渡，他只用去了一两年。那时我想，一个人的胃有多么了不起，即使它只剩下了三分之一。这件小型设备仅仅用了它残存的三分之一，就完成了整部机器的正常吞吐量，还保证了整个巨大车间的热能和营养。只是我想象不出，这个被现代医学重新整合后的胃是什么模样。按照小学自然常识课残留的模糊记忆，那应该是一只倾斜的梨子，对经年的重力作出妥协，因而呈现些微的凹陷和弯曲；或者一枚饱满的月牙，携带着它阴晴圆缺的隐喻，悬挂，行进，吞吐，止息。在人类隐秘幽暗的体腔内部，这是最易于确认的脏器之一。这承上启下的重要枢纽，忍辱负重的企业中层，比牙齿柔软，比刁钻的味蕾易于欺骗。但是，欺骗似乎隐藏着更多的危险——在饥荒年代，我们愿意相信它是最愚钝的草根，无欲无求又无坚不摧。它接纳过野菜、树皮、二两粮和瓜菜代，接纳过所有牙齿和舌头诅咒厌憎的时间。谁说柔软就一定比强硬更适于生存？在地球上，每年

第二辑 逆时光

有 60 万人死于胃癌。

自我有记忆开始，就发现我祖父在吃一种东西。是暗白色的细小颗粒，被我祖母像白糖那样装在一只玻璃罐头瓶里。用汤匙舀出满满的一勺，祖父的眉头紧紧皱起，就着一瓢凉水艰难地吞下去。这个表情可不像在吃什么好东西。但是装在罐头瓶子里的白色晶体如此可疑——一个孩子的疑心病仿佛火苗，很快就会窜到他这张白纸的外面去。我祖父哈哈大笑，慷慨地拧开瓶盖，他建议我尝上一尝。呸呸呸！这样难吃的东西却一直放在碗柜里，这是我童年疑惑不解的事件之一。因为这难吃的小苏打——我们乡下叫它"面起子"——祖父年久失修的老胃病在多年后居然不治而愈。而同样是多年以后，我在化学课上恍然大悟，自觉掌握了这世间的真相和真理。再没有比化学更为奇妙的东西了。这种分子式为 $NaHCO_3$ 的化学物质，学名复杂的碳酸氢钠，就是我祖父视为胃病偏方的小苏打。虽然名字中有个"酸"字，其水溶液却呈弱碱。正是这个面起子——小苏打——碳酸氢钠，这架小小的桥梁，从卑微的童年出发，最终到达繁复深奥的实用科学。我因此有一万个理由热爱它，这些瞬息万变的化学反应式，它们变成了我梦里的窗子，让世界清晰，让童年的胶片浸到了显影液里——所谓童年，简而言之，就是我祖父的小苏打；但是后来，它变成了文质彬彬的碳酸氢钠。

到了十六七岁，我的胃开始变本加厉。好像童年的病痛是一粒种子，自然要在漫长的岁月里发芽长大。时不时地，我会在半夜里醒来，强抑着胃里一阵阵袭来的饥饿与恶心——又饥饿又恶心，我整个人变成了一个矛盾体。矛和盾就在我的胃里，它们争战不休的结果，让我宁愿自己在瞬间死去。黑暗中来不及开灯，我扶着厨房的墙壁一通干呕，直呕得头昏眼花，浑身冰冷，虚弱得站也站不住。多数时候，我实际上什么也呕不出，只有痛楚像清澈的胃液滔滔涌流——子夜的胃六根未净，是欲空未空的僧侣，才有如此难熬的痒和痛。即使没有经历过真正的饥荒年代，我还是知道了：饥饿是一件多么让人恐惧的事情。饥饿是一种疾病。是把一个会水的人沉到水底，不允许他选择活着还是死去。我在这黑暗的水底潜行，挣扎着要给自己找一点儿吃的东西：饼干、麻花、冷馒头，哪怕几粒花生米此刻也能救我一命。汹涌的胃酸是这样的一群猛兽，有了食物，它们才可以安静，才可以驯服。

1996 年春天，徐鉴涵患了一场急性肠梗阻。那时他刚过完第二个生日，会唱《世上只有妈妈好》，却无法表达出他身体里面的痛。医生问他："要不要吃东西？"他摇头。问他："肚子疼不疼？"他还是摇头。好脾气的医生俯身对他研究半晌，最终只好交给我一瓶开塞露。而我仍陷在自己的疑心病里无法回头，我猜：因为无从选择，他一出生就继承了我乱七八糟的消化系统。所以他这样单薄、瘦小，像收缩成小小圆点的靶心，随时可能被病痛击中。几天后，他终于可以排便、吃东西。绷紧的神经一松懈，我才发觉我的身体已经不对头。这天子夜时分，我被一阵锐痛刺醒。在大脑彻底清醒过来之前，从未有过的恐惧让我四肢僵硬。这疼痛和恐惧来自同一个地方，再闪电般弥漫到整个胸腔。那是什么？冠心病？心绞痛？心肌梗塞？子夜的房间如此深黑，像我今生涉不过去的一湖深水。他到底来了，我想，这个叫死亡的家伙，我还没有预料到他如此突兀的造访。而据说，世上的大多数人都是在夜间死去，诡谲的力量来自月球上隐秘的潮汐，生命沉降，大水升起。

后来我想，这样的死亡其实是幸运的。事前毫无预兆，它突然到来，而后迅速撤离现场。在可以忍受的范围内，亡者的痛苦持续得并不太长。对于任何人，包括对灵魂和肉体，这样的死亡不惊起生活的烟尘。梭罗说：一个人死后，他的脚踢到灰尘。我一度疑心徐迟先生在翻译中出现了某种误解；但是不可否认，这是一句妙言。如果一个人死得安静——所谓如秋叶之静美——是美德和福分。既然死亡是一次孤独的远行，索性孤独得彻底一点，好过尴尬地忍受嘘声和观众。

在这天夜里，我胸腔里的锐痛和钝痛有预谋地交替进行。钝痛是一把铁尺，它倾斜着，从左上胸径直切到右上腹。到了后来，我已经辨不清是哪儿在痛。这痛楚把我变成了一个勤快的人，一大早就站到了医生面前。这是我有生以来最严重的一次胃出血。这反而让我定下心来。我的心脏冷硬而强健；只不过我的胃，不肯听从它调遣。

这么多年，我养成了储备夜宵的习惯。我母亲因此常常笑我：怎么属相是鼠，人也跟着变成老鼠了呢？我却在想：那不是我，是另一个人，他喜欢舒适，喜欢物质生活。或者再简单一些：他喜欢活。而我的本性，是破坏性的。我也因此相信，一个人可以因为自己的身体而变成唯物论者。这是我的胃，唯一的胃，我不得不对它妥协。一个有病的胃是不可以彻底空着的；生活也是，总要装进去一点儿什么。我开始小心翼翼，指望在时光中与它达成和解。

因为久病，我研究过这个字形。按照我的一位搞历史的朋友的说法，月，即是"肉"。——古时的少数民族"大月氏"，我读作"大跃氏"，朋友说，错了，应该是"大肉支"，相当于我们初中学过的通假字，风吹草低，现出牛羊。是"现"不是"见"，因为草原和病痛一样，不存在真正的旁观者。也就是说，像"肺"、"腑"这类的字，正是形声字，左为其形，右为其声。至于"胃"，是否古人认为，胃是肉体上铺展的田野？实际上，也唯有田野，才足以形容胃：汲取天地之精华，生长出温暖和气力。而如果田野空旷，就只能生长出寒冷和风声，像冬天北方的大地，左一块右一块的积雪，仿佛溃疡和疮痍。

——至于我的田野，有时是用来痛的。

童话背后的脸

一个女孩在去外婆家的路上遇见了一只狼——谁不知道大名鼎鼎的小红帽的故事？小红帽和她的外婆被猎人解救，可恶的大灰狼死于满肚子沉重的石头。这个流传至今的经典版本，其实却并非原汁原味。早在17世纪后期，法国诗人佩罗出版的故事集里，小红帽被野狼吞噬，故事至此戛然而止。因为没有遵从母亲的教诲，擅自与森林里陌生的野狼搭上了话，轻信的小女孩永远失去了反败为胜的机会。直到100多年以后，格林兄弟让小红帽在结局处悔过自新，从而获得分辨并且战胜坏人的智慧。

从来没有人试图深究这个表面清纯的童话背后的多重意味。也没有谁会相信小红帽最初作为性爱寓言而现身。牛津英语词典中对"野狼"一词的释义是：诱拐女人的男子。今天的欧美有一句形容女孩失贞的俚语："她遇见野狼了。"而大众通常称好色的男性为"狼"，在这一点上，何以中西方有着如此惊人的相似？小红帽脱下处女之血一样鲜红的连帽披肩，躺在假外婆身旁，径直踏入被野狼伤害的命运。种种细节暗示我们，被视为儿童早期教科书的"小红帽"童话曾经"儿童不宜"，那袭鲜红的连帽披肩，一度覆满17世纪法国贵族阶层的淫猥和奢靡。

因此，与我们想当然的常识相反，童话并不具备它古老的DNA。尽管17世纪末期已经产生了"童话"一词，但实际上，早期的所谓"童话"只为成人提供消遣。因为直到19世纪，才出现"儿童期"和"青春期"的概念，在此之前，儿童夭折的现象非常普遍，因而除非他们能够证明自己拥有长大成人的可能性，否则很难引起他人关注。而一旦他们已经证明自身可以生存，立即被视为"成人"。他们被安排尽可能地早婚，以完成传宗接代的责任，即使他们刚满 12 岁。

当孩童真正被当做孩童对待，"小红帽"的故事才消减了它的性爱寓意，变成了儿童读本。但是"童话"本身有它的荒诞和悖谬：它的作者是成年人，宣讲者（或童话书的购买者）也是成年人。所以，童话在实质上更多地契合进家长的口味，体现成人世界的眼光和标准。于是，父亲（或者未来的丈夫）一样强有力且满怀善意的猎人开始出现在故事里，担起拯救柔弱任性的女孩的责任。母亲的谆谆叮咛未能防患于未然，父亲的力量将在亟需收拾残局的时刻，适时现身。

300 年来，小红帽像一个隐瞒了真实身世的人，怀揣巨大的秘密，混迹于童话的森林里。对成年群体而言，小红帽的故事不仅牵引着我们当中多数人关于童年的记忆，而且它还将在一代又一代的孩童中永久流传。事件的真相有着如此惊人的气息，像海绵垫子里露出的短短一截针尖，让我们倒吸一口凉气。

应该说，作为一部学术论著，《百变小红帽——一则童话三百年的演变》出人意料地有着一张亲和的脸。也许，这种亲和力并非出自凯瑟琳·奥兰丝汀的笔下，而是来自我们喜爱的小红帽本身的魔法。我们是这样熟悉她，像一个邻家女孩，日日相见，仿佛生出了难以割舍的血缘。即使凯瑟琳·奥兰丝汀执意要告诉我们，小红帽有着并不纯洁的出身，经历曲折跌宕，并且在成人后变成了一个妖冶的美人，再后来又变成了同性恋者，狼皮加身；再再后来在高速公路上持枪杀人……我们还是热衷于相信，那个我们曾经毫无保留地喜爱过的小女孩，她苹果一样鲜艳的小圆脸，大眼睛里的淘气和羞涩，从来就不曾改变过。

"小红帽是我的初恋。我总觉得要是娶了小红帽，我就会知道什么叫做天赐良缘。"快言快语的查尔斯·狄更斯，道出了多少在童话中成长起来的小男孩的肺腑之言？凯瑟琳·奥兰丝汀是对的，即使置身脚踏实地的成人世界，童话的影响也无处不在。仔细想来，在我们漫不经心的阅读里，小红帽的故事的确时常出现不易察觉的改变。在某些版本里，小红帽自己用剪刀剪开了野狼的肚子，这个现代版的小红帽，随身携带着女性主义自我拯救的勇敢和剪刀。

　　事实是，人类在成长，小红帽也在成长。在不同的时代里，同一件红色披肩变幻出不同的内涵和形象，它同时是流行服饰画册、思潮测量仪、风俗纪录片，以及商业直观图表。它不只吸引了孩子们清澈的目光，还吸附着民俗学者、心理学家、诗人、女性主义者和广告商们心情复杂的注视。想一想近几年来风靡民间的"大话西游"和"大话三国"，我们不能不相信，一部作品越是经典，就越可能面临着彻头彻尾的肆意改写。那么在未来时态中，我们喜爱和信赖的小红帽最终还会变成什么模样？会不会像凯瑟琳·奥兰丝汀在后记中所预言的那样，在一个越来越先进，也越来越庞杂的世界上，变成了一个一体多面的、我们再也无法界定和区分的性别？

　　在这世上，已经没有什么是不可能的。

生命的衬里

    对这个怀揣梦想而又被现实囚禁的世界而言，有一个女人的出现始终令人迷惑。这个被称为"美国公众的良心"的女人，这个与西蒙娜·波伏瓦、汉娜·阿伦特并称为西方当代最重要的女知识分子，被媒体评价为"至死保持了一位真正的先锋艺术家、评论家风格"的女人，曾在两年一度的"耶路撒冷奖"颁奖典礼上直言不讳，令以色列主流媒体大为震怒；继而又在《纽约时报》上发表文章，将矛头直指布什政府挟"战争"以令民众的伎俩。是的，这是苏珊·桑塔格，真实、睿智、犀利，以超越一切自身身份和处境的独立姿态俘获了成千上万人的心。

    1933 年，苏珊·桑塔格生于纽约。其父在中国北方做皮货生意，日本入侵时死在当地。桑塔格 6 岁入小学，因为能读和写，一开始就跳级到三年级，不久又跳了一个年级。所以从北好莱坞高中毕业时，桑塔格只有 15 岁，入柏克莱加州大学和芝加哥大学深造。后于哈佛获文学和哲学双硕士学位。这个受过严格的学院教育的女子，只在 30 岁以前有过短暂的教学经历，之后断然拒绝返回大学教书，认为学术生涯与创造性的写作格格不入。长期以来，没有固定的工作和职业，桑塔格依靠稿费和奖金生活。但是她说，这样的生活使她"行动自如，而用不着做自己不想做的事情。"

    这个特立独行的、只听从自己内心声音的女子，在 17 岁的那一年，与一位大学教授相识仅 10 天，便携手进入婚姻生活。8 年后，桑塔格离婚，此后就只与女人保持亲密关系。

    1964 年，《关于"坎普"的札记》发表，苏珊·桑塔格声名鹊起。这个 6 岁开始梦想成为化学家和物理学家、却一生沉浸于文学中不能自拔的

春天的自行车

女人，如她所愿，成为美国声名卓著的作家，只不过这盛名并非得自于她自己寄予厚望的小说创作，而来源于文学批评。让我们看看这些音节响亮的论著书名：《反对阐释》；《论摄影》；《激进意志的样式》；《重点所在》；《在土星的标志下》；等等。以及 1977 年被诊断出患有乳腺癌期间写就的《疾病的隐喻》，桑塔格期待此书能为那些同她一样身罹疾患的人带来抚慰。"疾病是生命的阴面，是一种更麻烦的公民身份……尽管我们都只乐于使用健康王国护照，但或早或晚，至少会有一段时间，我们每个人都被迫承认我们也是另一王国的公民。"这是典型的"桑塔格句式"，优雅，从容，果断。她的文学类作品除了长篇小说《恩主》、《火山情人》和《死亡匣子》外，还有她此生创作的唯一一部剧本：《床上的爱丽斯》。

据苏珊·桑塔格在一次访谈中提及，当时她正在意大利，执导皮兰德娄的一部晚期作品《如你所愿》。一天，在戏中饰演主角的爱德丽娜·阿斯娣的一句玩笑，意外变成了一部剧本的起始点。爱丽斯·詹姆斯——一位不成功的作家、职业病人的形象，随之出现在苏珊·桑塔格的脑海里。10 年后的 1990 年，她才正式动笔把它写了出来。翌年 9 月，该剧在波恩上演，引起轰动和广泛注意。诚如她自己所说，"我感觉我整个的一生都在为写《床上的爱丽斯》做准备"——这部剧本动用了桑塔格一生的精神积累。

爱丽斯·詹姆斯，19 世纪美国一个出类拔萃的杰出家庭的幺女，其兄亨利·詹姆斯和威廉·詹姆斯——前者是美国著名的小说家，后者则被桑塔格称为"最伟大的美国心理学家及伦理学家"。其父是巨大产业的继承人，是当时知名的宗教和道德问题作家。出身于这样一个非同凡响的家庭，爱丽斯·詹姆斯与其两个兄长一样具有超群的智慧和才华，但是，从 19 岁开始，抑郁的潮水淹没了她的头脑，使她此后的大半生都被病榻囚禁，被幻觉中的景象折磨得几近崩溃，直至 43 岁上死于乳腺癌。由这样一个真实的人物起始，桑塔格着手谱写她的幻想曲。她称此剧是"精神囚禁的事实，想象的大获全胜。"

爱丽斯·詹姆斯的故事本身很容易让人想起弗吉尼亚·伍尔芙提出过的那个问题：如果莎士比亚有一个才华横溢、与其兄长具有同样超群创作天赋的妹妹，她的命运将会如何？她会响应自己内在的渴望，摆脱世人为女性这一角色设定的种种樊篱，而成为一位富有独创性的剧作家吗？

显然，这是一个有趣的横截面，"女性主义"，或曰"女权主义"——这个桑塔格和伍尔芙共同喜爱的标签，是这个横截面上最醒目的点。

一个女人，尤其是一个生来便有着某种创造性天分的女人，她的成长，以及这成长中的痛苦、艰辛、徘徊、无望，她的自我认知和质问，她对死亡抱持的亲人般的怀想……这就是桑塔格要在这部剧中试图探索和表达的。而在这个过程中，桑塔格进一步，或者说最终完成了她自己的精神王宫。

据说爱丽斯·詹姆斯 30 岁时决意自杀并征得其父的首肯。"父亲我已经爬到了树顶再也没有去处了。"这个被内心的痛楚煎熬至绝望的女人，在桑塔格的梦中与刘易斯·卡罗尔笔下那个著名的漫游奇境的爱丽斯混淆起来。在剧中，桑塔格招来了两位 19 世纪美国作家的亡灵：天才女诗人艾米莉·狄金森和玛格丽特·福勒，后者是著名的女权主义著作《十九世纪之女性》的作者。此外还有《吉赛尔》中被负心男人抛弃而屈死的少女米尔达和《帕西法尔》中在睡眠中逃避痛苦的悲苦女人昆德丽。这是 5 位出身、性格、气质、命运都截然不同的女人，她们相互矛盾、猜疑，又相互理解和怜惜。借助玛格丽特之口，桑塔格如是说："女人以不同的方式绝望着，我观察到了这一点。我们是很能忍受痛苦的。"而这些女人，她和她们：苏珊·桑塔格、艾米莉·狄金森、玛格丽特·福勒、弗吉尼亚·伍尔芙、爱丽斯·詹姆斯、阿赫玛托娃、乔治·桑、玛格丽特·杜拉斯，一直到中国的张爱玲，这些身负致命才华的女性，她们的痛苦、无助、寂寞、疯狂、绝望，她们自不同的方向走来，终于殊途同归。她们在爱上生命的同时爱上死亡。

有一句话，被她们从不同的方向热爱着：

生命是一袭华美的袍，死亡是它的衬里。

42 天：足不出户的旅程

西元 1790 年春天，萨米耶·德梅斯特 27 岁。这位当时跨阿尔卑斯山地区原萨伏伊公国的贵族少尉军官，敏感、自负、急躁、任性。"如果某人不小心踩到你的脚；某人在你做错了事、心情不好时不小心说了几句不合时宜的话；或是某人倒霉地被你的情妇看上；你邀他决斗，以性命相搏，这难道不是天底下最自然又最合理的反应吗？"当是时，欧洲各王室明令禁绝这种好勇斗狠的决斗方式，已近一个半世纪。这位年轻气盛的德梅斯特军官，因而被判处关禁闭 42 天，他本人的书房兼卧室，临时变成了禁闭地点。

在这个长方形的房间内部，我们的男主人公绕墙一周，刚好走完 36 步。现在，我们大致可以推算出这个房间的面积，在 30 至 40 平方米之间。生活优裕，对文学、艺术和哲学的广泛热爱得以经久不息，墙壁上依次排开的名画收藏和书桌上堆成塔状的书籍，不失时机地暗示了这一点。何况还有爱犬罗西娜日夜相陪；那善良忠诚的仆人，可爱可敬的强纳堤，会适时地送上香喷喷的咖啡、奶油，和刚刚烤得金黄的面包片。所以，尽管不远处的大街上一年一度的嘉年华会正进行得如火如荼，整个情形看起来仍然不算太坏。

由于这一桩不大不小的意外事件，萨米耶·德梅斯特不得不改变预定计划，提前开始一场别出心裁的旅行。足不出户，并不意味着灵魂也被迫蜗居在斗室之中。利用这 42 天时间，萨米耶的灵魂要在广袤的天地间任意遨游。42 天，以我们当下的科技和旅游常识，差不多足够环球一周。而在 200 多年以前，比起我们想象中的漫长旅程，萨米耶似乎走得更远。在发了小小一通牢骚之后，萨米耶迅速调整了心理姿态，把这42天划分成若干个景点，每个景点则散落成若干长短不一的章节。旅行者随和散漫的天性，使这段虚拟的旅途因随心所欲而异彩纷呈。42个章节显然暗地里对应42个日程表，但萨米耶本人并不曾严格执行，因此旅途中不断出现重合和交叉路线。按照计划，萨米耶要翻越一幅幅版画中闪现的艺术山峰；跋涉过一望无垠的回忆沼泽；只是，在穿越陡峭的哲学峡谷之后，意想不到的情形出现了：旅行者在葳蕤的小说丛林中短暂迷路。所幸有玎琤的诗歌溪流及时指引未来的路径。当行程推进到第42天，与我们的期待一致，春日的晨曦照亮了北纬45度一所孤单的房子，风尘仆仆的萨米耶，经历了42天的冥想远足，在此刻安然返回。

作为一个惯于走马观花的读者，我发现，在整个阅读过程中，与萨米耶的情形相似，我时常神思恍惚，魂游天外。从一个事件到另一个事件，思维的跳跃缺乏过渡和关联。这或许正是一个写作者的惯常状态：沉浸在白日梦中，以致胡思乱想的长度远远超过了严谨缜密的时间。

比如说，当我的视线抵达这一句："一只昆虫从天空飞过就足以令我心怀坦然。"——我忽然记起前一天的下午，我走在我母亲家的院墙外边，意外地与一只蝴蝶迎面相遇。一只黄底黑花纹的蝶，它的翩跹明显欠缺灵巧和活力。这是2007年2月27日，农历丁亥年正月初十，在一座北纬40度的中国北方城市。早春乍暖还寒的空气里，一只蝴蝶让我陡然心生惊喜和怜惜。流畅的阅读出现了休止符，我的思路沿着一只蝴蝶的翅膀一路滑翔开去。

这种心不在焉的状态，即所谓灵魂的"不在场"，引起了萨米耶强烈的探索兴趣。由于在日常生活中常常神思不属，不是被烫伤手指，就是突然摔倒，甚至走错了目的地，差一点儿误了进宫面圣的时机。从行程的第六天开始，在此后的整整11天里，萨米耶反复向我们阐释他的"灵魂—兽性"二元命题。柏拉图所说的"他我"，萨米耶觉得称之为"兽性"更恰当一些，因为这个"他我"往往会发挥出我们意想不到的威力，它"以

春天的自行车

一种诡异的方式时时刻刻戏弄着我们"。

　　但是萨米耶显然并不具备柏拉图和弗洛伊德的论述功底，关键处往往语焉不详、词不达意。像一个不曾受过专业训练的老师向学生们讲解一个复杂的、抽象的问题，而这个问题仅仅存在于他自己的头脑里，既不曾见诸前贤之书，也没有现成的同时代理论可以借来应用；他不得不大量使用指代、暗示和比喻，并尽可能举出相关的实例，试图使这个抽象的命题像空中飘移的云彩，在地面上投射下真切的影子。他是敏感和真诚的——他不知道自己已经拥有成为一个优秀的作家必须具备的禀赋。而在他所处的时代，小说还被视为文学的低级趣味，不被所谓的上流社会接纳和提倡。这使得我们的作者，萨米耶·德梅斯特，只有这本薄薄的小册子——《在自己房间里的旅行》——流传下来。

　　热爱旅行，渴望在有生之年踏遍千山万水，我们期望自己的双眼，看穿这人间的更多真相。可是，"真相像一枚炮弹落在我们当中，将充满幻想的美丽宫殿永远摧毁。"公元 1798 年，法国兼并萨伏伊，萨米耶的哥哥约瑟夫·德梅斯特流亡瑞士；而萨米耶自己，则流亡到俄罗斯。此后的一生，他都将在那里度过。我不知道，在离开这个世界之前，他是不是发现了更多的真相，比如说：荒诞。荒诞使世界充满多重意味。他生在萨伏伊，效命于俄罗斯，但当我们提起他，却只能说他是：法国人。

在与火箭相反的方向

这是一个平静的、阳光灿烂的早晨，与以往任何一个好天气一样，太阳对万物的触摸充满柔情和爱意。但是与以往完全不同，没等他明白怎么回事，身体的右侧遭受猛烈的一击，经过短程空中飞掠，他重重摔在地上。灾难发生了。这种我们称之为车祸的东西，它发生的时刻，我们还无法估量它的影响。也许它只是制造一点儿摩擦力；相对于生活而言，摩擦使速度减缓。它可能是暂时，但也可能是：永远。

我们喜欢永远。但我们可不喜欢永远的慢。他也是这样。他，保罗·雷蒙特，怎么说呢？一个老摄影师，已经年过60，世界落在他身体上的时光慢了下来。因为这场车祸，它还将更慢，像英语中形容词的比较级和最高级，"慢"的后面加上"er"或"est"：慢，更慢，慢极了。事实只能如此——肇事车辆撞碎了他的右膝，骨头变成了渣子，不得不进行截肢。乐观些的疗法也是有的，但是再造术显然并不适合他，一个已经衰老了的身体，一块无法为风险手术提供足够养分的土地。而且，还有未被说出的潜台词：有必要吗？既然他已经这样老了，未来无多——至少在医生看来，事实如此。而某些时候，医生代表了上帝。

他宁肯忍受双拐和齐默架，但固执地拒绝安装假肢。这也可以理解为他喜欢那些真实的东西，拒绝作伪：一个过去时代的品质。或者他正是陈旧、怀念、消逝，以及诸如此类的代名词。但是"缓慢"，他自己也不喜欢。尤其当这个单词来自衰老、残疾，来自日益松弛的丑陋的肉体。在一个以加速度前行的时代，慢正好相反，一个逆光的方向，效率的负数值。正像衰老和残疾是光明人生的负数值一样。你能用什么来克服它，这个负数，这个低于水平面的洼地，你必须先把它填满，把它变成零，然后在零的上面堆积起你人生的理想之塔。劳动量比你想象的远为巨大。或者你放弃，安于做一个负数值，逆时代而行，像一个孩子在童言无忌中揭示的秘密："你不是火箭人，你是慢人！"

《慢人》，吸引我的首先是这个奇特的短语：形容词（慢）＋名词（人），它重新组合成一个新的名词，正如"超人"、"飞人"、"强人"等等作为名词存在一样。在这个新生的词语里，一定涌动着什么我所不了解的东西——当一个词从空中落下来，进入一个人的身体，在那儿，它生根、发芽，生长出隔世的色泽和气息。正是这种气息，神秘的，麝香、百合、肉桂、佛手柑和迷迭香，同时散发肉体的欲望和自然的纯粹。在当当网上，纵然眼花缭乱目迷五色，我还是毫不犹疑地把这本书放进了购物车。不可否认，这自信和果断来自它的作者——在 2003 年荣膺诺贝尔文学奖之后，《慢人》是 J. M. 库切被译介到中国大陆的最新的一部小说。

库切似乎更倾向于关注保罗·雷蒙特之类的小人物，他们看起来是这样的一群——并不含有丰富的戏剧矿藏。恰恰相反，由于内心深处过于顽固的逆时代的部分，他们看上去简洁、单一、缺乏趣味。即使残疾，也并不使他们因此变得更为繁复和有趣。因为残疾本身并不提供悲喜剧目，残疾只是世间万千种不幸之一。他们，迈克尔·K 或保罗·雷蒙特们，他们只有他们的小残疾、小悲喜，衰老，兔唇，小面积被损害的肉体。在一个庞大的时代布景下面，这小残疾和这小悲喜像一块又小又深的沼泽，日复一日吞吐出大团大团忧伤的雾气。而被这雾气裹挟了的人，无奈，羞耻，悲哀，尴尬，自暴自弃。

当一个人被他自身的残疾击倒，正如我们看到的，他的世界随之缩水。他的公寓，一只蜗牛的巨大的壳，变成了最安全的堡垒和岛屿。他坐在那儿，比之站立的时候，视线放得这样低，低到他此前从未抵达过的地方。低到他可以爱上他的护士。他，保罗·雷蒙特，一个老人的爱情。一场来势缓慢的热病。一台老式晶体管收音机里突然奏响的时尚音乐。在我们看来，这个名叫玛丽亚娜的护士或护工，实在谈不上魅力和出众。身形粗壮，牙齿熏黄，不够年轻，皮肤也不够好。我们还是喜欢女人拥有细腻和细腰。至少，在对待一个真诚的老绅士的爱情表白这件事上，她的表现让我们多少有点儿失望。像那些自知被人爱慕又不肯接受和付出的女人一样，她对他冷淡、轻慢，表情自如地暗示或要求他帮助自己，同时理直气壮地认可对方不求回报的善良品质。实在忍不住，我们认同了伊丽莎白·科斯特洛这个老女巫的眼光，虽然我们一直搞不清楚这个老女巫是从哪里冒出来的，她无所不知又无处不在，突然消失又突然到来。也许她来自库切2003年创作的《伊丽莎白·科斯特洛：八堂课》里，是库切有意安插进保罗·雷蒙特身边的他个人的一个变身。现在，我们从伊丽莎白·科斯特洛苍老又锐利的眼睛里望出去，只来得及看见玛丽亚娜的一双小腿，作为主人身体上最美丽的部位，这双小腿健美而匀称——且慢，完全是无意之中，我们窥见了爱情的玄机。正是一个人自身所欠缺的质地：肉体、品性、出身、经历……从另一个身体上散发出魔力和吸引。前生今世，身体和心灵最爱的是它遗失了的那部分，像保罗·雷蒙特加倍珍爱他夭折了的小腿。夭折当然是一场意外事件，从中还将有更多的意外延伸出来。我们不妨说它是一个小瘤，源自一棵树身体上被割伤的断口，贮存有无从输送的水分和营养。我们也可以说它是淤积下来的心跳和悲伤，它能不能找到另外的通道，这卑微的生命，多么渴望淙淙流淌……

玛丽安娜的现身是一个符号，像盲文上神秘凸起的一个一个小包。这是库切喜爱的文字魔法：微妙和歧义产生自单词与字母间极其微小的变化，像暧昧的光影，背道而驰，欲诉还休。玛丽安娜（Marianna）和玛丽亚娜（Marijana），这不是巧合，是有意的含混和交接。也许，库切试图暗示我们：对一个俗人而言，通常很难拒绝看起来并无负面效果的某种安排，比如与一个性感的失明女子的私下会见。这不会带来什么损害，但似乎，也不会为生活提供新的建设素材。他爱上的是这一个（玛丽亚娜），与之做爱的是另一个（玛丽安娜），仿佛由于名字上的相似，她和她得以混淆了区别。从某种程度上，他和她的身体与心灵双双获得了慰藉。其实不。这个在背后说出"不"的声音，才是真正的、真实的生活。

他本来还有加入合唱的机会，加入火箭、漫游、海滨浴椅，以及诸如此类的所谓时尚的暮年生活。在每一个人，包括他自己和伊丽莎白·科斯特洛在内，都确信他已经被她的建议打动的时候，他说不。那不是他想要的。他选择站立在他自己的洼地里，即使在众人看来，那里是一片废墟。"大洋里有很多鱼"，他是最深处怀旧而舒缓的那一只。

春天的自行车

第三辑

碎 香

春天的自行车

盛 开

手持铁铲，臂挎柳条篮，挖野菜的时光多么让人沉醉。又是一个不劳而获的春天。多少年过去，大头菜还是一味试图把自己伪装成一棵草，因为太专心了，反而露出了马脚。这个小蹄子！一群一群的小蹄子嗒嗒嗒跑在土层下边，深深浅浅的，让我一路追着它们，把朋友和春天都丢在后面。

但是他们到底拿着相机追上来。他们企图偷拍我独自心花怒放时的放浪形态。在我朋友父母承包的巨大果园——此刻是花园，桃花和李花开得正盛（梨花则被批准延长一小段的准备时间）。此后的许多年，我都会记得这个花香灿烂的午后，记得一个人内心的歌声曾经如此肆意盛开——白衬衫上沾着黄土和草屑，名牌西装随意丢在一边；他松弛仰卧的地方聚集了异样的光线。而后来洗出的照片却仿佛满怀恶意的谎言，把他描述成一个案发现场的不幸主角。哦，他是不幸的——面对满世界广袤无垠的硬，一个柔软的灵魂首先预示了不幸。现在，他转过一张忽然陌生的脸（双颊闪亮，花影如水光游走其上），说，这些花朵这样孤单！

我一惊。因为花开，一个哲人兼诗人陡然出现。

许多年前，我家屋东墙的桃花一年一年地开。桃树后来把花朵举到了房顶上面。我等着它们落下来，树下有一些，树干上有一点儿，屋顶上面还有一点儿。然后桃叶慢慢长出来，长到差不多的时候，端午节就到了，有一些桃枝就要被剪下来，有时上面还特意带着一两颗小小的青桃子。这是最让我心疼的时刻，在这两天里我要向那些来我家讨要桃枝的村邻暗暗翻上无数白眼，我紧跟在他们身旁大声数着：一——二——三——这样，当祖父剪完第三枝，村邻就会替我说：够啦够啦。赶在祖父要剪第四枝之前，我赶紧把那三枝接了过来，有眼色的村邻会马上抓住祖父的剪刀和手腕——也许我今生的心机在最不该动用它们的年纪都过早地透支掉了，所以成人之后我总是因诸事缺乏算计而屡屡碰壁。

那时候我以为每一朵花身后都藏着一粒果子，每一枚叶子都是树的心跳和呼吸。我生来就热爱这种叫桃子的水果，它的花朵和枝叶，后面紧跟着它们的隐喻和传说。与我隔墙而居的这两棵桃树，像我的两个亲人，心里明白我有多么疼爱它们——在我离开郑屯到城市里生活之后，这两棵桃树，竟无缘无故地枯死了。

就这样，一些让人心疼的事物最终变成了悬念，正如一些事物从盛开的一瞬就走失了未来。

醉蝴蝶

午后，广场上有蝴蝶在飞。蝴蝶专挑花花草草的路径走，它不喜欢平整光洁的大理石板，也不去那边的人工喷泉围观。从这一点上看来，蝴蝶不喜欢人类热衷的这些东西，从而也不见得会喜欢上人类。在花坛和灌木丛上方，蝴蝶寻寻觅觅，忽高忽低的舞步不成章法。像一些从旁边的大酒店里出来的人，脚步趔趄，带有或厚或薄的醉意。5 月的花香并不浓烈，蝴蝶何以会醉，这件事情里面，有我不甚了解的东西。

刚开始的时候，我面前的花坛里飞着 3 只蝴蝶，其中的两只在飞舞中碰到了一块，但是它们很快分开。两三分钟后，其中的一只与第三只相遇，这次厮缠的时间长久得多，可是这只 NO.3 表现得有点儿厌烦，它冲出另一只忽左忽右舞出的包围圈，经由我身侧，径直向广场南边的丁香树丛飞去。此时阳光耀眼，相距紧缩至两米，我方才看得清楚：这是一只黑色的蝴蝶，身形比另一只白色的略大一些。我差一点儿笑出来，看样子，有些蝴蝶也像人类，讲究个品貌相当门当户对。但是那只白蝶像个多情的女人，明知无法挽留，仍旧恋恋不舍，一直把黑蝶送到了花坛边缘，才折身飞回。现在，花坛中只剩下了两只蝴蝶，彼此漠不关心，只是一味忙着在草丛中找自己的东西。我觉得这样不太好。在人类主宰的城市里，蝴蝶们作为弱势群体，理应相互团结，把种族的强大和繁荣放在首位。但是人类至今也没能做到这一点，不能要求蝴蝶们发扬大公无私的忘我精神。

我记得我平生见过的最大的一只蝶。是在江西青云镇，一只蝴蝶像合奏中突然穿插进来的音符，引起一阵慌乱和骚动。当时，我们这一拨散散漫漫的采风队伍，正游走在社会主义新农村的白墙青瓦之间。一只蝶突然出现，它是这样大，像一只鸟，扑翅时仿佛迸出歌唱。它整个简直不像是真的，翅膀和身体黑得这么深，重金属一样发出幽暗的光，也重金属一样富有密度和质量。你完全忘记了它曾经是一只卑微的虫子，修炼过多少个世纪，才收获如此雍容而庄严的飞翔。越过一道农家的篱笆，它落在一株树硕大的叶子上面，黑丝绒样的大翅膀安静地向两侧铺开。我不知道那是一株什么树，如同我不知道它是一只什么种类的蝶；但是我疑心那树叶上有奇异的香，让一只蝶迷醉得对世界毫不设防。

在我的印象里，蝴蝶是最缺乏警惕性的动物之一。它易于捕捉，这和它疏于防范有直接关系。当一只蝶伏在花朵之上，变成花瓣中最醒目的一页，双翅合起，仿佛有意为人类捏拢的两根手指提供便利。我疑心，因为自知生命短促，蝴蝶才不像人类那样，对死亡怀有深沉的畏惧。蝶类的平均寿命只有 25 天，而一旦交配，生命随之缩短。在向死亡滑翔的倒计时中，一只雌蝶甚至来不及产完体内的卵，像无法吐露的情意，至死都只能储藏于我们内心。在人类的视线之外，一只蝶从地面上的草叶出发，最终又落回地面，变成了影子和露水。

当一位老人在暮色中陷身回忆，思绪如蝴蝶翩飞。蝴蝶从尘封的春天深处飞来，梦境一样让人心醉。老人无论多老，都曾经拥有一个孩子的出身。而孩子对世界的误解是经常性的——他以为蝴蝶翅羽上的鳞粉是它身体上的灰尘。当这些灰尘被溪水洗净，那些美丽的翅膀纯粹得近乎透明。而蝴蝶，蝴蝶因此被自己的美貌深深陶醉，在树荫下一睡不醒。

初　见

第一次见到橘子，我 5 岁，在眼看就要到 6 岁的时候。

眼看就要跨过 5 岁门槛的我，已经懂得了很多事情。我这么说是有证据的。因为仅仅一年后，我父亲再回家过年时向同事借来了一架相机，它所留下的所有瞬间都弥足珍贵——在上个世纪 70 年代的乡村，人们站在自家门前照相的机会几乎约等于无。而这时我还不到 7 岁，留在相纸的嘴脸已经多么老气横秋。以此推算，这之前的一年，我的形象也鲜活不到哪去。很有可能，我生下来就长了一张沧桑横流的老人脸。

这天是腊月二十九。刚过晌午，我就对着自家大门望眼欲穿。但是直到掌灯时分，我父亲和母亲才回到家里，他们同时带进来几个大包小裹和一股经过长途跋涉的寒气。当然，那时候我还不知道有"长途跋涉"这个词，我只知道，"城里"是个非常非常遥远的地方，远得比"县城"还要神奇和神秘。眼下，只要花上一个小时，一辆出租车就可以从营口市区径直开到我的老家郑屯；而在 30 年前，盖州县城和郑屯大队之间还没有通车，我父亲和母亲在盖州火车站下了慢腾腾的老爷车，还要徒步走上 30 里地。他们在午饭后动身，到了傍晚才终于踏进家门。

我父亲看上去心情好得很。他乐呵呵地拉开黑色人造革包的拉链，把里面的东西慷慨地往我脚边一倒。意思是：喏，给你的！提包里藏着的苹果就骨碌碌地滚得满炕都是。我还是第一次见到这么奇怪的苹果，它们一个个圆滚滚黄灿灿的，在暖黄色的白炽灯下显得尤其鲜艳明丽。我用我常年捉蚂蚱和蜻蜓练就的奇异手法飞快地抓住了其中的一个，在我父亲反应过来之前，我的门牙已经毫不犹豫地洞穿了这只苹果的表皮。我父亲张大了眼睛和嘴巴；之后他的眼睛眯小，嘴巴则变得更大，他开心地爆出了一连串的"哈哈"。我知道上当了，这苹果又辣又涩，我父亲的大笑更加重了我的失望和恼火。这时候我母亲闻声赶来，旋即也加入了我父亲的大笑团伙。我委屈得差点掉下泪来——他们居然用这样难吃的东西来糊弄我。我父亲看出不对了，赶紧把我扔掉的那只苹果捡起来，示意给我看：这个苹果，皮要剥掉才能吃呢！

我和橘子的第一个照面是不愉快的，我的味蕾率先认识了苦涩惊人的橘子皮，然后才幸会了橘子本身。直到许多年后，我忽然明白，这实际上是一个再正常不过的认识顺序——什么时候，我们对一件事物的认知可以从内部开始？

橘子事件留给我的印象是如此之深，此后我又见识了许许多多的事物，许许多多的人，我开始积累下一些经验，这经验来自于一只穿着隐晦衣服的橘子，以及岁月深层的某个部分。我已经知道如何不紧不慢，游刃有余，因为那个沉不住气的人总会赶在我之前出现，代替我，一点点剥掉某件事物的表皮，使真相得以慢慢彰显。

而在我认识橘子之前的若干年，我曾外祖父第一次见到了虾蟆。——"虾蟆"这个学名是我偶然在一本画册上看来的，这之前我只知道它叫做"虾爬子"，并且这之后还将一路这样叫下去。可见有时候学名再优雅严正也是靠不住的——谁知道"虾蟆"是何许人也？又有谁不晓得大名鼎鼎的虾爬子女士和虾爬子先生？偏偏我曾外祖父就见所未见闻所未闻。这个世代蜗居于沈阳新民县的倔强老头（当然那时候他还不算很老），面对这种模样古怪得近乎可怕可憎的海洋生物，根据自己50多年的人生经验，他把它们归类于陆地上的低等爬虫之流。对我外祖父举家津津有味地嗜食卤虾爬子这件事情，曾外祖父表面上处之泰然，内心里则深怀怜惜和痛楚。出于同样平常的经济景况，我曾外祖父自知无力帮衬长子一家的生活，他补偿的方式就是拼命干活。他日夜操劳的牛马姿态一直持续到他的暮年。在我终于得以见到他的时候，他干瘦的脊背已经在生活的重压下呈现出夸张的弧度。

　　而在上个世纪60年代初期，虾爬子腹部一排排细密柔韧的软足显然远不及它们在40年后的履迹这样遥远。似乎在那个时代，作为长度单位的公里数远比眼下的更分量充足。同样的一千米，在一个人生命的不同时期看起来大约并不相同，在不同的双脚和车轮的丈量下也显现出不同的意义。我心事重重的曾外祖父完成了他历时最长历程最远的一番巡视，回到新民老家，他避开外人和我曾外祖母说起他亲眼所见的虾爬子。他说，玉奎（我外祖父的名字）家里孩子多，家境难啊，孩子们把大虫子用盐水渍一渍就吃得那么香……他这样说着的时候，眼睛里可能正在隐隐浮起心疼的泪水；而他的心里，一定也充满了漫长岁月沉积下来的，无穷无尽的苦难和酸辛。

五月八月

　　看格致的文章，看她在秩序和正常的城市里寻找一只救生筏。在她的想象里，洪水就要到来；或者，一场大火即将围裹她高楼之上的房间。这样，又有一条长而结实的军用行李绳缘此进入她找寻的视线。是什么让她如此不安，近乎神经质和病态？忽然就想起来，电影《五月八月》中，叶童饰演的母亲，突然发作的神经质挖掘；在战争带来的灾难面前，连天空也布满惊骇。这个时候，传说中的遁土神术一下子成为最令人梦寐以求的事物。遁土不成，她转而训练两个女儿在狭小的院子里气喘吁吁地跑来跑去。奔逃、藏匿，在濒临沦陷的南京，恐惧演化成另外的形式。倒是作为男主角的父亲，自始至终，他安静、从容，巧妙地躲开死亡的镜头。剩下一截残臂，是他的。躺在蓝白格子的袖子里。蓝白格子的棉布，也是安静，蓝白格子天生有一副顺天应命的表情。

　　频道转向中央六台，《五月八月》已播到大崩溃前的疯狂逃难。是不是，生离总要作为死别的前奏曲而上演？前面的那些，一小段空白路径，猜测提供不了完整的修建。两个女孩，为什么叫五月和八月？出生的月份？而生辰到底预示了什么秘密？在和平年代，性格可能决定命运的走势。两姐妹，中间隔了六七年的光阴，应该会有完全不同的行走和际遇？像我和小我6岁的妹妹，在20世纪90年代末的大背景下面，终于南北分飞，像两只燕子，分属于不同的节气。两种分支各异的生活。同一条河流的不同流域。而灾难混淆了个体的区别，把悲剧变成千人一面的镜子。为什么在灾难面前，四分五裂的人间可以在瞬间变得团结一致？只因灾难呈现给人类的归宿是共同的，莎士比亚关于幸与不幸的注释在此丧失了原来的意义。对灾难而言，人命有如草芥，可以成批量焚烧与割刈。在火焰和镰刀赶到之前，草芥与草芥之间，是不是应该交付彼此最后的真情和温暖？

而在灾难中，个体的成长变得如此迅疾，我看见她们，两个小小的女子，小的四五岁吧，还是模糊、懵懂，因无知而免于受真的伤。在这个年纪，饥饿比死亡更来势汹汹。大的那一个，好像是十一二岁？开始有了一双可以解读世界的眼睛。对这个年龄段而言，任何一件小事都严重得足以刮起一场台风。而真正严重的事就这样来了：死亡、恐慌、巨大的空旷、一个城市走在通往死寂的路上。一个城市，正以另外的面目在两个女孩的眼前洞开。在画面以外，它支离破碎的脚步如此扣人心弦（有时候，洞开恰恰暗示了更为决绝的推拒和衰败）。灾难和死亡就是一栋空房子，它不回答，不阻拦，但是也不走开——它用仅有的沉默和空荡盛装下比死更浓烈的火焰和悲哀。

然后圣诞来临。圣诞的歌声落在这样一座城市里，像发怒的海面上落下一片薄薄的岛屿，或者一朵花盛开在大雨里。努力扮演起母亲的小姐姐把八月带到河边，为她清洗生了湿疹的小身体。圣诞的河水送来了凉意，也送来了一个陌生者面目模糊的遗体，小姐姐轻轻把他推开了。就是这样一个动作，轻描淡写，一个内心坚硬的、不动声色的女人诞生了。这个还是一朵花蕾的五月，死者把什么输送进她的灵魂里？此后的岁月，如果她还可以活下去，可以在每年的圣诞日，一节一节地记起：断肢、鲜血、饥饿、瘟疫，一个不知过去和未来的死者：她祝过他圣诞快乐。

舅舅，这是一个能够带来生机和暖意的词，是母血中另一条分离而去的河流。舅舅，这个词生疏、遥远，但是总有一丝亲切的笑容可以看见。汉语的习惯与英文不同，汉语中的"舅舅"不会与"叔叔"混淆，一般不含有争夺和算计的成份。他是疼爱的，也是疏略的，更多的时候有始无终——他能够覆盖的范围和时间是有限的。这一次也没有什么不同。舅舅的荫庇只带来了短暂的喘息和安全，而且还有更多的痛楚他永远无法看见——死亡使他得以逃避了过分沉重的责任——他的离开几乎是所有相关者的离开，留给两姐妹的，仍然是无助和大片大片不可预见的未来。

这一天，在和影片里的长江一样浩淼的海边，朋友说他远在南京的妹妹正在动身北上，将要在这海滨与他相见。她生于1958，或许也经历过饥馑和动荡，但仍然幸运地错过了那个城市里最惨烈的灾难。在她出生以前的若干年，一场又一场大雨，已经把当年那些在长江岸边唱给爸爸妈妈的歌声，裹进了大地和海洋深处的暗流。

电生活

　　30 年前，我在乡下与祖父母一起生活。那时我家唯一的一件电器，是一只半导体收音机。这是我祖父的心爱之物，他把它郑重地安放在炕梢前边的大躺柜上。因为我祖父和他的收音机，我的整个童年和少年时代都保留着每天听评书的习惯。除了《说岳全传》和《杨家将》，我还喜欢"小喇叭"："嗒滴嗒，嗒滴嗒，嗒——滴——嗒——，小朋友，小喇叭现在开始广播啦！"清脆的童音仿佛天籁，让一个人甘愿驻留在童年。

　　28 年前，我回到城市和父母身边。我吃惊地发现，城市里连收音机也是与乡下完全不一样的。它有一米多高，音箱上蒙着华丽的锦缎。我父亲叫它"电唱机"。一首《拉网小调》放完，紧接着是《西班牙女郎》和苏小明的《军港之夜》。如果不喜欢这个顺序，我可以随时中止、跳过，做另外一种选择。正是这台可以随意快进和返回的电唱机，带来了与我往昔的生活完全不一样的东西，像那些半透明的彩色唱片上一圈一圈的纹理，起伏，迂回，让时光渐趋明媚和细腻。

　　26 年前，我家拥有了第一台电视机。作为我父亲自学无线电的辉煌战果，这台自行组装的 12 寸黑白电视，以及它竖在房顶上的简易天线，成了整个小巷里迎风招摇的一面旗帜。每天晚上，左邻右舍的半大孩子都挤在我家看"小鹿纯子"。许多年后，我想：如果可以在传说中的黄金、白银和青铜时代之间找到一个缝隙，我希望我可以对这个"排球时代"进行插叙。这是一段随着排球跌宕和飞驰的岁月，《排球女将》与中国女排三连冠的比赛现场，让我们分不清直播和重播、剧情和真实。

　　22 年前的某一天，我父母间爆发了一场激烈争吵。我父亲一气之下，

第三辑　碎香

搬进了单位宿舍，好几天没有回家。邻居卢叔叔把我带到居委会，让我给我父亲打电话。卢叔叔先拨了号码，对着话筒说了两句开场白，然后就递给了我。我说："爸，你回来吧！"说完这一句，我就不知该说什么了，心里又烦恼、又委屈，觉得生活正在强加给我某些不应该由我承担的东西。我父亲在电话线尽头一言不发，我不能确定他是否还在那里——我是在对着空气说话吗？这是我平生第一次打电话，此后我一想起这件事情，就觉得电话本身具有虚幻气质。

18年前，我家迁进了新居，添置了包括冰箱在内的一应家用电器。同学们来我家玩，一进门收脚不及，险些摔倒在地："天呀！你家铺着地毯啊！"这个时候，我忽然猜测到我母亲的微妙心理。生活分为形而上和形而下两个部分，分为荣耀和真实。如果可以任由我自己挑选，我首先选择电冰箱和排油烟机。至于地毯和壁纸，它们只是某些人需要的生活修辞。

13年前，在北京开往石家庄的火车上，整整一个多小时，坐在我和我先生对面的男子一直在摆弄他的宝贝手机——那个时候，一部手机富有多层面的象征意义。但是显然，在这个男子的身上，喻体的象征意义远远超过了本体。我瞥了一眼先生，他的瞌睡打得正酣，毫不知晓自己裤子后袋里的东西已经整个地滑到了坐椅上面。我灵机一动，不动声色地把它拾起来放上茶几。这部一万多元的诺基亚是一只大型猫科动物，登时把对面的瞪羚逼进了草原深处。

直到6年以前，我兑掉了服装店，为自己配置了一台电脑，外加一只打印机。我想我应该把整个的心灵滴水不漏地放进文字里，但是这也相当不易——在庸常生活和文字之间，其实并没有真正的直线联系。我希望可以把我的文字建设成用户终端，让生活成为它功能强大的服务器。然而，作为这个巨大电场中的微小电荷，我发现我自己，以及我身旁的每一个人，早已无法返回电流以外的生活和传奇。

闪 电

从大福源出来，很意外地，外面竟然在掉雨点。在我们急步而出 20 米的时间内，雨滴的单位质量和整体密度已经增长了 n 倍，在街道上筑就了一道虚拟壁垒。因为它，100 米外的家变得遥不可及。我的脚支撑着我和两大袋食物，以及比我更脆弱的儿子，在路旁商业银行的雨檐下面迟疑躲避。就是在这个时候，闪电的手势突然张开，指向我们的头顶上方；闪电像孙悟空蘸了定身魔咒的指头，一下子把我和儿子钉紧在原地。

我想，如果我愿意，5 分钟后，我其实可以湿淋淋地走进自家的浴室，再淋一场温暖舒适的雨；随手把换下来的衣服扔进洗衣机——雨的痕迹将就此被荡涤净尽，因而雨完全可以蔑视。但是闪电加重了雨的凉意。虚拟的雨的墙壁因为闪电的介入而接近实质。在闪电的提示下，雨反复强调着自己的峰巅状态：一条条实线构成的液体栅栏。因此雨更像一群跑龙套的卒子，奔跑、呐喊，但并不具备袭击灵魂的能力。

大约 10 分钟后，我带着儿子回到家里，心情愉快地摊开一床零食。大雨还在持续，并未像我趁机教诲儿子的那样只能发泄 10 分钟的怒气。我衷心祝愿那个三轮车夫也和我一样心满意足地回家去。此刻，大雨被我关在窗外，像一个过去时代的画面。只有闪电执意插入现在进行时态，铝材窗和布质窗帘无法阻挡它的发言。

为什么总是先有闪电，然后才听见打雷？

儿子的问题让我想起一个赛跑的场面：从同一瞬间出发，闪电遥遥领先，而雷声永远气喘吁吁地跟在后边。这是天庭里的龟兔赛跑，表面上的公正从一开始就存在破绽。并且闪电不会听从童话的安排。这就是为什么有时候我们看见了闪电，却久久不闻雷声的出现——声音在中途放弃了这场永无胜算的比赛。

趁着儿子喜欢，我赶紧向他灌输避雷针的概念。其实我忽然有点儿搞不懂了：避雷，还是要避闪电？具有破坏力的电荷被引入地底，那么如此强烈的光线是否就此消失？如果光可以随一根铜线迤逦而去，在大地的深处，是不是隐匿了我们未知的光芒宝藏？

在这一天里，我刚刚看完胡丹娃的《回家：一个春天的神话》。短暂地逃离城市和职业，胡丹娃企图参悟墓地、红尘与生死。而10丈软红细密又绵长，无止无休，无处不在。上面的一幅插图让我莫名惊骇：乱云飞渡的天空中镶嵌着一只硕大的眼，无言地逼视向宇宙苍穹和芸芸众生，没有表情，也没有性别。我想到一个词：天眼。上天的眼睛里没有爱憎，所以也没有性别和表情。

而闪电也没有表情。闪电是上帝的呼吸，是偶然睁开又闭合的天空的眼。

在不同的时间深处，闪电变换着他的容颜。在雨夜，天空露出了它原有的破绽。而闪电的手指，正摹拟着这一道裂隙。像一段河流，出现和消泯同样突然。一根树枝，省略掉常识的花叶和果实。在夏天，闪电忽然记起它繁华落尽时的样子：僵硬，冰冷，直指天空和大地。它突兀。由于细节的消失而布满悬念和疑虑。它是传说中的玛雅文明，繁荣和衰败都承担不起追忆。

算术题

1 + 1 等于几？答案不是 2，也不是 3，是 11。这是我同事邻居家的孩子说的。他 4 岁。我想象着他严肃认真地尽量笔直并列起两根胖乎乎的小食指，心头忍不住且惊且喜。

1 + 1 等于几？选择答案 A（2）：标准正确到无可置疑；选择 B（3）：成人世界里的脑筋急转弯游戏；选择 C（10）：偷梁换柱式的狡黠智慧（2 的二进制表现形式为 10）；选择 D（11）：这个注定要招致讪笑的天才答案多么让人珍怜！

小学时，老师教我们把十进制转换成二进制，得出来的数字总是带出一股惊奇之气。比如最小的两位数 10，换成二进制，是 1010，进化神速到不可思议。10 真的等于 1010 吗？在某种规则下，神奇的等式成立。那么，如果家里买了 10 根麻花，什么情况下它们会变成 1010 根呢？这样的想法使我怀疑老师的讲义，她说，二进制使计算变得简单；但是显然，这种很少实际应用的制式使生活中的问题瞬间繁复、可疑，并且彼此纠缠。

常常会想起那个 4 岁的男孩，他稚嫩的童声让我心情柔软。在他的眼里，事物产生了直接的、横向的联系，像两只蜻蜓在阳光下比翼。它们是独立的，然而彼此相依。如同 1 和 1 这两个加数，当它们排成队列，站在前面的那一个，并不因此幸运地代表了"10"。当两个"1"被加号连接在一起，他不希望它们就此消失，变成另外的一个陌生数字。这也不是异想天开式的童言无忌。央视少儿频道的童言无忌我看过几次，黄炜的主持很讨孩子们的欢心。最初也确实是无忌的，但是后来，可能因为引起了家长们的重视和参与，节目中露出的破绽越来越多。成人们的策划和教唆败坏了原有的纯真气息。为"无忌"而"无忌"，这是成人们的拙劣把戏。我不知道其他坐在屏幕前的孩子和家长们感觉怎样，在我，对这个被成年人们好意败坏的节目满怀失望和痛惜。

事实就是这样，当我们被教导着，习惯于背诵"一滴水怎样才能不干涸？把它放到大海里去"以及诸如此类的名言并尊崇它们为真理，一个4岁的孩子仍然相信他自己的答案和解释。一滴水将自己的声音加入无数颗水滴的大合唱，这是成人擅长的隐匿方式。他们宁愿包容滥竽充数的南郭处士，也要对合唱内部突兀响起的异声横眉冷对。我初一那年的第一堂古文课，老师让全班一起朗读课文，因为第一次接触到"矣"这个语气助词，绝大多数同学按照以往的阅读经验，即汉字形声二部的读音规则，理所当然将之读成了"唉"。讲台上的语文老师对此不置一词，人到中年，她有她波澜不惊的教学方案，朗读结束后的一记当头棒喝她已胜券在握。然而课文读到一半，有一个同学终于鼓足勇气大声念出了"矣"，立即有第二个第三个遥遥响应，仍占绝对优势的"唉"和异军突起的"矣"掺杂在一块，军心登时紊乱，大家面面相觑，同时偷眼望向老师。老师仍声色不动。于是"唉"开始犹豫，并迅速溃败，倒戈向"矣"投诚。在朗读结束之前，好歹完成了从"唉"到"矣"的过渡仪式。

我至今不知道是哪个同学最先大声念出了正确的读音，即使他明确知道那是对的，他多年所受的良好教育（能够考入这样一所全市最著名的重点中学证明了这一点）仍迫使他谨慎从事。比起那个毫无顾忌地说出 1＋1 等于 11 的孩子，他已经接近了成人的圆滑和畏缩。在这个世界上，孩童多么让人钦羡。虽然在此后的若干年里，他会被一遍遍强行灌输的所谓正确答案磨蚀掉童真的想象和虚构能力，连同脱口说出错误答案的勇敢和灵犀。他关于一道简单的算术题做出的诗意解答带给我如此巨大的惊喜。如果可能，我很想告诉他，许多时候，看似错误的答案恰恰比所谓的真理需要更深邃的智慧和勇气。

天神不需要眼睛

到达天坛的时候，正是薄暮时分。天光收拢时的心情似乎比它绽放时更为急切，四下里的景物迅速变得模糊暗沉。我不得不把眼睛凑近路边的游览图，努力辨清位置和方向。抽象的天坛熟稔如一位多年老友，而具象的天坛的道路仍旧如此陌生。

因为与朋友事先约好在南门见面，从东门进来后，我还剩下半个多小时用来完成此番的天坛游览。我无法确定，自己能否在半个小时内到达约会地点；唯一可以肯定的是，在这个偌大的公园里，我没有用来迷路的闲暇时间。迷路＝迟到＝失信于人，这个莫名其妙的等式弄得我紧张兮兮，一路上不停地向老北京们求证，隐约看见线路图就赶紧跑上前去。这样到了祈年殿，我才算安下心来。

众所周知，祈年殿前丹陛桥正中央的石板大道作为"神路"存在，即使当年威风八面的皇帝也不曾在此涉足。或者正是这个缘故，古老的石板大多得以存留，只有少部分用同色的水泥细加修补。这是我从脚底传来的温度间细微的差别猜测到的。假设天神当真曾经从这条路上到来和离去，我猜他并没有穿一双人间才需要的鞋子。我手里拎着我的达芙妮凉拖，垂目沿"神路"慢慢走去。

快到南门的时候，我差点儿撞上一个人。我赤足的行走无声无息，整个人又都收缩在自己的世界里，他并没有留意到我，盲杖轻点地面，从我身旁径直走过。

这是一个高大的欧洲人，腰身笔直，气质庄严而高贵。我吃惊地打量了一下四周，他真的只是一个人。他怎样来到这里？这个陌生的国度，没有盲文路线图，何况言语不通——即使勇敢的海伦·凯勒，也需要他人在旅途中陪伴左右。这是9月上旬，北京残奥会正在召开，他是运动选手或者随行官员？甚至，他就是传奇中的赛义德·戈麦斯？据我所知，北京奥组委特设有专线班车，组织运动员参观北京景点。而他独自到来，选择了相对寂静的傍晚；因为这寂静，他将看到更完美的天坛。

　　过了半晌，我才回过神来。我只想到天神不需要人间的鞋子，却没有想过，他连人间的眼睛也一并抛弃了。

满江红

　　偶然翻看一本画册，油画，版画，写意山水，工笔花鸟。我能够看得出来的门道也就这样多了。像目睹一幅一幅擦肩而过的人生，或粗犷或细腻，或清冷或秾艳，但都是别人和别处的生活，与我自己全不相干。画册已经翻过了大半，我靠到椅子背上，正准备对自己露出一点心领神会的笑容，但是，忽然惊住。

　　满画面都是红，鲜红，血一样流动。静止的画面怎么会流动呢？我说不出来。但是它分明就像一场西风，因为裹挟了太多的沉重，才变得这样缓慢和黏稠。像残阳下飘摇的云彩，隐藏起哀婉和留恋。像一江碧水，业已被鲜血染红。这鲜红中铁甲铜盔的将军，他的表情隐在面具的背后。我们也看不到他的眼神，实际上，整个画面都没有刻意雕琢的细部，甲胄上的纹理，离开剑柄后短暂松弛的手，连同那些我们追逐了一生的完美细节，那些我们试图用以破解生命谜底的微小密码，此时全部消隐无踪。甚至他也不是我们大脑影像里骄傲的英雄：巍然屹立，一手叉腰，一只手按住剑柄。他坐在这里，把我们眼前的世界固定成一个正方形。我们看着他：又安稳又寂寥，又疲惫又凝重。一把剑横置在双膝之上，并没有露出锋芒和峥嵘。我们看不到他背后的战争，是已经结束，还是又一场激战前短暂的寂静？但是他的腿，让我们的心，在一瞥间已经这样笃定。这是两株青铜的树，在端坐中仍保持着警惕和坚硬，仿佛时刻对抗着自身的重力和重量，仿佛脚掌即将在大地上生长出根和茎。我们可以想象到它站立起来的样子，想到它执意支撑起的命运和未知。甚至，我们还可以想一想它画外的音乐，天空中反射的剑影，旌旗猎猎，战马嘶鸣。

这幅油画的标题，叫做：满江红。

有一次机缘巧合，得以向一位知名书法家求赐墨宝。他问我：想写个什么？我脱口而出："三十功名尘与土，八千里路云和月。"一句话说完，方才会过意来，心头兀自一惊。年少时初涉诗词，最爱的自是柳永和李清照的婉约一路，但是，难道竟是这一句慷慨悲歌，始终盘绕在我的心底？

许多年前，我在乡下随祖父母一起生活。那时候家里唯一的电器，就是一只半导体收音机，安置在炕梢前边的大躺柜上。这也是我祖父的爱物，因为他有雷打不动的听评书习惯。这个习惯后来一直被他保持了30年。我长到了五六岁，刚刚能听得懂那些不太复杂的故事。每天傍晚时分，我准时伏在那只大躺柜上面，把两只胳膊交叠起来当做枕头，整整半小时伏在那里一动不动。刚开始，我发现这样做可以加倍得讨得祖父的欢心；但是慢慢地，那些故事一个字一个字地落进了我的心里，并且在那儿长出了根须。

直到成年之后，我才明白，所谓的爱和恨，就是这样，在成长中的某个时辰，在一个人还不具备完整心智的年纪，已经被一个个指向明确的故事，种下了因。而它的果，要在此后的若干年里，顽强地繁殖出既定的味蕾和基因。一个人必须把自己连根拔起，才能懂得这故事外面的世界，这个姓岳名飞字鹏举的男人，原来，并不需要任何人陷害，是他自己，执意走进了一场悲剧。作为一个心智正常的成年人，他怎么可能想不到，所谓驾长车，踏破贺兰山缺，一雪靖康之耻，迎得钦徽二帝还朝，只不过是自己对自己的信仰开出的一张空头支票！二帝若归，则置当今天子于何地？而只要他还活着，就没有办法不一步步奔着这理想而去——他脊背上"精忠报国"的刺青，是一大把芒针的小鞭子，时时刻刻把疼痛扎进他的心里。所以，他只能死。他必须死。

这一刻，他坐在这里，所有的心事，都浸在一片鲜血里。

春天的自行车

但是，他没有输给他自己。他是一个常胜的将军，到底赢了最后的棋。

有生以来第一次，因为一幅画，我记住了一个画家的名字。这世间从来不缺少天才，而只有天才，才能把另一个天才，融化进鲜血和骨髓。

——无论他的名字叫戴都都，还是叫岳飞。

参　差

　　有一天逛街，一家牛仔专卖店让我开了眼界。在粗犷厚实的原木货架上面，是一只透明度很好的方形玻璃杯。玻璃杯本身并没多大稀奇，稀奇的是杯子里面用清水养着的东西。那是一簇娇嫩的豆芽，根须雪白，像一根根在水底相互握住的手指，将顶端一对对鲜绿的叶瓣齐刷刷地擎出杯沿。冒着被导购暗中鄙视的危险，我从货架上取下杯子仔细端详。美丽的豆芽原来是塑料制品，又一个实例证明我少见多怪。或许路边的礼品店里随时可见诸如此类的微型饰物，只因我无暇逛街而缘悭一面。更可靠的解释是，一厢情愿的幼稚愿望刹那间蒙蔽了成年的常识和经验——假如这是一群真实的豆芽，在外观和细节上，它们几乎没有可能如此整齐划一。

　　只消看一眼超市里标价出售的豆子，我们就知道，豆芽们早在胚胎时期就已经分出了强势和弱势。我因此相信，农人是这世上最早窥破了天机的人，他们目光平视或偏往下方，表现出超出人类的谦卑和恭谨，虽然他们同时为稼穑们充任上帝。而所谓物竞天择，从果实中被仔细甄选出来的种子已经道出了全部玄机——仅仅由于外观上的饱满和完整，它们从同伴中脱颖而出，以此获得了幸运的来生。我曾经在小区的装饰性园圃里为玉米间苗，总的原则是留大除小；万一在两株秧苗间难分轩轾，需要有类似强词夺理的勇气。像终极裁判在两个实力相当的选手中强行指定唯一的胜者，同时剥夺失败者生存的权利。这样的工作显然不适合我做，我缺乏身为上帝或领导者所必须的优良的心理机制。

　　在很长的一段时间里，我对上班途中隔街相望的两棵柳树心怀好奇。

由于二者之间十几米远的距离差，两棵看上去大小粗细都很相似的树，承接光照的时间竟有巨大差异。其中的一棵比另一棵更早地在春天满树绿芽，并在另一棵落叶萧萧的时候仍暗怀勃勃生机。像我远房表姐家的双胞胎女儿，度过了可以互为镜子的童年时期之后，妹妹的身高开始比姐姐领先几厘米，如此直至大学毕业，姐姐反败为胜的可能性就此永远丧失。这里面肯定隐藏有现代科学也无法解答的生命密码。而作为密码隐身的方式之一，上帝特意造就了人间的参差表皮。

琉璃脆

快件到的时候，我已经忘了两三天前网购的事情。看邮寄地址是北京卓越亚马逊，我一下子想到了我的书。但是那属于出版社发行部的责任范围，卓越找我做什么？我满心疑惑地拆开有一本书那么大的包装盒，里面是一只小小的盒。

——首饰盒。我终于想起来了。

那一年从南方回来，迎头碰上沈阳入冬的第一场雪。——对沈阳的气温我永远满怀误解。在我以为应该暖和的时候它总是很冷，在我以为会很凉快的时候它偏偏要热。我抱着肩膀进了街边的商场，想给自己找一件临时御寒的衣裳。这时候我发现了一家"石头记"，我平生所见的第一串琉璃项链即将出现在我的视线里。当然彼时我对这件事还无从知晓，我从这个柜台晃到那个柜台，带着无所事事的人才有的好脾气。琉璃项链，是的，它现身在两只射灯造就的繁华布景中央，在众多朴素的石头的烘托下显出了某种怪异。一时间我还说不出这出类拔萃的古怪落脚在哪里。我请店员把它取出来，帮我戴在脖子上试一试。我的眼光果然好极了，它在我黑色高领毛衫的映衬下华丽无比。我闭上眼睛想了想：除了这件黑毛衫，我还有没有其他的衣服用以铺陈它的美丽？它的标签上打印着：998 元人民币。我再次闭上眼睛掂量了一番：返程前笔会主办方发给我的1000 元润笔费——它代表着一篇有可能相当难产的命题作文。经过长达两分钟的思想斗争，我决定放弃。

好几次我想起这串差一点儿跟我回家的琉璃，它璀璨斑斓的光和影，半透明而颗颗圆润的小心思。经过了几十道古老的工序，每一步都是踩在薄冰上的小心翼翼。它完全对得起它标签上的价格，只是那时候我承担不起。

它的美和脆，是我一度承担不起的两样东西。

有些时候，我会突然发现有一点儿矫情藏在我的骨头里。比如有一次，我请人写了一张条幅，它至今还挂在我书房的墙壁上：世界光如水月，身心皎若琉璃。我试想过，这12个字最适宜朴拙的笔迹，像无法度的流水最适宜展现万物的清澈气息。我忘了它其实整个地与我的写作背道而驰。我要的是那巨大的迷宫的混沌，与这个真实的世界对应，它不光滑，不皎洁，当然，也不清澈。

晚年的范蠡弃政从商，自号陶朱公，三度散尽家财又三度成为天下巨富，被民间奉为财神。他潜心烧制的琉璃遂为财神信物，有了"居家则致千金，居官则至卿相"的无上魔法。各色琉璃又被冠以不同的寓意，不妨姑妄听之，只当好玩。像我手头的这一只，半边蓝半边紫，一边是智慧，一边是平和。人到中年，这两样东西就变得再重要不过。

早年读杨绛先生的《我们仨》，读到"世间好物不坚牢，彩云易散琉璃脆"，忍不住泪下。想世间风云变幻，哪一样美好的东西不易碎易散？只怕到时候，脆的不是琉璃，是盛满梦境的一颗人心。

浥轻尘

　　早晨上班的时候，刚好下起了小雨。小雨很小，如果不留神，几乎觉察不到。这不像北方的雨，倒像是在江南，有一种细雨不湿衣的味道。去年春天到江南，迎面就撞见这样的雨，让人握着一把伞犯难，撑也不是，不撑也不是。

　　而脚下的彩色路砖却已经湿了。低下头仔细看看，似乎只有在这个时候，这些平日里不起眼的路砖才显出了它本来的鲜艳。但是也显出它后来的灰尘——城市的人行道上原来还有一层薄薄的尘土，平日里我们谁也没有看见。正是阳春时节，柳絮要飞不飞的样子，被这样的一场雨一淋，柳眉儿低眉垂眼，说不清是委屈还是喜欢。

　　空气中清澈的土腥味刚刚飘浮起来，这味道明明是一道纱帘，却让人更看得清楚眼前的烟火人间——在淡淡的欢喜下面，有多少离别意，正春草一样伸展开两只手臂？

　　这是浥轻尘的朝雨，只不过恰巧落在了如今。在雨中，1200 多年前的渭城又是什么模样？从西安回来的朋友们说，这座 13 朝古都让他们心情复杂。那曾经高大的城墙早已倾圮，王维咏唱过的大唐风致于今了无痕迹。一度被雨水淋湿的客舍该是青砖黛瓦的吧？那是千年之前的青与黛，让苔痕很容易就蔓延成阶绿。

　　如果把所有的气候归拢到一起，我觉得春天而微雨的日子最富于离别气质。春怨秋悲，雨滴在春天的轻愁之上晕染开朦胧的诗意。春雨的语速舒缓，适合吟咏与抒情。一点一滴，这么多的省略号穿插在叙述中间，让内心的深情欲言又止。而夏天的雨更像数来宝或山东快书，兜头盖脑地倾泻而下，缠绵和幽婉自然无从寻觅。一首曲子进行到离别时分，最适用慢板，像梁祝十八相送，蜿蜒迂回，把一缕离愁拉成了万千细丝，剪不断，理还乱。

年少时最爱古曲《阳关三叠》。然而直到最近，才知道《阳关三叠》也分出多个版本。最有名的是《阳春堂琴谱》里的记载，但是这凄凉调我并不喜欢。仿佛寒蝉凄切，骤雨初歇，幕布上展现的是寒秋水湄的傍晚，不适宜移植进春天。在春天，离别的柳色下面闪烁着重逢的影子，即使不能重逢，也有曾经相识相知的喜悦。而知己之所以贵为知己，是因为纵然远隔千里仍能梦魂相系。当雨滴浥湿长亭外的轻尘，旨酒千巡已尽，远天芳草如茵。

一根电线杆歪了

　　这一天上班，从 14 路巴士上下来，照例一通疾走。但是，前边好像有点儿古怪？我停步细观，发现情况来自一根电线杆。我上前，小心地绕着它转了一圈。

　　显然，变故并非发生在此一夕之间——它早就歪了。在它与垂直方向偏离出来的大约 10°的夹角间，穿插着那么多的风声和时间。它倾倒向南。也就是说，在这个过程中，风的因素可能占有相当的比重。对这个城市而言，北风是一切风的首领，它强悍、坚硬，通常携带着落叶、雪花和一些尖锐的响动，从辽河以北浩浩荡荡地疾驰而来，恰似一艘巨型战舰，所到之处，雨水和热空气纷纷撤退，天空换上一副高远的表情，所谓秋高气爽的意思。使得辽河广场以及周遭的建筑物色彩分明，像一幅清晰度极高的数码相片。或者，北风是另一条与辽河交叉而行的河流，它穿越市委办公楼和国际酒店形成的短暂峡谷，沿着状若平原的辽河广场一路奔行，到了这根电线杆所在的小楼旁边，突地拐一个弯，进入另一条峡谷地段。可以想见，在这个拐弯的过程中，空气的波纹产生的回旋和激荡，围绕着这样一根电线杆，年复一年，水花样的细碎气流啵啵溅响。这样的一根电线杆，木质，漆黑，布满风雨侵蚀的坑洼裂痕，像一幅关于时光的复杂地理。它投放在周遭重重叠叠的影子，远远超过我所丈量过的岁月的长度。在电线王国中，这样高龄的老者已属罕见。而它也像那些老人一样，在时光的尘沙中慢慢倾斜了身体。现在，它身旁的这幢二层小楼，解放前的牛庄邮便局旧址，市级文物保护单位，不知何故突然开始了内部装修。脚手架外面围了一圈蓝白相间的编织物，大约是哪一位装修工人发觉了这根电线杆的潜在危险，随手将一块长形木板斜斜支在它的下边。正是这个突然出现的三角形，让我得以发现了电线杆的老迈。正如我们习惯于从一个人座位旁边的拐杖发现他暗藏的不便。

而让我惊讶的是这个正隐身于编织物后面劳作的装修工人：他敏感、天真，有一颗不肯被粗粝生活磨损的心。他把一块小木头送给另一块苍老的木头，想以此阻挡时间的残忍行进。正如我们幻想把什么送给年迈的亲人，才能阻止他们日日远离。也只有在这个时候，我们才更真切地发觉自身的微弱，一切外在的成就仿佛都失去意义。这样一个不安的人，他可能来自外地——当一个人独处异乡，他更容易发现日常生活表面下的破碎、话语中的缺口和空气的裂纹。由此推断，游子是人类中离诗歌最近的部分。我想起我的一个诗人朋友，作为农民，他在农闲季节里到建筑工地当小工，以赚取微薄的收入供养一双儿女上学之用。我总觉得这件事有着双重的残忍：不只是命运强加于他的农民身份，也不只是他瘦薄的双肩努力承担的双倍的重任，而是，对他这样的一个自尊到几乎偏激的人来说，灵魂的自我怀疑、拷问和屈辱感足以压倒一切。我不能想象他在陌生城市的工地上捱过的一个个孤寂之夜。和我时常感受到的苦恼和孤单不同，他的悲哀因精神和物质的巨大落差而更加无尽展现。

这一天夜里我做了一个奇怪的梦。我梦见一棵大树旁边，站着我的老祖母。这是棵一度被捆绑的树，在解除了绳索之后，表现出让人不安的柔软和依赖。在梦中，我感到了隐约的悲伤，但不知它从何而来。醒来之后，我仍旧在此悲凉中沉浸和漫游。我想起老祖母遗落在我梦中的叹息，蓦然惊觉，我血肉相系的老祖母，她盘根错节的一生，我原是如此一无所知。正如我并不知晓一根老旧的电线杆上，缠绕经年的电流和风声。而这棵看起来葳蕤的大树正是我貌似坚强的心灵——事实上，我一向习惯于倚赖老祖母的存在带给我的抚慰和安宁。而早晨与一根衰老的电线杆相遇，让我的梦触到了一桩始终存在着的、却被我假装视而不见的事情。祖母老了，这是真的，像这样一根古旧的电线杆，倾斜、伛偻，脚步趔趄。每一次我离开，祖母坚持要送我到大门外，风总是把她灰白相间的发丝，吹得像这根老电线杆上端一团无章可循的电线。

第四辑

风乍起

春天的自行车

温泉小镇

上午 10 点，阳光在海滩上浇出亮白一片。到处是色泽鲜亮的泳衣，大张旗鼓的蘑菇伞。因为刚从空调车里出来，感觉从温带一步跨进了热带，全身的毛孔马上感到了危机，扑簌簌地张口吐出水汽来。随身携带的遮阳伞左支右绌，最后只得听任裸露的小腿忍受沙滩的蒸烤和阳光的暴晒。我们此番的海滩之旅只持续了几分钟，方案由海水浴重新改回泡温泉。世事如此奇异，生命有时仅仅悬在一念之间。当我们的车子从海滩停车场调头驶离，侥幸地驶离了几小时之后的一场致命事件。

在小镇，温泉是一条隐进地底的山脉。我们的车子一路沿着这条山脊驶过来。在正式修成柏油大道之前，这条山脊是自然地起伏着的，路两旁则错落开小镇生活的原始画面。自发的小型集贸市场，坐在自家门前择韭菜的妇人，门面潦草的理发店。几块木板拼起来的摊床上，随意摆放的几样家常蔬菜。也有水果，大部分是自产自销的，所以品种相对单调。较大的水果摊都集中到镇中心去了，马太效应同样在水果们身上得到应验。温泉区属于小镇的边缘地带，过了最后一家温泉宾馆，道路正式延伸往郊外。让我放之不下的就是这家宾馆，一幢外表单调硬朗的水泥建筑，内里则柔软、幽昧、慵懒，蓬勃的热带植物把大厅伪装成一个洞穴的入口。领了房卡上楼，暗红的地毯上总有些没有来得及阴干的湿印子，像随意开在这里那里的湿润的花，刚好印证了我对温泉和旅馆的点滴怀念。

从三楼的窗子望下去，宾馆外墙紧挨着一座葡萄园，再远处是大片的农田。奇怪的是即使时令刚刚好，附近也不见有葡萄卖。想来因为生意大，园主不屑于零售，葡萄们的行业秘诀在于舍近求远。倒是有一天黄昏时分，在宾馆附近的小吃店门前碰到一个卖油桃的小小地摊。见我只顾歪着头去瞧，卖油桃的老人说，要是我乐意，这一堆两块钱给我好了，她这就回家吃饭。一堆油桃倒进塑料袋里，总有四五斤重的样子。老人乐呵呵地拎起篮子走了，我倒有点儿讪讪的，觉得占了人家的便宜。油桃的主要味道就是个酸，回到宾馆吃了两枚，牙已经给酸得倒下去，心里的快乐倒是浮得满满的。

这时候，小镇的夜晚从葡萄园深处漫上来，刚开始是雾样的，<u>丝丝缕缕</u>的深灰和浅灰，很快就积聚成异常瓷实的黑。很远的地方亮起几星乡村的灯火，不久也归于寂灭。这时候拉窗帘就有点儿可笑，但还是拉上了。窗外的黑带着重金属的尖锐，而铝材窗显得既薄又脆。

我喜欢旅馆。尤其是这样，像水果派上"小心！热馅烫口"的提示，从相反的方向炫耀了自身。温泉由此成为旅馆中最柔软甜蜜的部分。第二天晨起，被温泉仔细抚过的肌肤会变成一块温润的玉。从无性别的城市里滑脱出来，小镇和它的温泉让我确信：我仍然有机会变回一个女人。如果允许我把长发披开，我仍旧可以像10万年前的海藻一样纠缠。当海水从小镇上空哗哗退去，留下地心里隐蔽的火焰，留下火焰上温热的河流，作为有关时光的一段索引。

那时候我还来不及知晓小镇有关温泉的秘密。那时候我太年轻了，整个心智相当于一个会背物理定律和化学公式的10岁少年。作为一所纺织学校的应届新生，开学前的预热活动就是参观几家纺织工厂。小镇因为建有一家大型染织厂而被罗列在学校的日程表上。参观中的见闻我已经记不得了，倒是记得在等候回程车的间隙里，几乎所有的同学都跑到火车站外面去买苹果。如果大家都买独我不买，就显得我很古怪，于是我也跟风买了两斤回去。我母亲因此表扬了我，说本该叮嘱我这件事，结果忘了，想不到我居然会自己想着买回来。我听了当然得意，但是也嗅出此中的危险：

对于我来说，天性中的孤僻与理智要求的随和永远在内心隐蔽交战，我将会得到来自外界的赞美还是嘲讽，也往往只在一念之间。

到了后来，小镇之于我的概念扩大了一倍——它变成了我同桌李娜的家乡。这件事之所以重要，在于我在小镇上从此有了一位"故人"。即使直到今天，李娜仍然是我在小镇上唯一一个能够叫得出名字的人。

再后来，同宿舍的几个女生发现了李娜的秘密。她们向舍监和班主任汇报说，李娜如何在傍晚自哭自笑，如何神思恍惚莫名其妙。校方找到李娜的家长，并没有耗费多少口舌，这对诚实的父母就愚蠢地交出了女儿的底牌。当然，"愚蠢"是我今天的看法，是我人到中年，终于明白"诚实"是我和李娜父母这一类人的弱点而非优点。这个本质上毫不诚实的世界，倒是需要某些人的诚实来维持它的正常运转。

李娜的秘密不是别的，它是一场大火。这场著名的大火发生在70年代末期，地点就是我们参观过的那家大型染织厂。工厂与李娜家一墙之隔。一墙之隔是个什么概念？是6岁的李娜从睡眠中蓦然惊醒，鲜红的火焰覆盖了整个夜空。没有人顾得上这个吓得傻掉了的女孩，世界乱成一团，李娜也就此乱成一团。

被父母供认出曾经罹患有焦虑病症，李娜的退学似乎顺理成章。周围的同学暗暗松了口气，威胁解除了，世界恢复明朗和健康。有关焦虑症，我至今仍缺乏了解，也许它是藏在李娜生命深处的一场隐蔽的大火。这世上总不缺乏一些敏锐的人，他们会提前发现这些还没有正式燃烧起来的火焰，他们并且配备有与生俱来的灭火器材。在他们的努力和干预之下，世界得以维持一副基本正常的端庄嘴脸。

但是李娜事件大大地打击了我的自信心。怎么回事？在一年多的时间里，她就坐在我身边，与我一同上课、下课、做间操、聊天、上厕所，甚至在周末主动来我家做过一回客——为什么我竟自始至终没有意识到她的所谓异常？是我对人世间"正常"的定义过于宽泛？还是我对他人表面上温婉和善而实质上漠不关心？

在小镇的巷子里游走，有关李娜的记忆会突然浮出来。大眼睛的李娜，苍白的鹅蛋脸，削薄的齐耳短发。我的猜测围绕着一枚果核展开：如果可以选择，她究竟会留在小镇上，还是远远离开？我眼前的小镇是好脾气的，带着落日余晖里幽静的温暖；但是很有可能，在我刚刚走过的某处老旧屋檐下面，夜色正在吐出它肺腑深处大团大团的黑暗。

这天下午，我在小镇的温泉泳池里正式展开我的游泳练习。深深吸进一口气，脸部向下，手臂伸直，双手轻轻搭在浮标上，肌肉放松，整个人从水底慢慢浮起。临时充任教练的同事表扬我，说我的姿势标准之极。

应该说，这是有生以来的第一次，我与这种叫做水的东西达成了某种默契。正当我沉溺于享受这种崭新关系的时候，5公里之外，我上午短暂驻足过的沙滩上，海水开始退潮。大海把沙滩吐出来交还给人类，为的是几小时之后再一次据为己有。大海乐此不疲地玩着它的顽童把戏，而人类则照旧忙于同类间的嬉游和交际。两个女人正在浅水区里聊天，也许她们正聊到各自的孩子——当女人谈起孩子的时候，神情生动眼波流盼，而实际上对周遭的一切毫无所见。死亡正是在这个时候选中了她们，它首先挑中了身材娇小的张姓女子，她看上去文静柔和而易于侵犯。但是它的脸孔刚刚挨近她的胳膊，凉湿滑腻的触感已经让她惊跳起来，完全是下意识地，她拼命甩动手臂，直到侵犯者被甩出了半米开外。首战失利，杀手好不容易才稳住了身体，发现自己刚好弹在另一副肉体上面——它毫不犹豫地张开了全部触须。

如果你看过在海水中轻舞飞扬的水母，这半透明的鲜花般饱满艳丽的尤物，你会不会忽然想念一个软玉温香的拥抱？或者你只乐于把它当成餐桌上的一道佳肴，却忽略了它的名字里面那个有毒的动词。就在这天下午，作为死亡杀手现身的红海蜇通体血红，丰腴的伞状软体下面藏有丝绒状的秘密武器。在短短半分钟内，被红海蜇拥抱过的小孟护士倒在海水里，张开的嘴唇业已无法发出任何声音。

因为一直没有养成看电视新闻的习惯，直到两三天后我才得知来自小镇医院的死亡消息。我无法说出我的震动：在我们踏上海滩的瞬间，死亡已经埋下了伏笔；而只因一念之差，我和我的同伴们幸运地逃离死地。

就在小孟护士躺在病床上陷入昏迷的时刻，我正独自漫步在小镇的黄昏里。一辆运水车从土路上轰隆隆开过，输水口上方缭绕的腾腾蒸汽泄露了铁罐里的秘密。我的焦虑是没有来由的，我必须相信：每一条河流——无论是地上的，还是地下的，也无论是温暖的，还是寒凉的——都自有它的命运。只有这样想，我才能活下去，活在属于我的幸福里。

在路旁缠绕着紫色牵牛花的大门前，我犹豫了片刻。裹在琥珀色的暮霭里的小镇，因为这样一扇虚设的门，这样一群闭紧了嘴巴的牵牛花，而充满某个故事开篇中的隐喻意味。这是一家规模略小些的温泉宾馆，但是一走进去我就倒吸了一口冷气：在暮色中，这院落大得接近一场梦魇。我的走动惊起甬路上栖息的鸭群，在它们纷纷撤退之前，树木朦胧的暗影把它们幻化成放错了位置的花卉盆景。浩荡的鸭群潮水般退进了林木深处。大脑里的电光一闪，我猛然明白：它就在不远处，它注定要在这个黄昏里与我狭路相逢。

绕过一方池塘和池塘边全神贯注的垂钓者，再穿过一处菜园和它身侧的几株小合欢。合欢把羽毛样的细叶拢作一处，这么早就睡着了。但是如果在它毛茸茸的花朵上轻轻搔两下痒，它在梦境里一定会咯咯地笑出声。接下来要跨过一道只剩下一脉细流的小水沟，菜园尽头的小路上杂草蔓生，磕磕绊绊地一路走下去，很担心会碰见蛇，或者别的什么怪物，幸好始终没有。暮色更深更浓，我停住脚，眼前一大片波光闪动。

它在这里。我早就应该想到是它在这里，而地下那条温热的水流恰似它在大地内心的倒影。它身体的一部分变成了它；而它终于成为它冥冥中一声最温暖的应答。

　　我转身回去，小镇的灯火已经亮起。

　　而夜色铺陈。而河流无尽。

在怀玉山，怀想一个词

从玉山县城赶往怀玉山的路上，我终于找到了一个机会，向当地的朋友小声地提出我的疑问。不久前到玉都岫岩参观，在美轮美奂的玉雕群中流连忘返。碧玉清莹光润，如夏季草色，把清凉之气径直送入人心。而怀玉山这个名字委实很容易让人联想起《山海经》中勾勒的奇异场景，恍若群山金玉匝地，只待人前往俯拾。

一个多小时后，旅游大巴抵达怀玉山庄。我们一行人下车，一个个摩拳擦掌，已经被沿途的瑰伟山色打乱了心跳频率，不觉都把探险的野心写在了脸上。为什么一向是仁者乐山智者乐水？流水灵动飘逸，顺势而为，如智者惯于审时度势。而大山巍然雄踞，不做一声一语，气势已夺人心魂。大德如山，同时构成威慑和吸引。我们这一群不约而同地爱上写作的人，在一分钟里，爱上了山庄门前摊开的金黄稻米和木制的古老风车；又一分钟，爱上了初秋怀玉山中微甜的奶黄色空气。

沿小径透迤而上，去看摩崖石刻。朱熹手书的"蟠龙岗"，在近千年后，被后来者一遍遍瞻仰和抚摸。有苍松兀立于大石之上，虬枝古雅，仿佛着意摹写石上的笔划。放眼四周，群山莽莽，山巅处云雾苍茫。按志书上的记载，是"天帝遗玉此山，山神藏焉，故名怀玉。"果真亦如《山海经》的气度，让人无从分辨神话和真实。在这整整80平方公里的高山深谷之间，天帝遗失的一块小小美玉，纵使山神不藏，寻觅起来想必也如大海捞针。怀玉山神既然收藏起这块神灵之玉，怀玉山因之有了玉的精气。硬朗，清洁，温润，像一个人，把温度和光芒珍藏在内心。

踏进方志敏清贫事迹陈列馆的时候，我感到了异样。我想，每个前来参观的人，都会在这个被着重强调的形容词面前感到些微异样——为什么是"清贫"，而不是"英勇"或其他？虽然我们早已知道，所有的纪念馆

第四辑　风乍起

153

和陈列馆都与它背景上的时代紧密相连。2005 年，筹建中的方志敏事迹陈列馆理所当然地选择了"清贫"作为它的关键词汇。一个词存在，具有它独立的风格和品质，它诞生、成长，不断向远方延伸。它要求自己沉静、朴素、内敛、自持。它从未想过有一天，它会在另外的一个时代中突兀彰显。在这样一个热爱奢华的时代，一个词看起来如此孤独、单薄，以致需要格外强调。

多年以来，我的写作在有意无意间回避了这个词语。在需要运用这个词作为表述的时候，我通常用"清寒"替代。在我的潜意识里，物质上的缺失和匮乏首先为心灵带来了阵阵寒意。"贫"的阴影还仅仅停留在物质的表面；"寒"已经深入到知觉和内心。而在这个不易察觉的置换中，从实到虚，物质入侵了感官和精神。

我走在这些四分之三个世纪以前的记述和场景中间，不觉将脚步轻了又轻，手中的相机镜头也迟迟不能开启。这个展厅似乎比我经历过的所有类似场所都要肃穆沉静，它的清洁也是隔世般的。这是我喜欢的氛围，安静，从容，一个人，行走在他自己的梦想深处，不被打扰和惊动。这样的一个人，没有什么力量能够把他从他自己的世界中强行拉回，纵使这种力量被叫做：死亡。这是怀玉山腹地，他一定还在这里。像一块玉，在不得已时选择了碎。碎到不堪俯拾，还固执地把所有的光芒浓缩在精气里。

照片是黑白照，像文字清晰记录于白纸。干净，简洁，也符合他的审美和做人。旧的布袍，锈迹斑驳的枪管，望远镜和自来水笔。这里的多数实物是仿制的。其中有一个细节，被我的记忆之笔意外牢记并反复默写。1935 年 1 月，方志敏被 7 倍于己的敌军久困在怀玉山里。这一天，他在老乡家中住了一夜，吃了一顿饱饭。身无分文，他决意悄然将随身携带的望远镜留下来作为酬谢。3 天后，方志敏在高竹山被捕，周身上下别无他物，只余一块旧怀表和一支自来水笔。一篇题为《清贫》的短文，使得这个瞬间永远定格在这里，在严冬肆虐的怀玉山，1 月 29 日，公元 1935 年。作为远处的布景，一只留在老乡家门前的树枝上的望远镜，更像一个意味深长的隐喻。

傍晚时分，我们散坐在山庄门前的凉亭里，品茶，聊天。凉亭依山而建，木质地板，藤椅，圆形茶几。沿石阶缓步上山，当地的朋友指点给我们看，这里和那里，是方志敏当年率军作战时挖下的战壕和掩体。如今，那密集的枪声已经走出多远？还有那些寒冷、饥饿、惨烈和血腥的记忆……手中的茶一点点凉下去，山坡上的针叶轻轻落在半透明的凉亭棚顶，交织出奇异的图案和阴影。夜岚起了，轻声交谈的人缓缓息了语声。暮蔼中的怀玉山多么澄澈、安静，仿佛即将透明……

倾　斜

从上个冬天开始，我注意到这棵树，或者说，是一根斜伸过来的枝桠；它以一只断口为眼，向人行道终日张望。冬日黄昏的街道无比单调，我的视线总要在此时上下翻飞，像一只怕冷的鸟，很难找到值得停留的地方。

前几天，我又站到这只眼睛对面，它和我的视线处于一个水平面。而去年，它在我额头上方，是一点俯视的姿态。如果在 10 年前，我还可以想象自己的身体发生了奇迹，骨头繁殖的速度超过了木头，这样的神话让人惊喜。但是现在，我惊觉一棵树，它居然，正在变低。

他从沙发里挣扎着打算站起来的时候，我好像第一次注意到他的残疾。而此前我一直以为，一个人，即使某个部位（比如一条腿）出现了障碍，其他的部位仍然应该强健、灵敏，应该协调一致并听从指挥。多年的锻炼使我对别人的身体偏离了正确的估计。每一块听话的小肌肉都使我忘记：在别人的身体上，它们是另外一番样子。所以，目睹眼前的男人为一个最简单不过的动作所做出的艰辛努力让我心惊而羞愧。柔软宽大的沙发此时更像某种既黏且软的事物，比如……蜘蛛网。他方格粗呢的外套与沙发上的格子花纹纠缠在一起，他努力挣脱沙发的网，却未曾觉察另一张网正在他身体上越勒越紧……他终于扶杖站稳，尽量让呼吸呈匀速前进。我忽然想起从车上下来的时候，我很自然地背起他的大包快步进入宾馆大堂——那时候，我忘记提醒自己注意：这是一个男人。他这样隐忍、自尊，我无意识流露的怜惜会不会业已在他的额头上布下了阴云？

我想起我的好友，我出门的时候，她正在给婴儿哺乳。她用声音追着我，叮嘱我一路小心。她怀孕时的样子真像一只企鹅；但是仍然比我事先的担忧轻盈得多。而在此之前我们结伴去市场闲逛，一个10岁上下的小男孩鱼一样滑行到我们身旁。他有一双鱼的眼睛：空旷、冰凉，透过成人世界寒冷动荡的水域，瞬间便洞悉了裹在两个女人身体上的软弱和虚妄。他不只知道我们无法摆脱他，（我们怎能走得更快？）还知道即将到来的施舍无可奈何并顺理成章。在好友反应过来之前，我已经黑下了脸。"不要跟着我们！"（我心中一凛。原来，我的声音可以如此萧飒？）男孩一惊，这一惊使他短暂恢复了孩子的神情。（想象中的棉花怎样变成了冰凌？）

我反复想起这件事情。我锐利的怒气如何破空而来？从一直的表现上看，我温和、柔软，惯于不动声色的教养和内涵。而走在我身旁的好友，十几年的友谊使我们无比默契又刻意疏离。我永远走在她的右侧，屈起的左臂自然而然地平衡着另一个身体。除此之外，我常常会将左和右混淆起来。比如说，我的好友，她的左腿还是右腿比较软弱？我说不出来。有许多次，我们同榻而眠。在同一床被子下面，无论被我们触及到的话题有多么私密，我们的身体仍然保持着冷静的隔阂。她换衣服的时候，我让自己的目光随意移开。几年前，她的腿又一次接受手术，打着石膏做屈腿训练。她说，你摸摸这里，是不是比以前结实了很多？我一阵慌乱。（属于另一个人的身体中被损害的部分是一个秘密？）我的手指隔着一条睡裤触到了陌生柔软的腿肌。——我怎样能够做出对比？

一棵树，或者一个身体，在倾斜中变得陌生和奇怪。它们如此轻易地从正常世界中分离出来。事实上，即使仅仅是一个倾斜的姿态，已经将另一个世界的全部荒谬和可能推到了我们眼前。属于它们的坐标系统被命运篡改——在 x 轴与 y 轴之间，如果早已成为规范的直角不复存在，人生中名目繁多的价值和能量曲线将如何被绘制和计算？一种倾斜同时注定了更多甚至全部内质的倾斜和改写？

在动物世界，一只左眼瞎掉的猴子，将注定被同类欺辱和掠夺。它跳跃、走动，身体左面的世界永远跌进了黑暗和空缺。来自这空缺中的袭击和伤害它无法避开，（未知中的箭镞比已知的锋利得多？）当健壮的掠夺者扬长而去，电视屏幕聚焦一个灵长类动物哀伤的面部特写。残阳西斜，它忍气吞声的背影透出的寒意多么熟悉而深切！再一次，夜色将带领属于残疾者的荒凉和饥饿在沉郁的大地上缓慢飞驰。

当一个人离开我们的视野，有关他的故事迟迟来到我们身边，将会带来什么样的幻觉？我在梦中，惊讶地看到一个人的写作。她的手指，从女厕所门扉的下半部位伸出来，攀在百页窗淡黄色的木条上边。这是一个让旁观者尴尬的细节。在男女洗手间同用一个公共出口的情况下，它暴露了理应处于隐密状态的如厕女子的身份。它在最初的一瞥之下几乎让我惊叫出来。我很快倒退出洗手间，再一次为自己和这个世界感到了深深的难堪。正是这双手，细腻、洁白，隐蔽的力在掰腕子游戏中才得以于众人面前游走得快捷清晰。有将近30年，它体现着一个人身体的大部分力气。是日复一日的磨砺使它变成了另一种物质？它从桌子上伸过来握住我的手时，我仿佛被逼迫着，在一个女人内心的强大与坚韧中感到一阵窒息。这直接导致了我屡次的败绩。而在我推门而入的一瞬间，她飞快掩上被子，使两只空旷的膝盖在我面前一闪而逝。与她分别很久后我才知道了，若干年以前，为了可以扶杖行走，她放弃了自己的小腿，而选择了两只假肢。是谁？假借上帝的名义拟就了这样一道残忍的单项选择题：在温柔的血肉和冷硬的橡胶之间，只有后者才能支撑起一个直立的身体？

在一级一级的残疾人会议中我看到了这样多被损害的身体，仿佛正是这些名目繁多的会议将我前30年目睹过的全部伤痛皆集合于此。我看见粗暴的施虐者隐身暗处，像传说中有古怪癖好的画者，让笔下的人物容貌奇特、四肢扭动，仿佛一群来自流水中的倒影。（他是谁？甚至比时光的流水远为强盛？）在这样的倒影中穿行，我想让自己变得更小更轻，像一尾鱼，以银针的静默穿插迎合，从而波澜不惊。

而狭小的电梯间可能展开另一番场景。我说过，一个会议可以聚集起这样多的残疾者，使宾馆的两只公用电梯异常拥挤、繁忙，像两条垂直方向的高速线川流不歇。在某一时刻，一只宽大的轮椅占据了其中可供停留的一半平面——为什么下肢残疾者往往更易于引人注意？多数时候，他所占用的空间：横向变宽，而纵向相对降低。一棵倾斜的树由此招致截肢之祸——它侵占了不应属于它的那部分空隙；而一个人的倾斜招致了异样的注视（人类已经习惯对比自己矮小的动物一律采取俯视）。现在，轮椅上的人有一副骄傲气度，使众人如行星环绕四周。电梯在行进中产生小小的吞吐，细节上的变故因而发生。拥挤和冲撞使站在我身旁的男人突然失衡，他的身份则使整个电梯间产生骚动。出于本能，我伸手去扶，呈现在我眼前的耳根突然变红。我缩回手，他就势倚在轮椅背上，使轮椅上的女人现出不安的神情。这是一个令人心灵波动的场面，他腋下的双拐与轮椅构成一个尖削的夹角，许多年前被迫放弃的风声和夜晚暗暗游走其间。

在这个冬日的黄昏，我身体的一部分在隐密的陷落中触及了一棵树的低语。一棵树，以及它身旁的另一棵，它们的根部紧紧相依，像一奶同胞的兄弟；以致从一开始我就将它们假设成同一棵树的两个分支。它们的根须是否在地面下早已分不清楚彼此？而暴露在世人眼中的分歧如此显著：一棵笔直向上，另一棵旁逸而出。（残疾是异类的一种表现形式？）或者，是同一棵树显现了两种不同的姿态，一部分循规蹈矩，另一部分则梦想逃离。它们同时构成了一个人身体和内心的全部景致。所不同的只是，健全者成功地制止了企图逃逸的那一部分。1889 年 1 月，在偶然的摔倒之后，被尼采紧紧握持多年的思想忽然逃蹿而出，他再也不能在那些巍然伫立的偶像面前指手画脚和冷嘲热讽——他疯了。

测试题

朋友往我的邮箱里发了一个小玩意儿，是一组测试题。他对我说：看到测试的结果，你会吃上一惊的。

对他的信赖指数大大提升了这个游戏的神秘感。听从它严肃而奇特的开场白，我找了一张白纸，认真地把每一道题目的答案记录下来。

第一道题，5个动物按照对它们喜爱的顺序排列，我的答卷如是：

马 老虎 绵羊 猪 牛

我喜欢马。这神性的飘逸的动物，优美的弧线和肌肉，兼具力量和温柔。无论温顺还是暴烈，一匹马总能带给心灵温暖和慰藉。独自远走天涯的人，如果身边嗒嗒嗒走着一匹马，我们就可以放心地，不用"孤独"这个词来形容他。马一排长睫毛下面的眼睛仿佛随时可能说话，这个可靠的秘密的收藏者，洞悉你的每一桩心事，但拒绝对外界表达。

老虎：华美的词。孤独的王者。远离人世，因而接近神灵与天界。同为兽中霸主，从本质上讲，老虎比狮子骄傲和高贵，独自出猎，拒绝食腐。在这个世界上，至今仍可以令人类同时滋生敬和畏这两种感情的，只剩下为数不多的几个物种。饱食后的老虎绝不会主动出击——下意识的行止暴露了天性，老虎远不及人类贪婪和残忍。

温暖、柔软、善良得让人心疼。这是羊。而绵羊，从外观到心灵，比山羊来得更柔更软。逆来顺受惯了，无论怎么说，它自己也要主动排在强者后面。

最后，在猪和牛之间，我有片刻的举棋不定。想来想去，我还是觉得，做一只猪比做一头牛要幸福得多。像我这样的人，最讨厌的事情，莫过于忍辱负重。宁愿来世做一只猪，有短暂的、浑浑噩噩的幸福，也不要像一头牛，奴役得漫长又清醒，局促又屈辱。

翻译成答案，诸般事物在我内心的排列由重到轻：

家庭 名声 爱情 金钱 事业

真正意外。按照我的想法，排在第一位的，理应是金钱。至于事业，无论如何也不可能位列倒数第一。拥有足够多的可以自由支配的金钱，是美好生活的主要表现之一；而事业，作为获得金钱的直接途径，同时为生存和未来提供保证。白昼努力工作，晚间读书写字，我的日常功课非常符合纽约规则。事实就是这样，在现代社会，我们看一个人是否成功，标准之一是他的娱乐中功利性的含金量比值——在所谓成功人士那里，娱乐即工作。而作为一个务实论者，我的会计学功课当年在班里算是最好的。要知道，名声可以折算成无形资产；当然这只是一个方面。另一方面，对人类而言，倾向于放纵和堕落，这才是人性本质。但是，当一个人为自己的名声心存忌惮，至少可以使堕落的速度有所减缓。名声对天性提出要求，尽可能地向上，上升，而不是沉降。至于爱情，应该归入固定资产还是流动资产？它的折旧如何计算？作为物质生活的非必需品，爱情肯定偶尔会以接近实体的形态呈现。但在今生，它并不一定与我产生关联。

进行到第二题，用一个形容词来描述一种东西。要使用第一时间内跳进大脑的第一个词。这很简单，我飞快地写下：

狗——忠实的；

猫——灵异的；

老鼠——慧黠的；

咖啡——浓郁的；

海洋——湛蓝的。

我不喝咖啡已有多年，但这并不表示我对它反感。只是生活中无此依赖，一如香烟。我的味蕾习惯了凉白开和纯净水，甚至不能欣赏一杯茶里稍浓的苦味。有一天，朋友请我喝卡布其诺，我低头欣赏手中精致无比的咖啡杯，思维有片刻的走神。刚开始，我以为我在品味齿颊间的袅袅余香；过了一会儿，我才明白过来，我居然——在心算这杯中的卡路里，对刚刚吃下的一大堆甜点和牛排反倒忽略不计。在我眼里，甜点和牛排首先代表血糖和营养，其次才是脂肪；咖啡则正好把这个顺序颠倒过来，其功用与爱情相仿。当然，咖啡比甜点和牛排富有情调，这一点，仅仅通过盛装它们的器皿就已经表现得非常明朗。可是"情调"这个词和"浪漫"相似，脂肪最终淤积在自己的身体里，至于"情调"和"浪漫"，在多大程度上是做给别人看的？

同样地，我不养猫和狗也已有多年历史。我想是因为我缺乏多余的爱心。每次经过市场，我都会忍不住俯身看一看笼子里的小猫。一见我走近，它们就起身冲我"喵喵"叫。我不大留意它们的毛色，只关心眼神。每一只猫的眼睛里都含有巫气，只是有的浓一些，有的淡一点。有时候这气息只来得及长成了一个小女巫，有时候却已修炼成法力深厚的老巫师。在远古时候，巫师是世上最有学问的人，掌管文字、医学和天文，他们是最有可能借助神话和传说活到今天的人，比如禹。想象一下，带一个女巫或巫师回家，照顾他们的饮食起居，与他们交流和沟通感情——对一个忙起来只能一再克扣自己睡眠的人，这怎么可能？

我一直疑心，我的前世作为一只猫存在，因此与老鼠有着密不可分的关联，因此这一世我必须出生在鼠年。我尊重老鼠的生存权利，然而并不喜爱它们。有一天，我在站牌下等公交车，忽然发现脚边不远处伏着一只老鼠，它已经死了。它伏得那么谨慎小心，眼角还留有一小片深色的泪痕。它临死前一定有深彻骨髓的痛和怕，就像一个一心想活下去的人。风从身后吹起它短短的灰色毛发，这使它看上去落寞而狼狈。我想我应该设法帮它转过身子，在清洁工发现它之前，至少可以让风像一把柔软的小梳子梳理过它。我这样想的时候，远远走过来一个男人。这个男人我认识，我开服装店的时候，他就在市场里走来走去地兜售零食。他妻子负责看守一楼的食杂摊床，那是个轻微智障的驼背女人，他从不和她走在一起。顺着我的目光，他发现了这只老鼠，很勇武地大步上前，重重踏上一脚，顺势把它踢出老远。我的皮肤上劈哩啪啦滚过一阵冰凉的闪电——在一只死去的老鼠身上踏上一脚，表现的是一个男人的凶狠还是勇敢？

答案与我的想法无关，针对答题者，5种事物分别代表：

狗——自己的性格；

第四辑 风乍起

猫——伙伴的性格；

老鼠——敌人的性格；

咖啡——对性的理解；

海洋——暗示自己的人生。

人生有湛蓝的吗？不是风平浪静，也不是波涛汹涌，不是宽广无垠，也不是深邃幽冷，我实质上是在偶然袭来的一闪念间选择了一条孤僻的道路，一条在理想中平庸在现实中则难得一见的道路。常年住在海边，我究竟有没有见过湛蓝的海？多数时候，我看见的海是灰蓝色；再近一点，蓝里掺杂了暗黄，是海底的泥沙被海浪席卷而来。有一次，我和我妹妹沙琳到一个僻静的海边度假，晚间回到旅馆，清洗两件泳衣用掉了十几盆水——泳衣纤维里吸进了那么多肉眼看不见的沙子和泥，这个事实几乎把我们惊呆。那时候，我的想法和沙琳一样幼稚，我们想静坐海边，一直等到朝阳从海里升起来。朝阳当然升起来了，只不过它在我们背后，而海在我们面前。我们就披着这霞光的浴袍走向大海，赤脚被小路上的沙石硌得又疼又痒。我一直记得这个场景，日出在大海的另一面——像一个隐喻，有关理想和现实。这一年我还未满30岁，有什么东西始终与我背道而驰。诸如此类，我对大海抱有众多不切实际的幻想，比如此刻我希望它"湛蓝"，希望它像另一种物质，永远流淌在我的血管。去年的某一天，我独自检点从前，忽然吃惊地发现，自己儿时的梦想业已一一实现，甚至，现实已经从浅浅的梦想盘子里溢了出来——我居然比我少年时代的简短梦想走得更远，身后留下了一段长长的梦境般的延长线。

开始第三题，由一种颜色联想起一个人，这个人也认识你并且对你很重要，并且，每种颜色只能联想一个人。

这可真是个难题。一个人和一种颜色之间有什么必要的联系？事实上，如果不是特别留意，我常常想不起刚刚见过的人穿的是一件什么颜色的上衣，裤子或裙子就更不用说了。我会记得多年前见到的一个人戴的一顶帽子，这帽子在前额上留下的阴影，以及这阴影中墨镜的质地，还有墨镜后面瞬间闪过的一个眼神，这眼神中透露的真实信息——但是无论如何，我就是想不起这顶帽子的颜色。

再比如说，我很喜欢"提香色"这个词，这个词显现的形象和气味，甚至它的背景上幽暗中闪亮的声音。但是这个被提香无限热爱的颜色，在我的脑中并不具体。

怎么办呢？

黄色——在我认识的人中，谁是黄色的？我更愿意填上："油菜花"。许多年前，活在我记忆里的大片大片的金黄，热烈又绝望。阳光下面无法命名的香。蜜蜂嗡嗡响。蝴蝶漂过花间大幅度起伏的波浪。人呢？没有人。

橙色——徐鉴涵

红色——

白色——

绿色——

橙色代表一个我认为最真的朋友——儿子可以做一生的朋友吗？我只不过想给他买一件橙色的 T 恤。徐鉴涵那么爱吃橘子，应该也会喜爱这个颜色。只是这个颜色很特别，深了浅了浓了淡了就变得很奇怪。为此我一直耿耿于怀。

这道题不算，接着做第四题：

一个最喜欢的数字；一个星期中最喜欢的一天。

6；星期六。

终于可以翻到最后一页。心里一凉，我发觉自己上当了。按照答案，我必须把这组测试题发给 6 个人。不过幸好，星期六马上就要到了，我在开始答题之前许下的那个愿望，将要在一个即将到来的周末实现。

可是，问题出现了：我许下的那个愿望是什么来着？

那幽深的、神秘的洞穴

2007年5月28日下午，我们一行3人从景德镇赶往南昌。张森靠在副驾驶座上摇摇晃晃地打着瞌睡，我和梅洁大姐的话题正从写作一路滑翔到死亡，又转往佛教三界和生死轮回。她戏称我前生一定是深海里的一条鱼，或者一只蚌，经历漫长的修炼抵达人世，隐蔽的记忆深处依然携带着前世的信息。所以我喜欢黑颜色，喜欢夜空、洞穴，喜欢暗处微弱的光亮，和那些地下曲折的河流、岩壁间幽暗的回响。

她破空而去的想象令我吃惊。但是我乐意相信：那是真的。

我还相信这个世界的主要构成之一，是一面又一面隐蔽的镜子，或早或晚，每一种事物都将在这镜中找到他自己的影子。具体到一个人，一桩在历史中隐忍不言的事件，造物会在敲击复制键的同时加入他瞬息万变的创意。即使这世上真的找不到两枚完全雷同的树叶，也一样随处看得见无数肉眼难以区别的谷物和草籽。

在江西万年，沿着神农宫潮湿陡峭的石阶一步步深入地底，我恍惚正踏入一面镜子的内里。这面幽深的、神秘的镜子，它一直好端端地隐藏在我的记忆里。人的潜意识中有一种与生俱来的软件，自动在大脑沟回中搜索相似的信息，执意要把这一刻与那一刻叠加在一处，以便使记忆的文件夹得以归类整齐。一个人在有生之年里走来走去，为了找到一种叫"新奇"的东西，只是他双脚丈量过的地理直径越大，眼前的世界就越与他似曾相识。过去时和现在时最终纠缠在一起，像一段半生不熟的白话文，乔装成古文今译。现在，它们一个字一个字地，被翻译成这洞穴的入口，这阴湿的石壁，这些在我身前身后迟疑落下的脚，和不远处正缓慢游动的水的气息。去年夏天，我和几个朋友前往关门山森林公园，途经本溪水洞。这是我第一次拜访这隐居地下的河流，这幽深曲折的溶洞。与世隔绝的寒冷透过薄纱衣裙，意外地入侵我的身体。在辽东侠柯山腹地，我像一个习惯梦游的人，吃惊地倒吸一口凉气。

在北方夏季，最溽暑难当的日子里，22 摄氏度可以称之为"凉爽"；低到 12 摄氏度，就只能谓之"冷"。冷，这正是本溪水洞内部的常年温度。我们穿着统一发放的棉大衣在夏天的暗河上漂游。一万年以前，棉花还没有被人类发现，纺织是一桩无比遥远的事情，在柔软松散的睡眠深处，他们以什么抵挡这无孔不入的湿和冷？

直到在游船里小心地坐定，一只手先于我的想法探进了河水：水也是常温的。原来我一直在等，但是奇怪，寒冷它始终没来。我小心翼翼伸出的等待的脚踏了个空。一个在亚热带，一个在北温带，两条地下河理应有这样的不同？或者源于二者相异的地质结构？神农宫看上去远比本溪水洞温和可亲，至少更适合初级状态下的人类居住。这么巨大的、宽敞的大屋，大得足以让一个不够庞大的部落绝望，大得别指望用粮食和繁衍把它填满。即使这里是万年，是世界最早开始人工种植水稻的地方。即使这儿的泥土造就了天下的第一只陶罐。一万年以前，他们发现过这个被我们叫做"神农宫"的洞穴吗？也许他们只来得及发现了仙人洞和吊桶环。现代人定义下的十几公里，足以让他们与这个天造地设的家园失之交臂？

按照外地人到万年旅游的正常程序，我们理所当然地先看了吊桶环和仙人洞，然后才是神农宫。从半露天的崖棚到隐蔽的天然石洞，我听见自己的心跳明显地放慢了节奏。我看见遥远岁月里的女首领蓦然松弛下来的表情：终于有了一个可以称之为家园的地方，安适和梦想由此有了可能。最初的狂喜已经被岁月的大风吹散，但是梦想一年一年延续，始终流淌在我们的基因里。直到今天，我们还对洞穴充满天然的热爱，只要可以，我们愿意把所有的洞穴变成怀旧的景点，不断地返回身去看一看。我们所有人共同的故居，生者和死者居住的房屋，最初的草图皆来源于此。在洞穴深不可测的暗影后面，我们看见自己身披兽皮，对火焰上滋滋作响的烤肉馋涎欲滴。我们奇怪，为什么微波炉里科学烹制的高尚食品从来没有散发过这样浓烈的香气？如果我猜的没错：不是别的，这是 DNA 为我们设置的小小骗局之一。

　　我转身准备离开仙人洞的时候，眼角余光里突然跳进了一个女人的影子。从我驻足的地方看过去，她身体微侧，与眩目的现代彩色射灯恰好擦肩而过。一群又一群21世纪里的观光客，以同样的姿态与她擦肩而过。我在将过未过的一瞬停下脚步，时光在我和她周围陡然荡起微波。她手中的贝壳项链有一种喑哑的美。这是洞穴深处短暂的悠闲时刻，从旷日持久的劳作里抽身而出，她竭力要穿越这些坚硬的贝壳，这小小一圈水流制造的洞穴，一个一个凝固下来的钙质旋涡，贝们柔软的身体在其间伸缩自如，像她在这坚固的石洞里逶迤游走。而此刻，山洞里的每一个塑像都在劳作，只有她，被这些小小的洞穴带着，暂时离开了与温饱有关的物质生活。我飞快地给她拍了两张照片，不知哪个步骤操作错误，她的笑容在我的相机里模糊成好几个重叠着的光晕，类似于拍摄对象快速奔跑时制造的效果。有一刻我看清了：她脸部的泥土龟裂开一道道细小的缝隙，是上苍额外追还给她的生命纹理。

　　神农宫的水路没有我想象的那么长，不像本溪水洞，蜿蜒曲折的3000米，一条游艇的马达要音韵低低地从尾哼到头。相似的是这些灯火，五颜六色，使千奇百怪的钟乳石无比接近我们心目中的仙境轮廓。只不过本溪水洞的灯有一半铺在水底，橙黄浅蓝的光线被水色溶解，像晕开的透明水彩，让我至今想不出那些从未见过天光的水是什么颜色，也许是浅绿，但也可能是黑色。深不见底的黑，别看它在灯光里有多晶莹澄澈。它整日徘徊在这么深彻的洞穴里，它不黑就有些说不过去。黑浓到极处应该是有重量的，从上到下，黑是这张题为《洞穴》的油画上的厚重底色，而五彩是后来敷贴上去的清浅幻觉。

　　后来我才知道，神农宫的发现源自1998年夏天的一场暴雨。现在供我们鱼贯穿行的洞口，是当地的村民请来的爆破手清理出来的。也就是说，神农宫的出场并非自愿。也许封闭正是洞穴的少年时态，它不喜欢自己对世界早早打开。在它生成之后的数百万年，始终隐蔽地活动在人类的视线之外。只有那些体积远比人类小上许多的生物找到了它，比如蜘蛛，比如蝙蝠，比如蛇和我们叫不出名字的生灵。这条盘岭村秘密的地下排水主渠，在我的想象里延伸开无数细小分支，像生长在地下的一棵大树，是人间的道路投射在地心的影子。扎根在它上面的村庄隐隐约约地觉察到它：喀斯特地貌使这里地表干旱，但地下水系充沛，像一个怀揣秘密的人，不善表达。

走完1600米的常规景点，进入自愿探险区域，在我，这真是意外的惊喜。在黑暗的地底模拟跋山涉水，有一点点危险，有一点点野蛮。我熄灭已久的好奇心忽然火星乱溅。到处都是黑，黑，黑。黑用来遮掩，使光线游走在视觉之外。黑影踞伏，摇晃，走动，人和黑没有办法分开。只是自从结束穴居生活的那一天起，人类就再也无法在黑暗里从容过活。人类的眼睛习惯了灯火，身体习惯了文明和舒适，正如我此刻，在灯光和手电筒的陪伴下，做一次洞穴里短暂的过客。

许多年前，我站在故乡鹤阳山腰的洞穴前面，海风腥咸，从洞穴的深处疾掠而来。按我母亲的说法，我就是赤脚医生从这个山洞里抱出来的。六岁以后，我对这个答案产生了怀疑。我一次次爬到山洞口，窥视着里面的冷和黑，胆战心惊又心醉神迷。又过了10年，我母亲当年的隐喻变成了课本上的生理常识。洞穴——古代玛雅人所谓的"神之井"——我们每一个人最初的生命走廊，对生命的敬畏和感恩皆浓缩于此，让我们一次又一次地回过头来，对我们最初和最后的家园，既疼且爱。

河　流

一

　　在这个春天，河流再次提醒旁观者的注意。如果还有一点剩余的敏感和良心，就会有几丝疼痛的蒸汽升起到阳光和浮尘里去。我看见一个老人沿着大堤上的水泥阶梯下到河床里。当我再次留意他的时候，他对着桥墩仔细研读的样子让我好奇。他是不是读到了一篇过去时代的谜语？或者流水遗弃的诗章？我猜想：曾经河水覆盖过的秘密，曾经的青苔小小的步履溅起的湿漉漉的回音，还有传说中栖居在桥洞里的独脚而趾爪锋利的燕子……

　　对一条河流的记忆究竟可以延伸到哪里？一条过去时态的河流，在这个春天，正以静止的方式拒绝时光的急驰，它内心的砂粒细细打磨着一个个时代的影子；一条河流，曾经的声响、光泽，曾经蜂拥在心灵深处的白色云朵，会不会在这个尘土飞扬的午后，短暂地回放出来，像一张老式唱片，背影音乐哑哑作响，摹拟风行走在水上的步子。而紧随其后的缓慢时光，像一群被遗弃的物事，在阳光下呈现古怪的气味和形状。

二

　　五月里的一天清晨，在半梦半醒之间我又看见了这条叫做大清河的河流，它急急前行的模样好像奔着锣鼓声而去的孩子。我说它是孩子，因为它清澈、明亮，无知无畏的神情令人心慌。至今我仍不知它急于奔往哪里，难道会是大海吗？我偷看过它藏在几百米外的茂密的树丛和高高的水草中的样子，如此晦涩、凝滞，仿佛把短短的一段路走成了一生。所以，我所说的孩童河流指的是大桥以东。河流越过这条界线，则变得深奥、艰辛，像时光中难以用单音节朗读的部分。而道路越过与河流交叉成十字的大桥，然后转而往西，一条近乎直线的柏油大道，以肉眼难以分辨的频率一点点瘦下去，像一根台球棍，要用上两个小时，才能把属于我和老舅的两辆自行车从大清河桥南打到海里。我因此有足够的理由怀疑，这河流跑过了大桥，就再也比不上自行车的速度，还可能被沿河的草树耗尽了气力，变成另一种河流奔流在植物的茎脉里。想象一下万千条细小的河流径直奔往天空，笔直、快捷，声势浩大，像小时候燃放的那种叫钻天猴的烟花。

我是首先听说这条河流，然后才看见它。这是因为它牵连着我小妹的惊险笑话。我的小妹，那一年五岁吧，在这条河流边，姥姥和大舅的衣服洗到一半，一抬眼，小妹不见了。不远处的深水坑中鼓起她的花背心，被大舅一把捞住揪上岸来。等她一苏醒，张嘴说出一句话，一下子就把惊魂未定的姥姥和大舅笑出了眼泪。过了好几年，三个舅舅用来跟小妹打招呼的还是这句话。

小妹说的是——"我的脑袋扁没扁？"

1983 年的春节，大年初二，小弟和小妹挤在姥姥家的电视前面看滑稽片。他们两个人一起为我拼凑了当时的情节：一群小丑，其中的一个不小心掉进水中溺毙，另外的几个慌忙抬一根木棒压在他肚子上，木棒滚一下，小丑的口中就喷出一股水柱，像半自动的喷泉一样。喷完了水，小丑站起来，他的脑袋变扁了。顶着一颗扁脑袋跑来跑去的小丑给小妹留下了大大的惊骇，在她昏迷的时候也要顽强地冒出来。

几年后，小妹终于淡忘了她的扁脑袋，从恐河症候中走出来的小妹来到河边，发现这时候的大清河，已经变得浑浊不堪。不仅不能供给自来水公司过滤成饮用水，连洗衣裳洗澡也不行了。小弟勇敢地跳到被挖得越来越深的河里游了一圈上来，浑身上下起了一层红疙瘩。"这水怎么这样埋汰！"小弟非常愤慨。

至于我，始终没能经历类似的惊险。我平稳、安静，内心的狂野借助文字筑起堤坝和栅栏。

三

在冬天，大清河平整、光洁，如果下一场浮雪，冰面滑得没法立住脚的。河水不够深邃，冰就一直冻到河底，大约一米到两米厚的样子。有时候，透过冰层会看见一两尾鱼冻在那里。水一旦成为固体就变得透明，再也无法遮掩住它内部的生命。而生命一旦没有遮掩也就让人丧失了探究的兴致，这样，两条赤裸裸的鱼，在上帝制造的透明冰箱里，做出一副像封存又像展览的样子。

按物理书上学过的知识，水变成固体后体积会有所增加，但大清河里的冰却紧缩得裂开了一道道缝隙，仿佛分家另过的兄弟，有表面分开而下面还连着的，也有恩断义绝，一断就干脆断到了底的。利刃也斩不断的流水，就这样在寒冷的淫威下轻易地分崩离析。

四

在我小妹患恐河症的日子里，我倒是不断到河流的家中拜访，诉以衷肠。我和河流，两个心性相近的少年，单纯、跳动，喜欢弄出一些声响和光点来证明自己。在别人不注意的时候相对做一个鬼脸。回家时我满载他慷慨相赠的宝石。那么多的山峰、茶园、城堡、微缩地图凝结在光洁的卵石里，闪亮、神秘，像来自另一重世界的消息。但是我很快发现，无论它们在河底曾经摆出怎样诱人的姿势，来到我姥姥家的窗台上，住上一天，就变成了一副呆头呆脑的样子，像沥干了灵气的宫廷画师，自行踏上被抛弃和埋没的命运之旅。即便是这样，暑假过后，仍然有半书包沉甸甸的石头被我带回了城市，成为我家鱼缸里除塑料水草之外的又一道伪自然景致。

显然，不只是我，还有更多的人发现了河流的藏宝箱。接下来的几年里，河床上支起了筛子，隔几百米就有一个，男人甚至是女人们在那里挥汗如雨。为配合这样的景致，枯水季节越拉越长。筛出来的细沙被迅速运离现场，剩下的石头凌乱地呆上一段时间，然后也奇怪地不知去向。在那几年里，这个古老的县城正在迅速地翻新和膨胀，河流的睡床转眼间演化作人类的墙壁和楼梯。满目疮痍的河床裸露着多少年前的淤泥，而河水，即使是肮脏的河水，也像古时闭门不出的隐者一样让凡俗人等难得一遇。杂草蔓生在河床之上，在县政府终于下定决心修建起颇具气势的沿河大堤之后，河畔随处可见的垃圾堆消失了，但与任何一处荒芜地一样，风会自然地把人间丢弃的垃圾带来这里安放。从大桥放眼下望，河床上散淡地铺开一层五颜六色的塑料袋，这些怪异的花朵，怒放得令人眼晕。作为县里的形象工程之一，宏伟的大堤没有能够阻挡住河流的死亡。我想，在河流的眼里，大堤更像一个绵延的讽刺，——对河流而言，这样的挽留来得太迟！

——河流死亡。而在它还充满活力的时候，就被人类一点点拆走了它的床；在它死亡之后，人类用堤坝为它筑起了空荡荡的房间。这样，河流就成为通常出现在传媒中的某人，生前饱经磨难，死后则被冠以荣耀和尊严。只是堤坝并非作为河流的纪念碑而存在，正如墓志铭有时表述的恰是生者的慈悲。

去年夏天，在外省的游览中，我不觉中踏上一条卵石铺就的华丽甬道，它这样优雅、精致、美妙，我纤细的鞋跟走在上面，磕碰、歪扭、失衡，时刻存在的阻滞令我心惊。在此之前，我与一个个卵石镶就的建筑擦肩而过，近乎熟视无睹。而只有在此刻，我的脚心虚地踏上这波纹起伏的路径。这原本属于河流的道路，河流的脚趾走在上面，多么快乐、澄净，像一场波光粼粼的演奏。而更具意味的是，这卵石道路通往的地下建筑：伪满时期的皇室防空洞，简陋、潮湿、阴冷，脚底忧郁的水流来历不明。

五

在一些秋天的清晨，我跑步经过若干年前大清河坚硬的泥土大堤，我少年时代的晨练有一副精力过剩的神气，热气腾腾地融进清凉的雾霭。流水淙淙潜行在雾气和十月的下面，在秋天，水声透出一股明亮的意味，再细听，又仿佛在清晨的宣纸上洇开的一小片惆怅渍痕。我跑过桥头的石料

第四辑　风乍起

场，在那些成品和半成品的碑石前放轻步子。从 17 岁到 20 岁，我完整的学生时代的末梢部位，被我一直用来幻想凭自己的力量完成祖母的心愿——在故乡的鹤阳山上立起一块属于曾外祖母的墓碑。17 岁，我的写作生涯展开了第一片叶子，我发表一首诗，在市报上，有 7 元到 10 元的稿费。最高的一首，是发在《诗刊》上的，38 元。显而易见，一块墓碑需要的三五百元费用，在我是怎样一场路途遥遥的积累。实际上热爱享乐的天性使我做不到脚踏实地的积累，但是我执意不肯放弃幻想中的曾外祖母的墓碑。直到我父亲终于代祖母了结了这桩心事，我长长地吐出一口气来，感到了窃喜和失意交织的疲惫。而在那些清晨，我跑步经过石料场，内心肃穆、沉重，满怀希望和幻影。我的跑动带起的一阵些微的风拂过那些有主或者无主的碑石，它们分别代表一些已经死去和将会死去的人。在这沉寂的石料场上，生者和死者共同伫立，在我带来的微风中交换着各自的眼风和石尘。

沿着清河大堤，我一直跑到土路消失的地方：一小片稀疏的树林，还有波纹起伏的田野。在树林的后面，河流拐了一个小小的弯，所以，从大桥上望过来，河流从此处隐匿不见。而田野正呈现收割过后的清晰脉络，在秋天，地里的苞米秸聚成一个个窃窃私语的三角窝棚，我的童年游戏躲藏其中。在那些秋秸秘密的话语内部，我喜悦、舒适，安全地沉浸进幻想的河流。我成年后时隐时现的自闭情形已初现端倪，只是家人连同我均懵懂无知。当我远远地观望这些秋秸窝棚，感到了它们的亲切和萧瑟。此刻我想象着这些，我想它们多么像一群正在远离的乡邻，走向火或者泥土。在不同的年龄段，眼睛所看到的景物是不同的。

晨练再一次无声结束。从田野和树林返回，我一路采集着道旁的黑星星。这些小小的慷慨的野果，让我再一次感受到童年不劳而获的快乐。

六

在秋天，天气转凉，大清河河水泱泱。曾外祖父在沈阳故世，我没有去参加他的丧礼。空间上的距离使别离的伤痛成为空气中一缕若有若无的气息。我母亲从沈阳回来，说，在弥留之际曾外祖父忽然问到我，问我的病好点没有？在场的亲属均感意外，一时面面相觑。我的曾外祖父，他是我外祖父的父亲，他和我，中间隔了支系繁盛的两代人，他们中的很多人，我至今都没有见过。在那样的时刻，曾外祖父为什么突然问起我？

在秋天的大清河畔，我的眼泪夺眶而出。

在秋天，曾外祖父要去大清河南岸打柴。这是他来到我外祖父家后经常要做的功课，而这一天恰巧被我和小妹在河边撞见。秋天的水已经有了渐深的凉意，因此他在北岸遭到我和小妹的竭力阻止。但是他固执、严厉，坚硬得无法迂回。他说他熟知这河哪儿最浅，可以轻易过去。从我有记忆开始，他就是固执、坚硬、严厉。那时候外祖父家还在乡下，我五岁，想要下路旁的沟底采一种野花，但被他坚决制止。他自己下去给我采花，一朵，两朵，采了一小把，爬上来塞到我手里。他干瘦、佝偻，像一支被生活压弯但依然锐利的箭。他仿佛从来如此，一直也不肯改变。我17岁了，他还当我是小孩，一点也不顾及我的面子好不好看。他到底下到河里，扔下我和小妹在这边抻长脖子，羞愧、不安，把埋怨都堆积在他的长媳——我们的外祖母身上。是的，她反对曾外祖父母来这里养老，既然拗不过外祖父，她就采取了漠不关心的态度。她不是一个好媳妇。所以我母亲也不是，最后若干年后轮到我。然后我和小妹看到曾外祖父从南岸回来了，背上是一大捆柴禾。到河中央，他一栽歪，半个身子浸在了河里。我和小妹惊叫一声，慌慌张张地下了水。没趟出几步，就被曾外祖父厉声喝住。这个脾气古怪的老头，执意不肯接受我们的好意和孝心。他湿淋淋地背着柴禾回家去，一任我和小妹垂头丧气地跟在身后。

许多年后，我想起来他曾经塞到我手中的花朵，是金黄色的，断茎里流出白色的浆液。我想起他的长方脸，脸上的褶皱，像河水倒映出来的土墙的纹路。我想起他模糊的五官，业已被岁月的河流慢慢冲远。

水泵站

一

好像只是在夏天，祖父才带我到水泵站去。这显然与事实有违——春天的稻田同样需要灌溉。现在，我通常以月份和绿意的深浅来判断春天和夏天。但是在 20 年以前，春和夏在我的眼前连成了一条河，这一段和那一段，几乎无从区别。那时候我腕上戴着一块表——用圆珠笔画上去的，它与我的皮肤处于同一平面，也可以说这是一块嵌入我身体内部的表，表示我对时间的渴望"知道"。它凝固的两根指针则暗示着我心目中的时间概念。前几天，一个朋友说她女儿的画：春天的淡绿叶子中间点缀以鲜艳的果实。显然，不只是我曾经如此，对多数孩童而言，绿和绿之间几乎是没有什么不同的。

从我的眼睛里望过去，水泵站始终那么遥远。每次我看见它，要隔着一整个秋季和冬季，一些雨天，隔着多个我叫不出名字的村庄和许多年。下雨的天气里祖父要不要去上班？我童年时代的记忆似乎不肯关心这些事件。现在想来，水泵站和司雨的老龙王的工作是一样的，只不过分工不均；而且即使他庞大的身体隐匿地底，脖子以上探出地面的部位仍使他的神奇充满有头无尾的调侃意味。

二

现在，允许我再说一遍，去往水泵站的路途有多么远：一大早我们就出发了。由南往北，从我们住的一队一直到我姥姥家的三队，我在祖父二八自行车的横梁上保持着欣欣向荣的盛开姿态。但是，出了郑屯，太阳热乎乎地从右面照过来，我可能就开始昏昏欲睡。即使多年以后，我看见在

176

太阳底下趴在竹竿上打瞌睡的喇叭花，仍觉得有理由把我和它们合并进一个同类项里。郑屯像一枚在林荫里积蓄了一夜露水的大叶子，被细藤一样的村路牵扯着，与我们这一大一小两只早起的蚂蚱越来越远。

　　当然，在这样的早晨，惊险一样可能出现。因为瞌睡，我的脚会不知不觉卷进前轮的辐条里面。自行车流畅的行进受到突然的阻碍，我和祖父同时摔下车来。而作为阻碍物本身，我的踝骨将面临一个漫长的愈合阶段。在此后更久远的岁月，我的身体与地球表面形成的直角产生了不为人知的变化，而我的右鞋跟后侧注定要遭受多出数倍的磨损。我影子的日晷也将隐晦地篡改时间。我还会发现我的记忆开始形成新版杀毒软件的功能，可以有效地隔离掉与疼痛有关的系统文件，而将幸福美好的拷贝保存下来。比如说：牛角饼干。到了那个供销社所在的村子左近，我会自动警醒过来。按照惯例，祖父会到供销社为我买上一斤或者半斤牛角饼干，这是彼时我最爱吃的零食之一。开始阅读之后的很多年，我无比热爱那些印在纸张上的书名号，它们就是四只两两相对的牛角饼干，使文字和食物在我眼中产生如此密切的混淆和关联。多年来我习惯在看书的时候吃零食，这样的经验令我对生活满怀丰沛之感。我同时热爱美食和美妙的文字。有20年，我没有再吃到这种饼干，只是有时候还会在食杂店里看到它们，装在玻璃缸或者大塑料袋里，像一些省略了内容的凌乱印记，一些奇妙的记忆的光影，正溢出我无比熟悉的气息。

三

　　水泵站在镇政府（那时候叫公社）北边，四面都是望不到边的水田。它们是一群等着吃食的小孩，和我一样热切围拢在祖父身旁。但是我已经有了我的牛角饼干，我在水泵站后面的大院里跑来跑去，渴了才回去喝一口水。我学着祖父的样子把嘴凑在泵口边，水一下子糊了我满脸，片刻的晕眩和窒息让我感到非常新奇而不安。我睁开眼，眼前的世界和刚才相比似乎有了些许改变。我的鼻腔里还布满了地下的水的气味。真奇怪，这些水竟然有着一股肥肉的味道，有点儿腥，还有点儿腻。我问祖父闻到这股味没？祖父说我尽胡说八道。我又把嘴凑上去试试，是真的，确确实实是一股肥猪肉的味道，还是生的。我仔细看看这些水，从水桶那么粗的泵口里喷出来的水有点儿怒气冲冲，又白又亮，好像真的隐藏着一股油光。我又趴到水槽上面闻闻，奇怪，肥肉的味道不见了。

那么，我所闻到的，是水泵本身的气味还是地下的河流的味道？绕过泵口，水泵房里面显得阴森，水泵长长的脖子也让人害怕。趁着祖父在旁边的时候，我探头去看井口下面，水泵的脖子从很深很深的地方探出来，再深处是一团黑暗，下面的事情无法猜想。我想，如果我掉下去，等不及从泵口喷出来，就已经被呛死了。这样一想，我拔脚逃开的样子就有点儿慌慌张张。

四

水泵站旁边有一条水渠，自从在水渠里发现了小虾和小鱼，我就有很多时间消耗在这里。开始我试图下到水里去，但这几乎不可能，渠壁太陡了，而且看起来水中情况相当复杂，我缺乏冒险一试的勇气。但是我灵机一动，跑到后面那个奇怪的屋子里去要罐头瓶。

我一到水泵站就发现了这个屋子。因为当时正有两个长得很好看的大姑娘在门前刷罐头瓶。这么多的罐头瓶引起了我的热切注意，我探头往门里看，发现里面的桌子上摆满了这样的罐头瓶，上面还蒙着白纱布。我以为里面装着罐头之类的好吃的，后来我跑过门前，她们喊我时我就趁机进去了。但是终于看清瓶子里的东西我大失所望，里面原来竟是各种各样的虫子。我以为她们养虫子是用来喂鸡的，但她们说是做什么试验用的。试验是什么意思？为了掩饰我不懂这个词，我赶紧支吾一声跑开了。

现在我跑去向她们要了一个罐头瓶子，又找祖父弄到一根细麻绳拴在瓶口，瞅准有小虾群的地方，兴高采烈地把瓶子掷进去。曾经有害虫住过的瓶子一定有一股特别的气味，所以虾群一遇到它就轰地窜开了，我提上来的半瓶水里什么也找不到。这样反复几次，罐头瓶撞到水底的石头上，哗啦一声碎了。对一只小虾的渴望终于战胜了天性中的羞赧，我跑回去嗫嗫嚅嚅地跟她们又要了一个。这一次我加了万分的小心，但瓶子好像因为自己曾经被迫堕落到做了害虫的巢，满腔怒气终于有了发作的地方，瞅准了机会要往石头上撞。我听见哗啦一响，我想是这个瓶子在跟我开玩笑。我把它提上来仔细地看了又看，瓶口确实完好无损，但下面的半个瓶子没有了。这比整个瓶子碎了更让我难过。后来我明白了，有些事情就是这样，有一个看起来还有希望的结局比碎裂到不可收拾的结局更糟——它既无法成为下一个开始，又让人怀抱幻想，狠不下心来彻底扔掉。像我，小心捏着这半个瓶子，绞尽脑汁设想出各种修复计划，直到最终心灰意懒，拴在瓶口上的麻绳却怎么也解不下来。剩下半个瓶子的结果，是只能将麻绳也一并丢开。

一年以后的暑假，我又来到水泵站，那两个姑娘中的一个再次叫住我，她好奇地向我问这问那，直到确信我满口的城市腔并未掺假。只不过一年时间，我已经和我城里的同学们一样，在疑问句式中熟练而大量地使用"咋"和"啥"，正是这两个字最早帮助我区分开城市和乡村。两个疑问代词，表面上的立落简洁掩饰着后面的居高临下和轻描淡写。城市的客气是没有多少耐心的：在问候的同时，告别的话已经准备就绪。多数时候，问候者并不需要真实的繁复解答，所以这两个字天生就带着一副催促的样子，随时准备转身离去。城市在或真或假的忙碌中构筑了它自身的繁华。此后的 20 年间，正是在对这两个字更为娴熟的使用中，我更贴切地吻合进城市的气质深处。而在最初，当我对我的乡村伙伴说出这两个字，他们睁大惊讶的眼睛，嘴巴在手指后面发出"吃吃"的笑声，好像我说的话是又好吃又好玩的新鲜事物。而在上个世纪 80 年代初的乡村水泵站，一个大丽花一样美丽的女郎却向着这两个字投注了艳羡的目光。正是这目光让我知道了，在乡村的重重围裹之下，城市作为金黄的花蕊般的骄傲和分量——它同时带来了出身的侥幸和命运的比重。

五

当水泵站旁边的小道上传来卖冰棍的吆喝，我赶紧喊他等一等，然后飞跑去找祖父。偏偏这一天祖父有点儿拧："我怎么没听见有喊卖冰棍的?!"我怎么也拽他不动。祖父又说了："你怎么只会叫我买，怎么不叫他去买?"一旁看热闹的郑洪就哈哈笑上两声。"你是我爷呀!"我有点儿气急败坏。赶在我真正气急败坏之前，祖父假装支不住了，被我一步一步地拖到外面。

买回来的冰棍祖父请郑洪也吃两个。郑洪看看我，我装作专心地吃冰棍，于是郑洪就拿了一个。郑洪的红背心上面有几个洞，像几个翻得大大的白眼仁。郑洪也是一队的，祖父说他是个复员兵。有一天郑洪到我家喝酒，跟祖父说到他住院手术以后，医院里的小护士逼着他下床走路，他走一步，放一个响屁；再走一步，又放一个响屁。小护士都捂着嘴笑他哩。他一张红通通的脸上，笑得牙龈都露出来了。我觉得他非常滑稽。后来有一天祖父不知为什么事说起来：郑洪是6个脚趾头。我一惊，低头看看自己的脚，想象不出多出的一个趾头应该长在哪里。祖父说郑洪再热的天也穿着胶鞋呢，他怕别人看见他的秘密。

原来，有很多奇异的事就在我的身边，只是我不曾知晓，或者即使知道了也无法看到。只是因为一双与众不同的脚，我再看见郑洪的时候，觉得有点儿不认识他了一样。

有时候祖父也带着我到别的水泵站去看他的战友。后来我猜测到了，作为农业户口中最轻省的活计，水泵站的工作几乎都分配给了这些或老或少的退伍兵。祖父那天带我去的水泵站很小，里面只有一个老头儿，祖父让我叫他爷爷。我叫了。老头很和蔼地告诉我要特意给我做点好吃的。"好吃的"原来就是放了地瓜的大米粥，这让我有点儿瞧不起祖父的这个战友。他盛给我的那碗地瓜粥我一口也不肯动，我躺在祖父腿边的炕上假装睡着了。然后我听见他们在"嗞嗞"地喝酒，那个老头儿一直在说：

"穷啊，没有像样的东西招待孩子啊。"我把眼睛睁开一条缝，看见了两道浑浊的眼泪。祖父的眼圈也红红的。不知怎么，我的眼泪也出来了。我翻身抱住祖父的腿，祖父的裤子吸走了我的眼泪。祖父摇摇我说，起来吃饭，粥晾凉了。我嗯一声，张开嘴。祖父就用勺子喂一口粥到我的嘴里。我觉得这个老头儿真是不会做饭，烀地瓜和大米饭都很好呀，为什么要把它们做成一锅粥？我从来就不爱吃这样的东西。我喜欢清清楚楚，这样和那样的味道都分得很明白。这样的事和那样的事，它们有它们各自的意思。我觉得这是一个糊涂的老人，他活得这样憋屈、困顿，一定也和他喜欢做这类难吃的粥有关。同样是看守水泵站，同样是领那些钱，为什么人和人活得这么不一样呢？我模模糊糊地想着这些事，后来就真的睡着了。

六

在我睡着的时候，时光是否变成了一只鸟的模样，轻轻停栖在水泵站上空？时光隐蔽的呼唤引领着地下的河流。在连绵不断的水声中，时光是不是并不像传说中的那样：流逝或者飞走，它只是跟随着水流从地下来到地上，从水泵的血管到达禾苗的心脏。谦卑的禾苗任由时光在它的身体里游走，从绿走到金黄，再走到天空蓝色的大屏幕中央。而雨水会把时光送回它原来的地方。在幽暗的地底，时光的圆环出现了短暂的停歇和缝隙。在爱因斯坦的叙述中，时间和时间是不一样的，甚至空间也将随着速度而改变。如此，"地下河"留给人间的想象永远层层叠叠，像一把展不平的环形扇面，隐约、缓慢、氤氲的光影散淡无边。

有几次，沿着梦境我又回到了水泵站——我正手脚并用，拚命爬出泥水坑。我身后是泥花四溅，群蛇乱舞。许多年后，祖父纠正我说：哪里是蛇，是黄鳝！好吃着呢。祖父吧嗒着嘴，好像闻到了炖鳝鱼的香味。我有点讪然，但嘴巴还硬：你怎么就知道是黄鳝？我祖母插进来说，水蛇尾巴是圆的，鳝鱼的尾巴扁，抡起来，能把人鼻子豁开。我摸摸鼻尖，暗自侥幸当年鳝尾脱险，这全亏了我胆小如鼠——我原本就是属鼠的。

真奇怪，许多年里，这件事被我一次次记起来。在底部已干燥龟裂的大水渠中挖一个不大的坑，居然有水从下面冒出来，然后是稀奇古怪的柔滑水族——在此之前，它们怎样得以存活下来？它们的存在比它们本身更接近一个秘密。或者，正是因为它们洞悉了地下的河流的秘密，而变成了这样一种神秘的生物体——甚至修长柔软的身体，缄默、隐忍，不动声色地继承了河流的品质。

几天前，在网上漫无边际的浏览中，我看见了一座隐居地下的长城——连州地下河的超声波照片。翠绿与浓黑组成的世界，奇异、忧郁、欲望迷离，仿佛它来自暗夜中我们努力囚禁的内心。而水泵站就是一个一个的敌楼的样子，它连接了河流与河流，使时光的大圆环像巨大的水车奔流不息；或者，也正是它，代替我们，把大地隐蔽的记忆翻译成了流利的汉语现在时。

缺　口

1. 乞丐

　　早晨 8 点，与我上班的时间同步，这个城市的乞丐准时在街头出现。他们或停或走，实质上都相当于逆水行舟。人流主动避开他们，使他们成为都江堰著名的鱼嘴分水口。

　　他们仿佛只在繁华处出现，仿佛为擎举繁华，但是又让繁华在不经意间塌陷，让世界显现出内里的衰败。在现代堂皇的人性宫殿内部，乞丐扮演了时间的角色：剥离表面的金漆，呈现虫迹斑驳的腐朽木质。乞丐的存在让我感到羞愧难言，让我隐约地愤慨——我发现我原来如此心地坚硬，并且吝啬、多疑，仿佛这些人无一不是传说中擅使易容术的骗子。面对这些悲伤或恳求的脸，我不为所动，像身怀绝技的高手避开逼到眼前的剑尖。是的，这些暗藏尖锐的人，一把一把小刀，执意要把人世的大苹果劈成橘子瓣——还要露出里面的核，白肉里存在的坚硬的黑点——如此不伦不类，令人难以见之而心安。

　　这一天上午，我看见人群的潮水在市中心购物广场前方的空地上形成一个漩涡，一个少年，他是一眼水面下的深洞，或者是暗藏的礁石，令世界心存尴尬而又欲盖弥彰。此刻，广场上称之为人的生物密植有如树林，而他是不毛之地上孤伶伶的一枝，低矮，蜷缩，叶片断裂。说真的，他更像一堆泥土，瘫软，凌乱，有独自而奇异的起伏。他双腿上的断口陈旧整齐，肌肉向骨骼裹紧，像从早晨吹到上午的喇叭花，气恼，疲倦，意犹未尽，但是不得不闭紧嘴巴。他稚嫩的脊骨弯曲成一把拉开的弓，仿佛要把肋骨一根根射到远处——远到接近星空和虚无。多少年过去，为什么弓始终要被用来喻指紧张之物？是他的脊骨告诉我——一把弓想把自己折断，唯一的办法，是离自己原来的样子越来越远。或者，他更接近一把卷尺，可以用来丈量命运和人群的良知。面对他，我必须重新估计自己的心理素质；这个少年，如此面目俊美，他仿佛人首蛇身，面对世界，他一个人出演怪物和天神。

我赶紧拔脚离开——我没有说错，这个少年，他正是我童年时路过的某个山腰的洞穴，并且正从里面嗖嗖地射出冷风的箭镞。我曾在冷风中嗅到了不属于人间的气味，潮湿、阴鸷，隐藏着无从探究的更多内质。怪不得人群皆绕路而行，与他保持假想中的一箭之隔。他的出现使这个夏日上午的气温陡然降低。我想，和我一样，人群疑惑他背后可能发生的惨烈和罪恶，并为此悚然心惊、不寒而栗。是的，在这个世界上，我们能够触及并且支配的事物太少了。这个少年，他安详的神情令看见他的人不知所措。他再一次证明了世事的不可触摸。他很快在这个城市里消失不见——这个城市有一副缄默而激烈的嘴脸，对隐身在他背后的那个人的深度憎恶一定使他在整整一天里毫无所获。在他离开以后，这个城市还需要一段时间来把他淡忘，需要用时光和灰尘把他留下的印痕填满。

就是在这一天，我回到家，紧紧把10岁的儿子抱在怀中。我唯一的骨肉，他这样脆弱、单薄，需要我在若干年里无尽担忧并努力做好风雨屏蔽。在他成年之后，我要把一个完整的人生交付到他的手里。我要指点他绕开我今生的一个一个漏洞，尽管他将要到达的地点我一无所知。

我想起多年以前，大雪封山，一拨儿一拨儿送财神的人敲响我家的门。在祖母买下当年的第三张财神之后，祖父忍不住开口抱怨："买那么多财神烧火呀？"祖母隐忍不言。祖父说到第n遍，祖母突然发怒了："你懂什么！你没见刚才那媳妇抱的孩子，一双光脚露在外面冻得通红?!"祖母抬手擦擦眼睛，又接着去忙她的活计。就是在那个时候，我平生第一次把送财神和乞丐联系在了一起。世事的真相令人难以置信。我看见他们：白发苍苍或者怀抱婴孩，衣衫褴褛，眼含哀恳。这个发现让我满心震颤。我隐约看见了世界的另一重面具。这些羞怯的人，在乞讨外面罩上喜庆的外衣，用清贫的脚拖动着财神的鞋子。他们离开以后，我家的院子里留下了他们在新雪上踏出的印迹，局促，拖沓，深浅不一。更新的雪正试图把它们掩去。瑞雪兆丰年的雪，就这样第一次在我面前散布开凄凉的气息。那些踽踽走远的人，他们将去往哪里？他们，是否正在揭开人世深藏不露的某个部分？

2. 老人

老人出现在这个夏日的午后，像一个微弱的休止符，或者一只磨钝了的刃，在流淌轰鸣着的街道中央划开一小条白亮亮的印痕。因为他，阳光略显慵懒的流动有了一个小小的停顿。

我不知他怎样出现在这里，这个老人。他到来的时候，我一定正在走神。在此之前，我一直在注视着街道对面的公共汽车站点。公汽站上虚位以待的广告牌出现了一个破洞，这样，就有一场局部电影在里面上演。或者说，广告牌虚拟了一个房间，我试图从一扇小小的窗子猜测和窥探。一个男人的脸在这个窗口停留了很长一段时间。他应该是跨坐在自行车上，单脚支地，等待同伴从路边的店子里出来。然后是一个女人的脊背，这是一个被生活磨砺掉一根半根敏感的触角的女人，因不合时宜的迟钝而令旁观者不安。现在，她一定没有意识到这个缺口，轻易暴露了一个易受攻击的部位而毫无防范。后来女人离开了，我透过洞口看见街道对面的小巷，里面是几栋旧楼，几年前我曾经走进去，寻找医药公司的某个部门。现在它还是这样安静，很久也不见有人出入其中。

我转头去看我身后的电脑屏幕：协议书刚刚打完一半。我不能阻止印刷厂用给我排版的电脑承接这些细小活路。但正是它们把我的工作断成了一截一截，我悠然四顾的时间豁口暗含的真实质地叫做无可奈何。我回过头，一辆中巴正停在对面的站点。它慢腾腾地开走之后，老人凸现在我的视野之中。

他来自何处？又要到哪里去？阳光从他灰白的草帽檐上嘀嘀嗒嗒地落下来。这是 6 月，午后两点，气温在 22 到 25 摄氏度之间。他穿一身黄军装，衣摆下面露出一圈白衬衫。里长外短，只有 70 岁以上的老人和 20 岁上下的时髦男女才敢这样穿。他斜挎一只黑色的人造革包，右手挂一根拐杖。他年龄应该在 70 到 80 岁之间，也许还会更老一点。他是少数我无法猜测出来处的人之一。他有可能来自任何地方，来自让我感到心疼的一声呼唤。我熟悉他们，他们，类似于我祖父母一样的人，置身城市，但是洗不掉泥土气味。他们年纪大了，还是会独自在一个陌生的地方来或者去。现在，他出现在这里，与他身后广告牌上的那个洞口构成了奇妙的对称。为什么我会这样想？透过他，我看得到过去和未来的什么事件？

许多年来，我一次次在这些老人的身上嗅到无比亲切的气息。他们出现，仿佛只为唤醒我生命中的某一场记忆；而每每在我心神恍惚的时候，他们已转身离去。但是这一次，我飞快地记起了曾外祖父的样子。他的拐杖。他雪白的山羊胡子。16 年前或者更远的冬天，他盘腿坐在我家的火炕中央。那时，他的听力已经开始衰退，但始终笑眯眯地，自得其乐地摇晃着半个身子，好像他心里正奏着他自己的乐曲。好像他以为他是一台老式挂钟的钟摆，所以任由时间从他的身体里嘀嘀嗒嗒地漏出去。他是我外祖母的父亲。他最终死于肝癌。他死后一个月，他的长孙，我的表舅，因未婚先孕不得不冒忤逆之名举行婚礼。我母亲为此感到恼怒，但我想曾外祖父不会介意。他始终是宽容、温暖，与一切都没有芥蒂。我住在他家里一个月，吃光了他屋后的半畦水萝卜。他一看见我在吃水萝卜，就笑得胡子一抖一抖的。这让我感到恼火。我可不觉得我和水萝卜有什么好笑。水萝卜让我暂时忘却了年少失学的苦恼。许多年来，我一直认定辣是行走在味觉上的小刀，而绝大多数水萝卜恰恰擅长笑里藏刀。只有曾外祖父后园的水萝卜，每一丝笑纹里都没有另外的意思。现在，我想起曾外祖父，就想起水萝卜甜丝丝的味道。外祖母说，曾外祖父去的时候，已经被病痛折磨得只剩下一把骨头，但我坚信这把骨头上还会有这么一股春天的水萝卜的味道。

现在，一个素昧平生的老人带回了这熟悉的味道。一个居于我上游的老人，他蕴藏着那么多过往的时光，他离开以后，我有可能上溯的那一条支脉就此折断，这是我以前所没有想到的。大约12年前，我母系上的4位曾外祖父母都在，这使我感到我是一个有福气的人，我的存在因此有点儿源远流长的意思。而伴随着他们的离开，我距离一条河流的上游越来越近。终有一天，我也会作为某个源头而存在。这样，一个素昧平生的老人，他就有可能正是我的未来时态；他越老，越接近时光缝隙间为数稀少的漏网之鱼——这样的比喻使他的存在富含喜剧意味。在这个下午，他的出现是时间的破绽还是空间的疑问？

我的排版工作得以继续。回首一瞥的时候，老人不见了。他自己并不知晓，在所有离开车站的人之中，只有他，抛弃了广告牌上的那个缺口。平衡被打碎了，现在，参差的洞口更加孤单而醒目，被短暂框进其中的人影来去匆匆。南行的6路和8路车，它们最终去往哪里？我只熟悉它们的一小段中间区域：属于繁华时代的商业局部。这个城市，我也只不过随手打开过其中的几扇窗子。但是我试图追溯得更远，比如梦境和预言之类，但这几乎不可能实现——窗子或缺口中的时间是有限的。

3. 伤口

应该说，早在上一个冬天我就注意到这个断口了，这棵我不知名的树，它伸向人行道的一根枝杈不见了，留下一个手腕粗的伤口。冷。疼。我打了一个寒战。如果寒冷足够深切，疼其实可以转成麻木。但是雪正在下着。树的伤口像一颗眼睛洇开了水气，把与愈合的距离望得越来越远了。

从春到冬，从周一到周五，傍晚时分，我都要在这里等车。春天的时候，这棵树开出了粉白的花朵。前几天，我在学习 photoshop 中的涂抹工具，突然间走神了。我想起那些花朵，它们离远些看，正是这种软件涂抹出来的效果：在别的颜色的背景中晕出些白的，在同样是白色的底调中却又晕出点灰色。正是这些花朵把树木疼痛的断口晕开了，好像水彩在水中化开，疼痛和伤口都湿淋淋地溶入了盛开。甚至，伤口本身也变成了另一种盛开，像树木意外张开的嘴，会突然把一些带草腥味的话语喊出来。

由此我想，花朵开放到动人心魄处其实有一种痛感在里面。花朵是植物顶在头上托在掌中的伤口，它道出了植物内心的波纹和想法，同时等着一些事情沿着风或者露水的河流驶进来。会是什么样的事情最终停泊进花朵的内心？一朵花的偶然和宿命其实像极了一个人，它未来的指向也像一个人终于屈从于内心的景象：如果它的心灵留住了一颗种籽，它的未来就成为一粒果实；如果它抱住了一缕光线，它就变成了一个天使；但是如果它最终等来的只是一团灰烬……一个人或者一朵花在对外敞开的孩童时期是脆弱的，他不知道他将握住什么并走到哪里，也不知道他将永久停留在什么样的地址。所以一朵花开到最后常常流露出孩童样的孤注一掷，它饱满、娇柔、丰沛的汁液间奔涌着隐约的怒气。它将干瘪、愈合、像丧失功能的细胞从皮肤上剥离，仅以隐晦的疤痕存储起有关疼痛的点滴记忆。

大约在 25 岁以后，我惊奇地发现了我原本深藏不露的疤痕体质。从那时候开始，我知道我老了，再也不能对伤痛之类的事件无所顾忌。我的皮肤已先于我之前，懂得了对反复无常的世事心存畏惧。我的皮肤，我曾经以为它是水，而伤损只是投进它内部的小小石子，用不了多久，些微的波纹就平滑如初。现在，我相信报纸上的说法：衰老缘于皮肤水分的无端丧失。也许自诞生时起，上帝曾将一眼井安放进我们的身体，等待着它被时光缓慢耗尽。看一看那些老人的身体吧，它们干燥、松弛，表层的褶皱有如龟裂的大地。是这样：水分流失的皮肤还原为泥的质地，它如此容易留下时间的脚印和动物的爪痕——对皮肤而言，伤损就是命定的动物，它们凶狠、安静，惯常隐身在暗处的洞穴之中。它们突然出现，袭击，咬啮，而后突然消失，留我们站在原地，怔忡，惊愕，内心的疑惧凝结在瞳孔里。烟雾样回荡于四周的安静让我们以为什么都不曾发生，但不同的只是，原本完整的生活，现在让我们看见了：血。

一个人成长的判定标准之一应该就是：在血面前的强持和镇定。作为血的天然囚笼，人不想让血跑到外面去。但是血有它自己的想法，一有机会，它就要像人挣脱自己的房子到外面的世界旅行。因为想到此去再也不能返回，有些时候，血离开时的样子有点儿犹豫不决，脚步也踉踉跄跄。而一个人在无知无畏的婴孩时期还没有来得及形成对血的认识，但是古老神奇的基因逼迫他为一滴血的永别而痛苦哭啼。血选择了痛感作为离家远行时的伴奏曲，正如同人通常会在此等时刻选择静悄悄的泪水。关于血的认识一层层叠加起来，最终构成了一个人面对世界的终极姿态。我们最先是从别人那里接受了对血的恐惧——目睹他人的痛楚引起的惊悸和暗自庆幸带来的隐蔽的幸福感糅合在一起，它所形成的暗示指点着我们的脚步：趋利避害；在陷阱的周遭蹑足行进。甚至对伤口的处置也是从别人那里模仿而来，清洗、包扎，或者假装不屑一顾。什么样的伤口可以裸露，什么样的伤口要深深藏匿，这其中的道理意味深长。在早年的乡村，还有一种用土来止血的方法，这简直让现代的城市人惊奇。城市习惯于深藏不露与温文尔雅。城市对多数伤口秘而不宣，对有意裸露的伤口则暗怀期待。一个男人对一个女人露出他情感的伤口，他伤感的讲述徘徊在深秋幽暗的黄昏，等待着女人的手携它到达阳光明媚的春天。还有那么多伤口贴上了私人制造的荣耀标签……人类依靠着伤口成长，而世界之大也为走猫步的伤口提供了秀场。

有一道醒目的疤痕停留在我的左肘部。作为短短几年的摩托生涯留给我的纪念之一，在夏天，它常常要遭受某个熟人的莫名惊诧。她们（男人们当然也已看见，但是出于礼貌，他们谨慎地闭口不言）仿佛发现了新大陆一样尖叫出来：怎么会这样？好像这道疤痕是一个祖传的古董，直到今天才被我拿出来展示。这让我有点儿不好意思。说起来，那块石头我是熟悉的，它埋藏在我上班必经的小路上，确切地说，是路中间施工挖开过的凹地中，看上去像露出水面的冰山的一角。刚开始，我对于这一角冰山还是顾忌的；每天从它身上蹿过去时也怀了小心和谦卑的歉意。出事那天早上我在想什么已不可考，但是当时我肯定有些急躁，并对这块石头心存过分熟悉带来的蔑视——对于熟悉的事物，我们通常都怀有程度不同的蔑视情绪——它每天都在这里，对我的压迫保持容忍和默认。因为这个错觉，我第一次没有减速；这样，这块石头终于等来了报复的良机，它一下子将我掀倒在地。我爬起来，心里还有点儿不明所以；低头发现旁边有一片湿迹，心想，糟了，油箱摔坏了。随即我发觉，摩托完好无损，只是我自己摔漏了，血稀里哗啦地满地乱跑。这让我有了一些想法。在打车去医院的途中，我想，因为这个厉害的伤口，我终于能够记住一块石头了；事实上也是这样。然而现在我忽然想到：对于一块有可能肇事的石头，我们究竟能够记住和懂得多少？

4. 楼下

是个很冷的冬日，天已经黑透，我下班回家。拐近楼口，不提防被眼前的景象惊得呆怔，心里起了转身逃跑的念头；这当然不可能发生。我吸一口气，努力把神色和脚步调整得若无其事，在那个男人的注视下走上楼去。

我家住在五楼。从窗口看下去，楼前的院子里一派灯火通明。从某些方面来说，死亡有一副奢靡和繁华的面目。这彻夜闪耀的灯火是为了铭记死者还是亲人们的面容？是谁承诺可以将这些灯火浓缩进一个亡灵未来的道路？录音机里播出的哀乐时断时续，像早春里一团一团撕扯不开的灰白色柳絮，因为几乎没有重量而无从提防，它们仿佛是从任何一个有可能存在的孔隙间钻进来的：玻璃和门框的罅隙中；水泥和地板缝里。也许还有我的身体。这么一路尽可能小心地走上来，我的身体上还是沾满了哀乐的气息。

我是一个与真实的生活有点隔阂的人，或者说，是对周遭的人事有点儿漫不经心。在很迟的时候我才听说这个男人病重的事——是几个月前单位体检查出来的，查出来就是肝癌晚期——在中国医大住院呢——据说人已经折腾得脱了形。我感到震惊，但继而安静下来。我想起这个几个月前还在楼道里上上下下的男人，他如此衣履鲜明、眉目俊朗，是小区里数一数二的漂亮人物。他臂弯里夹着公文包，拎一串闪亮的钥匙走向车库，富足笃定的神情肯定曾让巡视人间的上帝暗暗生妒。如同万绿丛中的一点红，他注定要赶在众绿之前早早凋零，以便让这一小片世界恢复黯淡和平庸。

曾经生活在我家楼下的这个男人，他从此局限于黑色镜框的中心，由一个立体变成一个平面，从三维空间到达二维空间，像悬挂在墙壁上的植物标本或切片，他曾经的荣光更像一场梦呓或展览。在早几年，我一度迷恋于三维立体画：眼睛贴近画面，那些藏身平面上的、不为人知的绚丽景色就一点点凸显出来。如果也这样凑近一个人的遗像细观，他生前和死后的画面会不会也将就此鲜活地呈现？而一个返回二维世界的人，他将要凭藉什么，才能解答人世的过往和将来？像我们这些生活在三维世界中的人，凭藉数据、理论和想象，就可以论证一个我们无法参预的四维空间的运行和存在？

有许多年，我反复做一个相同的梦，在梦中爬一个中间断了的楼梯。我必须走到上面去，学习，或者考试。但是有七八级楼梯不翼而飞，楼层

191

之间是一片可怕的断层地带。我想尽一切方法上去，绝望、焦虑，无能为力的悲哀让我无视生死。有一次，我失足掉下来，像一块抹布悬挂在楼层中间……是什么在逼迫我如此义无反顾？生活中我是这样隐忍、谨慎，甚至小心地记住每一个走过的脚印，仿佛随时准备顺原路返回。我的内心一定隐藏了我自己未能意识到的恐惧和决绝。在梦中，为什么我不肯把一点退路留给自己？我应该离开，回到平地上去。但是奇怪，在梦里，这样的念头从未出现。就这样，我一次次在梦中重历艰险而无法自救。有一次，重读《人到中年》，看陆文婷在病中万念俱灰，说："我爬不上去了……"我忽然泣不成声。我也爬不上去了。但是，究竟是什么，让我执意不肯把这句话说出来？

有时候，我疑心这样的事情会真的发生在现实中；我很注意地看看脚下的楼梯，它们有没有裂隙？会不会突然消失？

我不止一次地想过，对这个男人的死，我是否该自责和负疚？在男人去世之后，他的妻子下岗了。这是我很久以后才知道的。男人曾是房产局小有实权的科长，他的离开导致了一个家庭无法逆转的塌陷。这个比我大几岁的女人，男人在世的时候，她出出进进也是容光照人，发髻高绾，穿套装或一袭米色风衣。前一段时间我在楼口碰见她，几乎认不出来了。她随便套一身运动服，拎着一只老式热水瓶，匆匆忙忙地出去。她的样子引起了我的好奇和注意。后来我听说，她下岗后找了一个在擦车场擦车的活，以供养正读高中的儿子。我这样注意楼下，而几乎忘记了何时楼上搬来了一户人家。有时我自嘲地想，也许这暗示着我的生活态度是形而下而非形而上吧。前些日子，我家楼上的新邻居忘了关水龙头，水渗下来，染花了我家的几面墙壁。我感到无奈，又有点儿如释重负。好像他们的疏忽使我曾经的过错得到了某种弥补。事实上，我的健忘比他们严重得多。在楼下的那个男人还在世的日子里，他们家两次重新装修，都关乎我家的水龙头。做下这种损人不利己的事让我无法适应，有一段时间我变得神经兮兮，看见水龙头无端开着就心律失常。一次朋友给我出了道心理测试题：孩子哭了；电话响了；有人敲门；水龙头开着；下雨了被子还没收进来——你先顾哪一个？我脱口而出：当然要先关水龙头！

住在我家楼下的这对夫妇，他们无条件地原宥了我的过失，像接受命运一样接受了我这个令人苦恼的芳邻。在他们在沈阳求医和男人刚刚走后的日子里（女人带着孩子暂住在亲戚家里？），我晚间回来，仰望四楼黑漆漆的窗子。主卧室、客厅、厨房。没有灯光的房子原来如此了无生气。在四周橘黄或莹白的窗子中间，这三个黑洞洞的窗口这样幽怨而孤单，它们好像要诉说什么，又忽然间咬紧牙关……我恍惚回到了重复多年的那个梦里，楼梯断了，我，或者是另外一个人，正徒劳地想要爬到上面去……

5. 井

井。说出这一个词，仿佛同时说出了幽居地下的水森凉的气息。还有形容不出色泽的光影浮动在这个词里。是谁？先是探一下头，继而慢慢搅动了这个处在冥想中的词语和它周遭的大气，用一条绳索和一只木质或金属的桶状容器。当桶的底部触到了水面，井的面容受惊一样洇开了层层疑问。而桶的身体情不自禁地倾倒下来，一如亲吻或膜拜。桶把积攒多日的饥渴和烟尘之气吐出来，像一个热爱水的人，闭上眼，纵容自己深深地沉潜……

这样的情景被我一遍遍记起。木头箍制的辘轳有了年岁，正随着桶的上下行走吱吱呀呀，像一支来自古旧时代的伴奏曲。我这样熟悉它们，好像我无数次身临其境，或者我就是那眼井，身不由己地等待着某个人在某时来临，轻易带走我的一部分。

而一部分，有时，就是全部了。

在我的老家郑屯，家居的院子里泊进一眼井，它所传达的意味，不只是丰衣足食那么单纯。这是我成人以后才明白的。此时我已置身一个不大不小的城市，从郑屯蜿蜒流淌的那条不知名的小溪开始，我经历过的河流越来越宽广深邃。我想到早年的人群逐水而居，足够深广的河流才能擎起足够多的人。而一个没有河流可以凭藉的城市仿佛丢失了存在的前提，不只丧失了灵动之感，更被抽走了底气和依据。——一个城市，它凭什么是在这里，而不是出现在另外的地址？一条古老的河流雍容着它所有过往年代的光彩和证词。而一眼井正是一条隐蔽的河流，它使一户人家有了源远流长和根深叶茂的意思。那些在大旱的日子里来我家借井取水的乡邻，他们的表情满是讨好和谦恭。即使仅仅是一眼井，这些长年累月习惯于谦卑的人，也要让自己从中挖掘出渺小和艰辛。他们小心地围绕在井的四周，像细小的水流围绕着沉甸甸的水车缓慢转动。

井。我最喜爱的汉字之一。仅仅是这样的字形：像一架水车在等待水流。其余时候，井期待、等候，井似乎天生有一副良家女子的表情。幽深、安静，内心的激澜和汹涌不为人知。这样的一眼井守候在家里，生活朴素的调子上面，很容易就泛出了从容润泽的比喻。一眼细水长流的井和一个精打细算的女人，构成了一个家庭最安定的部分。鸡鸭鹅狗奔跑在上面，黄瓜和韭菜生长在上面。桃树和梨树也正葱茏起来。这时候，井的四个笔划像框架支撑起一个家的屋脊和庭院。

以上是关于井的诗意想法。而实际上，一眼无遮无拦的井，正如同鹤阳山腰上那一座时隐时现的水库，在我的童年疯长了如此浓密的诡谲和惊恐。在祖母的严厉警告和村庄里四下飘荡的可怕传闻中我远避这两处禁地，我按捺着怦怦作响的心，像抱紧一只不听话的小猫，它随时准备挣脱我，蹿上水库边那条长满艾蒿的小道，蹿过篱笆和井台。而水库和井的深处随时可能伸出一只手来，把它凭空拽下。陌生的水，就此收留它为永久玩物。水啊水，水如此深不可测反复无常。成人以后我无数次学习游泳均以失败告终，我成功隐藏的不自信在水中悉数显露。早在 6 岁以前我已经被村庄培养起对水最充分的敬畏。水能载舟亦能覆舟，这是帝王的哲学。水滋养生命又索要生命，这是村庄的哲学。而比之水库或者河流，一眼井与村庄结合得如此紧密，它就是村庄的一枚骨刺，卡在村庄的骨头与骨头中间。当我在村庄的血管里漫游，一抬眼就与它狭路相逢。我无数次远远窥视那些大人汲水的姿态，他们面目平静，间或还和旁边的人说笑着。他们心里不害怕吗？在村庄一茬一茬长出的故事里，一些想不开事的人跳到了井里——大多是些女人，似乎女人天生与井相互热爱。许多年来我对这些投身于井的人心怀厌憎，他们使井水在我的想象中变成了另一种事物，使一团一团阴森的雾气从井底升起，像一只空荡荡的翅膀，凉丝丝地从村子的这头扇到那头，让村庄里的人面色冰凉。我想这是一些心有不甘的人，心里盛装了对人世的嫉妒和愤怒，即使是死，他们也要在活着的人心里投下惊慌和阴云。另外偶尔还会有一些猪和鸡，甚至懂些事的狗，它们可能偶然在井底照见自己的容颜，心里一慌就掉了下去。我感到奇怪，出了这么多事情，井水怎能还是清凌凌的？它们在那些村邻的铁桶里，一跳一跳地从我眼前离去。那么多与死有关的事件，也没能让一眼井轻易死去。

在听懂祖父关于井的故事之前，我以为井的下面有一座宫殿，或者是与一个我想象不出的世界相连——它要么通往远方的大海，要么深邃无比，接通了地底神秘的泉眼。——据说，井在玛雅人的宗教里被称为"西诺蒂"，意为"神的井"。他们把它看作是通往阴间的"地狱走廊"，而不是人类居住的地方。——显然，童年比任何知识和阅读更接近玛雅人的传奇。而祖父的故事让我不得不脚踏实地。祖父说的是我家院子里的那口洋井，隔了这么多年，我甚至想不起它的颜色了，好像是一种旧旧的铁锈红。——祖父说，当初挖这口井的时候，因为当时水线高，挖得并不深（什么是水线？由于我的提问，井的故事短暂地偏离航向）。过了几年，水线降低，家里不得不把井往深里挖。（我想象了一下：通往水的幽深走廊再次暴露在阳光下。）而作为家中唯一的儿子，我父亲理所当然地下到井里。因为是洋井，井的直径大约仅一米左右，刚刚容得一个人在底下挥动锹把。挖出的泥沙装在筐里被帮忙的人吊上来，就堆在井的四周。同时堆在四周的还有垫井台的石头。挖到第二天，开始出水了，再挖一两米就可以完工。变故是忽然间发生的。一块大石头（祖父伸手比划了一下，我目测其直径为20厘米左右）突然松动，祖父拦阻不及，石头径向井中坠去。祖父讲到这里，目露惊恐，望我。我没有惊呼，我当然知道我父亲还好好的活着；而当时我祖母目睹此景也没有惊呼，一声惊叫噎在气管里，我祖母登时晕死过去。而彼时我父亲在井底平静地挖起一锹泥，刚刚直起身子，一块石头紧贴着他的后脑呼然落在泥水里。祖父长舒一口气，说，真玄啊，如果偏上几厘米——几厘米，这就是一眼井和若干年后我得以抵达人世的空间和缝隙。

时光飘落在葡萄园上空

十几年前，我常常坐车到大洼去——直到 1984 年盘锦建市前，它还是营口辖区内的一个县，因而大洼在营口人的印象中充满昔日家园之感——我少年时代的记忆是这样的：在到达大洼县城之后，公路在新兴农场园林大队处划了一条弧线，我要在这条弧线的起笔处下车，我祖父或者我祖母通常会在那个临时停车点等我。看到我从车上下来，欣喜和松弛会同时浮上他们的脸。因为不知道我动身的确切时间，他们在接到信后往往要在此守候多日，上下午各来一遍。有一次祖父说，他才等了十多分钟我就到了；言下很得意自己对时间的拿捏精确。只顾着高兴，他对自己上唇胡茬上挂着的被风雪挤兑出来的两道清鼻涕毫无察觉。随后我们一起沿着公路的弧线走上几分钟，向左拐上一条由两列参天白杨昼夜守卫的沙石路。因为过分笔挺和认真，白杨队列只保持了大约二百米长的精气神。在道路拐弯之前，葡萄园的两扇大门将我祖父母居住的简捷房屋及时显现。而我们刚刚留下的脚印，正在悄悄将葡萄园的两条边长反复估算。

我母亲年轻的时候与我祖父母不大和睦。在一场矛盾之后，我祖父母伤心地离开唯一的儿子，转而投奔娘家姐姐，也就是我的姨奶。我姨奶本身当然不具备可供投奔的力度，但她的两个女儿女婿，我的姑姑和姑父，分别承包有三十亩桃林和十二亩葡萄园。有一年春节我母亲和我父亲一起来葡萄园过年，对自己早年的过错暗示歉意和弥补。我祖父母表现大度，但实际上始终不能原宥。我们整个家庭的人有一个共同特征，易受感动又擅长记仇。由于年纪尚轻，我和小弟小妹一样忽略了祖父母其实寄人篱下这一重要信息，把葡萄园当成难得的快乐国度。每年假期我们为争夺来此度假的权利展开不同程度的鹬蚌之争。我父母坐收渔利：假期之前，家里忽然出现乖巧听话的三个儿女。他们决定到葡萄园过年的那一年寒假，我们姐弟三人同时获得恩准，兵分两路分期到达。我那一个时期对《红楼梦》极度迷恋，虽然先期抵达，却整日足不出户，两眼不见世间事，一心只读旧时书。小弟和小妹到来后却立即创建了他们的经典节目，上下午两次出游，收获数量不等的杨剌罐，埋进炭火盆里烤熟。所谓杨剌罐就是杨剌子的卵，这暗藏毒液的毛虫，对子孙后代表现的无比珍爱，使我一直想建议天下的虫子们好生看看。它们把美丽的卵紧紧镶嵌在枝条上面（螳螂以此为学习样本，但其卵状如蜂窝，外观上缺乏愉悦之感）。杨剌罐像一只一只袖珍的鹌鹑蛋，黑白相间，且笔调优雅流畅，不像鹌鹑蛋那么粗粝和没有章法。小时候我把杨剌罐当作美味零食，顺便窥探小杨剌子们的生长发育：清明前后，幼年的杨剌子即将破壳而出，光身子上长出了黑色的小点，也就是杨剌子未来的防身武器。这时候零食功能退居第二，我用以在少见多怪的城市同窗中制造惊骇现场。

杨剌罐的美妙滋味在漫长的岁月里悠悠回旋。肉食匮乏的七十年代，幼小的杨剌子们以自己的血肉之躯补充了我成长亟需的部分蛋白质，即使其量甚微，仍让我感动和怀念。我在乡下度过的唯一一个儿童节，学校里的老师们因地制宜，在西山上的石块底下藏上纸条，上面书写铅笔或算草本等奖品。我今生的第一场运气游戏开篇不利：不仅是一无所获，并且在全神贯注的翻找中被藏身柞树间的杨剌子蜇肿了一只胳膊。我在石块下面翻出大大小小的虫子若干，它们在这别出心裁的儿童节狂欢中惊慌逃窜。而胳膊上比什么都别出心裁的痛楚旨在加深对一只虫子的复杂记忆。但在九十年代初期的葡萄园里，我忙于在《红楼梦》中吟咏和漫游，懒怠在炭火盆的灰烬间翻找杨剌子香喷喷的肉体。我完全遗失了童年时的烹饪技艺，把杨剌罐整个地丢进火盆。它在短暂的静默后呼然炸响，使我的火中种植颗粒无收。我因此建议省下过年时买鞭炮的钱，改用杨刺罐加火盆替代。我听小弟和小妹描述他们得以丰收杨刺罐的美丽果园，越听越四顾茫然。葡萄园的四周像一团迷雾，而我是杨刺子种族之外的一只小小昆虫，完全沉陷于这孤岛一样的微型乐土。

有时候，我也会沿着中间的捷径走到弧线的另一端去。我说过，公路在这里形成了半个括弧。也许就因为它是半个的，因而无法包含完整的记忆和明晰的内容。它总是断续而恍惚。好像过年的那一天我灌下了祖父杯中的白酒，晕晕乎乎，脚步趔趄，自以为引人注目，但是表姐妹们视若无睹。在这个虚弱的括弧内部，她们长成了一棵棵稳扎稳打的小树；而我不过是一根轻飘飘的枝条，被时光短暂嫁接。现在我要说这括弧的完成之处，作为标志性建筑的二层小楼，它属于我的二姑父。早在八十年代，我二姑父便一跃成为最早的一批万元户。他依靠编筐起家，继而成为水果批发大户。我去过他巨大的地窖，如此之多的鸭梨，地窖中挥之不去的濒临腐烂的气味……冬天将尽，我不知它们会向哪里转移。而在此之前，我在遥远的乡村，听见收音机里传出了我二姑父的先进事迹。他的父亲，和我家一个生产队的刘老歪，在广播结束五分钟后踏进我家院门。脊柱天生后仰，使他苦恼地昂首挺胸，但眼下这个姿势更适宜环境和他的心情。他对我祖父说："我儿子成万元户了……我得找他要钱去！"原话大抵如此。我二姑父作为整个家族中的英雄人物，其实性格暴躁、缺乏自控。我第一次听见我祖母和我姨奶说他怎样殴打我二姑，内心非常震惊。我祖母说，他怎么能当着两个老人的面用鞭子抽二丫?! 真是畜生！我祖母怒火填膺。我姨奶面色苍白，盘腿端坐，一声不吭。

后来我明白，爱与不爱，当事者其实无能为力。作为我父亲的同窗兼好友，青年时代的刘保生为处于自由恋爱时期的我父母传递绝密信息。我父母终成正果之后，就将他督促成了我的二姑父。刘家六个儿子，他排行老四；而我姨奶家唯一的叔叔，乃是过继的别人的儿子。刘保生于是顺理成章做了庄家的上门女婿。表面上的天作之合遮蔽了多年的貌合神离。在他的心里，究竟为我的二姑预设了几分位置？人过中年，他宁肯为一个人老珠黄的烟花女子抛妻弃子？他一定是内心激烈、剽悍；而我老实巴交的二姑姑：木讷、谨慎，永远对烟视媚行的人间尤物怀持敬畏和遥遥的距离。对他的决绝背弃我父亲表示了愤慨和惋惜。但是我想，在他的心里，未必没有对好友兼妹夫的羡慕和敬意？他只是内心里翻江倒海，而表面上不露形迹。我们中的大多数人，都是像我父亲这样，将体面、平静和安稳作为评判理想生活的初级标准。至于刘保生，我曾经的二姑父，在多年的沉寂之后，他像二十年前一样意外地浮出水面。如果你看见过他：腰身粗大、嗓门宏伟，精力至少比普通人多上一倍；你就不会惊奇他的所为。他证明自己还有足够的力气折腾生活和他本身。而我的父亲，他隐忍、懦弱，缺乏好友孤注一掷的激情和勇气。所谓性格决定命运，其实大抵如此。

他们离婚时表弟还没有成家。我二姑违拗了众亲友的建议，到底分给她前夫若干万的现金，使他和他的新欢得以过上虽被人瞧不起（我祖母的说法）却算得上舒适自得（我私下猜测）的生活。趁着给表弟筹备结婚，她为自己和曾经的男人各做了一床新被子，因此受到所有亲人的一致讨檄。她爱这个弃她而去的男人？还是不爱因而没有憎恨？他热烈、天真、反复无常、富于幻想，正好弥补了她性格中虚弱的缺失？她最终接受我父母的安排，和我家从前的邻居、也是最淳厚老成的林叔生活在一起。两个看起来都缺乏情趣的人，他们共同的小秘密是不是别有趣味并不为人知？

夏天的清晨，葡萄园在淡紫色的雾气里此伏彼起。时光之海如此浩瀚，葡萄园浮到浪尖，隐约望见了远方地平线上一起一落的过往和未来；更多的时候，葡萄园闭目塞听，在幽寂的岁月间独自潜行。雾霭澎湃，露水的浪花溅湿了葡萄秧翠绿的裙摆，也溅湿了一只准备试飞的小蚂蚱翅膀上透明的花边。我跟在祖父身后去畦间摘几颗西红柿交给祖母做一盘柿子炒蛋，小腿上湿漉漉的像刚刚赶过海。那只叫路路的花猫总是赶在吃早饭的时候回来，一夜巡游，它依然威风凛凛。自从我来，它毫不掩饰对我的冷落和蔑视。它只肯接受我祖父母的摩挲和呵斥。他们责备它的声调和神情都像对待一个淘气的孩子。其实在迁居葡萄园之前，它曾经于我家短暂居留过一段时间，"路路"这个名字也是我的杰作。现在，它长成了一只壮年猫了，完全将与我的小情小谊忘到了爪哇国。它毛色油亮，身形胖大，像人类中的超级胖子一样混淆了脖颈和头部。它缺乏猫的品行，倒像一只认生的狗，或者一头狮子，神态庄严威猛。它一定是附近的猫中之王，拥有自己的行宫，并且嫔妃无数。我也相信我祖母说的，它其实早已自食其力，之所以每天回来，出于内心里对我祖父母的爱和依恋。一只猫感受得到两个老人的亲人之爱，为此它将自己与野生族群勉强分开。它是我认识的最骄傲的猫，在我们用餐的时候永远平静旁观。一只猫的骄傲和一个人的底气一样，离不开起码的自力更生。

葡萄园四周的树木高高低低，各色飞鸟于其间隐匿。有一种叫灰子的，灰溜溜的外表使我一直把它们混同于麻雀之流；鸟不可貌相，它们的内心和口味其实充满诗人情调。出于对葡萄的天生热爱，它们被迫与鼠类共同沦为一只猫营养食谱中的家常饭菜。喜鹊们则把巢筑在白杨高高的枝丫中央，自知对人类做出了精神和物质的双重贡献，被喜爱和欣赏的自我满足感偶尔被单枪匹马的侵略者贸然打断。自恃武功高强，路路不惜模仿施瓦辛格客串反角，对寄身巢中的幼年喜鹊实施扫荡。它欠缺立场的卑鄙行径让我扼腕，但我祖父母泛滥无边的溺爱无法逆转。不止一次，他们对我描述爱猫的盖世奇功，一个负责主讲，另一个在旁不时加入细节补充。情形大致是这样：被一阵喧嚷惊动，他们赶到事发现场，见十几只壮年喜鹊正围攻一只猫。事关后代的生死存亡，喜鹊们动用了全部武装，翅膀、尖喙和爪子并用，杂以呐喊声助威，齐心协力将侵略者逼迫到最细的一根树枝上。身处绝境，路路露出视死如归的英雄本色，在颤动不休的枝杈上竟以两爪与群鹊对抗。结局出人意料，因为第三者突然宣布投降——路路十几斤的体重早已让纤细的树枝不堪忍受——听得啪嗒一响，祖父心说要糟，这树枝离地面足有十丈之高，爱猫的九条命只怕此番要一并报销。万万料不到距地面只差一尺，路路一个漂亮的鹞子翻身，四爪稳稳地立在地上！

在我的暑假结束之前，葡萄园过早地显出了内心的疲倦与衰败。"吐鲁番的葡萄熟了……"早年的功课造成了根深蒂固的错觉，使秋天黄金的诗意先入为主地建筑于臆想中的收获。问题是不同地域和季节中时光的脚步是不一样的。夏天，葡萄园上空的时光步履紧凑，它轻盈的小跑使一滴露珠受到惊动，向着草丛深处匆忙藏躲。一串又一串变红了的葡萄是一个紧跟一个进入青春期的女郎，在众人追逐的视线中藏无可藏。无论骄傲或羞涩，被采撷和评判的命运她们无法逃脱。也许还会有一个像我一样晚熟的少年，在懵懂无知中错过了自己的青春年代；一夜之间，她被陡降的寒气凝住了身体里全部的糖，睁开眼，发现自己一脚已踏进了软绵绵的中年时光。

在低首的一瞬，天空中云彩和风声的影子须臾变幻。那么多匆忙的脚步带走了葡萄园的夏季，一点一滴，一点一滴……这世上，有一种收获多么缓慢。在不知不觉中，葡萄园由拥挤变得安静，变成了时光中的另一张面容。像早年间一个儿女众多的家庭，渐次的成长造就了空旷和离散。而每一粒葡萄，在暮色中是不是都会突然泛起泪水和怀念？

"这时我的瞳孔是两颗青青的葡萄
满含羞涩和星星，向夜色隐藏"

早年的诗歌镜像一样映出了一颗葡萄圆月的脸。汁水充盈，它沉实、性感、手感优良。它的精神状态是扩张的，在潜意识中暗怀侵略欲望。我发现在空间紧张的葡萄家族中，保持足够的硬度至关重要。因为硬度往往决定了一颗葡萄的体型和容貌，决定了它正直、端庄、仪态优雅、表达流畅。而不是嗑嗑吧吧，被压抑、扭曲、改写，成为歪眉斜眼的另外一个。

但是为什么，在这么多年里，葡萄干比葡萄更长久地驻留进我的美食理想？作为葡萄的现在或者未来时态，葡萄干轻盈、柔韧，便于收藏和携带。因为是"现在"，它不离不弃，每时都在我们手边。如果是"未来"，它也是静止、观望，等待我们从遥远的时空中匆匆赶来。而水灵灵的葡萄只属于青春时光，内心里波光荡漾，它的每一刻都在流淌，因而更适宜在消逝之后彻夜怀想。每年夏天，我流连在众多的葡萄们之间，听任这美味的珍珠助长我灵魂的贪得无厌。葡萄葡萄葡萄，薄薄的双眼皮里的一小汪泪水，在现实中，它的出场和流动多么短暂！

置身超市果脯类的玻璃展示柜中，葡萄干瘦小的背影里露出隐蔽的自得和惆怅。从水果到果脯，一个微弱生命的疼痛、磨砺、提升和终极归宿。即使是干枯、衰老、表皮皱缩，它到底越过漫长的时光甬路成功抵达——一个可能之中的幸运者，对自己完成了艰难过渡。它将苦涩和辛酸成功藏匿，使成熟的更高层次展开甜美的绵远回味。因此我想，在青春将尽的时光中读杨绛先生的《我们仨》是适宜的，读到"世间好物不坚牢，彩云易散琉璃脆"，一个万里长梦在一粒因衰老而更趋精华的葡萄体内延续，恍惚又从容，骄傲又甜蜜。一个梦穿越近一个世纪的光阴，其间与另一个梦的相遇并合而为一，以及由此衍生的更深一层的梦境和果实……连最终的失散也是光彩淋漓。

我曾经以为葡萄园会一直等候在那里，作为我生命的某个周边地区，与我身边相识但永远不可能相知的人群一起，共同构成生活的另一场低语。至少，它的藤蔓会永久地与我大姑家的命运和财产纠缠在一起。但事实远非如此。它曾经的主人，我的大姑父，以近花甲之年仍旧为生计奔波在异国；而大我两岁的娟表姐，许多年前，我和她一起在祖父面前伸出手掌，听取未来命运的简短预言。她是有福气的；至于我，掌心里三条纹路交叉成一个聚宝盆，使金钱在我手中聚而不散。实际上，岁月和金钱一样从我的手中毫无顾忌地哗哗流淌；远在大连的娟表姐则拥有她充实劳碌的家庭生活——稳定、安详，几年前我与她短暂相聚，她现出了一个女人进入中年之前应该具备的雍容底蕴。所谓福气，大约就是如此？

是整个天堂遗漏的甘露偶然地凝在民间，葡萄园铺展在一个人的青春期到来之前。如同无法用灯火替代星光，你无法将一颗美轮美奂的葡萄当作化石永久珍藏。生命中的无能和遗憾如此浩荡，你游走在葡萄藤宽大的叶子中间，看见过那么多的风声终日寻寻觅觅，看见落叶之舟载走了某人远去的音信，而那么多的雪一层一层地落下又升起。在离开葡萄园之后，一个人在偶然的回望中，才发现自己更像一个浪迹天涯的歌者，被那么多细小的歌声慷慨地浸润过。

纸上的建筑

纸

一旦离开"白"这个定语，"纸"就突然衍生出无数个名字。文件、报表、档案、车票、地图、宣传单、报纸、名片。有一段时间，单位与单位之间在相互传递一个时髦的词：无纸办公。但是实践证明，这个词只适宜作为一个隐喻。因为这世上还没有任何一样东西，比纸更便于保存又便于销声匿迹。保存当然是重要的，但是销毁和重建，也是人生中最有必要的策略之一。

现在，一沓纸出现在我的手上，我面前的茶几上还有另外的两沓，其中一沓正面向上，另一沓更厚一些的则反扣一旁。有经验的人已经看出来了，我手中拿着的纸正是茶几上两沓纸的联结部分；再进一步讲，我正在进行的工作是造成两沓纸分道扬镳的主要原因。从我微皱的眉头上看，我并不喜欢一沓完美的纸在我的干预下手足离散，我希望尽快把它们归拢作一处，恢复先前纸家族的整齐和圆满。

直到这个时候，我才意识到有一件事情被我忽略掉了。我不应该草率地称呼它们"纸"，这只不过是一个含混的姓氏。虽然它们仍旧保留着家族生活培养起来的谦逊和清爽，一张是一张，并没有表现出急于组建集团公司的意思；但是既然它们的上面已经有了图案和文字，它们也就不再只是一张单纯的纸。而且，这些图案和文字已经使这些纸之间产生了秩序和联系，那么，我应该遵照编辑学手册中的规定，礼貌地称呼它们的学名：校样。

现在，这些校样上除了电脑打印的图片和文字，又被我标注了许多字句和符号。事先准备的材料远远多过了需要，在赛义德·戈麦斯的故事旁边，我的笔徘徊半晌，终于狠下心肠划下了删除符号。天空中璀璨的星辰太多又太过拥挤，人们只肯对眼下最亮的几颗暂时记忆。在北京残奥会上，赛义德·戈麦斯颗粒无收。这个44岁的巴拿马男子，尽管他至今仍是他所在级别的10000米和5000米两项世界纪录的保持者，尽管他拥有一颗世界上最坚强光明的心，他到底还是败给了他的年纪。今天的胜利者是"刀锋战士"皮斯托瑞斯和"单腿美人鱼"纳塔莉·杜托伊特，他们胸前的金镶玉奖牌上聚焦了所有的光荣和赞美。而一个前冠军恰似一个逊位的王，即使他不屈的灵魂足以让全人类心生敬仰，但是他退出了王位，也退出了鲜花和歌唱。

我多么惭愧，我眼前的纸页无法记录下一部完整的历史。关于残奥会，我了解得越多，越不知道该如何在有限的笔墨间从容取舍。而在此之前，我野心勃勃，以为纸张可以铭记和承载眼前正在消失的一切。我知道历史在穿过坚硬的甲骨和竹简时已经饱经创伤，又在脆薄的丝帛上洇染和碎落。残存的历史的一小部分坚持着抵达了纸张和书页，支撑起我们今天的阅读和冥想。我知道历史这条大河其实是一条河流的反向——它流经的距离越远，越有更多的支脉在空气和泥土中缓慢消散。越来越多的人和物事离开了我们的视野，他们的形象从此再也无法转换成今天的语言，在纸张上被记忆和拼写。

纸的命运是静止的命运。纸的承诺：它身体上的花纹，仅仅浮现出时光的某一节切片。北京残奥会开幕这天晚上，我在镜头中看到了一张熟悉的脸。在这一刻，我确信我的表情与身处"鸟巢"现场的朋友们一模一样。一切都在意料之中，世界依照既定的规则谨慎运行。而我们早已从先哲那里得来了真知灼见——中性是生活的常态，正如大幸运和大不幸都出自偶然。但是无可否认，人生的某些时刻可能被偶然主宰。金晶化身为

"轮椅天使"完全出自一个偶然事件。百年奥运累积下来的激情之花终将在华夏大地灿然盛开，整个中国是多么需要一个年轻美丽的惊叹号，用以释放滚烫的赞美和期待。我不知道会有多少人记住牵着导盲犬入场的第六棒火炬手平亚丽，这个中国首枚残奥会金牌获得者，有谁会记得她完成的与许海峰同样辉煌的"零的突破"？踏上火炬台的第一步，平亚丽紧张地停顿了片刻，下意识挽紧了手中牵着的"lucky"的绳索。我的心脏随之紧缩。

2006年5月，中国导盲犬大连培训基地正式落成。我花了几天时间搜集整理的这一事件，最终并没有收入书中，只在相关篇章做了一个百余字的简短链接。一部《非常精神》上下册共38万字，仅为总信息量的几十分之一。lucky是大连导盲犬基地培训出来的首批5只导盲犬之一，培训费用约为20万元人民币，工作年限6至10年。这是在北京正式上班的唯一的一只导盲犬，以英语作为工作语言。至目前为止，还没有相关法规认可它的中国公民身份，也就是说，包括地铁和商场在内的公共场所，禁止它自由出入，即使它实质上作为一个人的"眼睛"而存在。

北京残奥会开幕式结束后，一位朋友对我说，当时他身在"鸟巢"现场，脑中电光石火，对即将点燃主火炬的人选作出了种种猜测。我说，因为担心平亚丽，我根本没有来得及去猜，而屏幕上已经出现了侯斌的特写。我当时只觉得这一段设计得太完美了，包括侯斌拉动钢索攀缘而上的细节，他咬紧的腮肌和涔涔汗水，远比北京奥运会上李宁的空中漫步更动人心魄。早在2008年1月，侯斌被国际残奥委会聘为首位国际残奥大使，在编写这一事件的时候，我无意中搜索进入了侯斌的个人博客，他诗情浓郁的笔触让我暗吃一惊。我猜，有两个人同时隐藏在他的身体里面，他把其中的一个展示在公众眼前：高大，笔直，向上，满脸灿烂的阳光盛开；另一个留给他自己：沉郁，徘徊，敏感，无边的忧伤缠绕着最微小的伤害。

2008 年 9 月 17 日晚，我目睹无数枚红叶自"鸟巢"上空纷扬而降。无数颗来自天庭的星星，它们摄人心魄的美，是一场首次在人间现身的大雪。这场曼妙的雪花落在我面前的纸页上，仍旧携带着秋日里香山的声响和呼吸。我甚至心疼它们将被邮差带走——虽然邮差的出现同时带来了时空上的广袤诗意。

接下来，我看见菲利普·克雷文出现在画面中间。作为国际残奥委会主席，克雷文的名字显然并不像罗格或萨马兰奇那样尽人皆知。但是我相信，但凡观看过北京残奥会开幕式的中国人，都会对他激情洋溢的致辞记忆犹深。2008 年 8 月 26 日，在人民大会堂举行的北京残奥会动员誓师大会上，菲利普·克雷文为此前一天刚刚出版的《非常精神·2008 年北京残奥会全景记录》上册亲笔题词："This is a great book！（这是一本伟大的书!）"这个洞悉一切的老人（虽然我不能把他当成一个老人），我只是在无意间，看见了他内心深藏不露的执拗和波澜。我还看见，在北京残奥会开幕式上，他与北京奥组委主席刘淇并肩而行，从他上身前倾的角度和手臂的挥幅，我的身体紧张地感受到他的吃力。我想，这不对。他一向腰身笔挺，气质儒雅而高贵。我看到过他与年轻乒乓选手对阵的场面，他已经年近 60，仍然保持着一个优秀运动员出众的敏锐和强健。为了让走在他身旁的刘淇步态更洒脱自如，他上身前倾，奋力催动身下的轮椅。就是在这一瞬间，我忽然发现，我们一向热爱的华美地毯仅仅为人类行走的双脚提供了舒适，而为轮椅的行进制造了意外的阻力。北京残奥会闭幕这天晚上，类似的情景再次出现。只不过这一次，克雷文在行进中略作停顿，他俯身拾起两枚红叶，一枚递给了刘淇主席，另一枚则插在他自己的西服口袋里。他俯身的动作优雅自然，仿佛事先经过千万次推敲和排演。这是一条从严谨的大树上突然横生出来的枝节，携带着它诗意饱满的汁液，穿越人类语言的千山万水，不需要任何解说与旁白。它将被纸张重现与铭记，被我们永远珍藏和怀念。

建　筑

　　上午9点，北方秋日的阳光倾斜着越过南窗，轻轻在两只藤质沙发上栖落下来。其中的一只沙发里有我，正埋首翻阅手中的一沓纸页。早在这天清晨，我从公园跑步回来，只向着这沙发和窗子投去一瞥，马上就明白了：这是我一年中最明媚的周末。它像一幅正在缓慢展开的棉布，平纹的，有一点点碎花。它鼻息温暖，打算把宁静和安详均匀地涂满整个房间。

　　于是我坐了下来，把厚厚的一沓纸放到茶几上面。

　　这些纸，确切地说，这些纸上生长起来的建筑物，已经整整4个月，我参与了它施工的全部过程。此刻，我在这幢建筑里的游走弄出了比往昔稍大的动静。因为它即将完工并交付使用，这将是我最后一次可能有所作为的巡察和走动。我的职责是检测其中的每一块砖瓦，在不影响大局的情况下，尽可能对不完美的地方提供弥补和修复。同时担当起建设与检验的双重角色，使得我的劳作看起来与普通的技工略显不同。事实上也是如此，我甚至想，或者正源于这番劳动，我的生活才得以呈现出一副与往昔不同的、饶有意味的面目。

　　我的巡视工作进展顺利。虽然发现了一些隐患和纰漏，均被我随手化险为夷。对我来说，这幢建筑已经熟稔无比，连同构成它的每一种材质，钢铁，水泥，门以及窗子，我知道应该在哪儿看到它们，并熟谙它们中任意一个的禀性和气息。这差不多是我参与种植的一座花园，这儿和那儿，有那么多花草从我的手中生长或移植过来；我的手已经无数次抚过了它们，像抚过一个个亲人的脸。但是变故发生在突然之间——当一个人走在他熟悉的路上，仍然有可能，被他无数次看到过的景物迷住了双眼。

　　现在，有必要对我置身其间的建筑作一番交待。与几乎所有的现代房屋相仿，它的内部被分割成一个个独立的单元，每个单元又隔离出若干小间。只不过，划分这些单元的依据不是通常的平方米，而是时间。如果把时间简化为一道梯子，每个事件都将在这道楼梯上找到一个对应的点，并在那儿生长出它自己的房间。沿时间拾级而上，向左，或者向右，我们就进入了某个事件的三维空间。事件有大有小，同一时间的内部也有可能繁衍出不同的事件；这样，整个建筑就有了一个错落起伏的外形，像一棵长出了不同枝叶的大树。我的眼光扫到了这树上的一枚叶子，并被它牵住了脚步。

我在哭。这种描述不够准确，更确切的短语是：我热泪盈眶。

是的，"热泪盈眶"，就是这个词。没有人知道，在刚刚过去的 4 个月里，这个词已经多少次对我实施突然造访。在它动身之前，偶尔会有一点点暗示，比如一幅照片或一个句子；但多数时候，它的到来让我猝不及防。那些隐藏在我眼睛深处的泉水，忽然间就要喷涌出花瓣，就要展开翅膀俯冲和飞翔。

这飞翔有个不合时宜的开始，时间在 7 月。7 月的北京八王坟长途客运站，等车的经历向来是一杯白开水，我决定暂时把包里的 3 本书当成 3 块饼干。这是 3 本工具书，一本是《北京残奥会志愿者手册》，一本是《残奥运动在中国》，还有一本《残奥会知识读本》。眼光犀利的读者已经看出来了，这 3 本书有一个共同的关键词："残奥"。没错。按照责任编辑赵学良先生吩咐的，我必须在短时间内把这 3 本书里的知识融会贯通，以便在刚刚开始的编写过程中娴熟应用。而在此之前，"残奥会"这个名词还没有被收入我的个人已知词典。这是人生最有趣的遭逢之一：在前一秒钟尚远在天边的事物，在这一秒突然迫到了眼前。现在，我已经记不起最先翻开的是哪一本，但可以肯定的是，在 5 分钟之内，我苦练多年的阅读技艺开始发挥效能，带领我迅速沉潜其中。这是平生第一次，我看到了侯斌。看到他纵身一跃，跳过 1.92 米。就是在这一瞬间，我忘了我置身何地，我身旁潮水一样暗暗涌动的陌生人。

——在陌生的人群中间，我泪流满面。

从北京回来，我在一式两份的编写合同上签下自己的名字。那时候我还没有把一本书和一幢庞大的建筑联系在一起，也没有意识到即将开始的劳动需要多大的体能付出。我所看到的只是两页轻盈的纸，纸上的书名是：《非常精神·2008年北京残奥会全景记录》。关键词：残奥会；记录。那时候，我忽略了两个重要的字："全景"。

我常年居住的城市是一座小城。市区内最高的建筑物是24层的网通大厦。据说位于其顶层的圆形餐厅俯瞰全城，但是我至今对此深怀疑窦。人类的目力本来已经日渐衰退，何况还有那么多景物在制造遮掩和屏蔽。大的遮掩了小的，近的屏蔽了远的。如果这眺望中再有时间加入，相当于加入了飘移不定的重重雾气——所谓的全景拍摄，显然越发难以实施。

2008年9月9日到22日，这个时间段的起始和结束，与我今生度过的首个带薪年假的全部时光刚好重合。在北京朝阳区万里路青年宾馆，316房间里的笔记本日日运行到深夜。偶尔我会从房间里出来，到走廊尽头的小阳台上站一站——在那儿，有一道陡仄的梯子通往下面的平台。出乎所有人的意料，这个简陋的平台得到了阳光更多的宠爱，它终日空旷而灿烂。平台上飘荡着楼下餐厅炒菜的香味，而对面是几张略带沧桑的居民楼的侧脸——这是距离我最近的北京烟火人间。我知道我没有机会渗透得更深了，这期间，北京残奥会已经隆重闭幕，我们要做的仅仅是在纸上呈现出它的全部景观。

许多年后，我会发现它刻在我心中的影子，像植物柔软的根须在地表下层层深入。这幢建筑，或者说，这部名为《非常精神》的书，因为"非常"，它实质上跳出了多数人的视野和经验。这也是生命的局限：一个人所能感受到的，实际上只有岁月真正降落在他自己心灵上的那些。疼痛，温暖，恐惧和欢乐，谁能描摹出它们在另一个人身体内的形状和颜色？我庆幸我有机会看到了此前从未看到过的世界：盲道，低位柜台，无障碍坡路，轮椅洗手间……它们像一簇簇微小的光亮，散落在街头，在各个建筑物的深处，至今才被我惊喜地发现。

　　仍然是在八王坟客运站，我意外地被京城某机构选中，来回答一份调查问卷。调查者向我提出一个问题："你对北京的城市建设是否满意?"我说："嗯，非常好——无障碍设施建设得非常好。"

　　——这是北京时间 9 月 22 日下午两点 20 分。候车室外阳光灿烂，我穿的是牛仔裤和一件运动恤衫。

风乍起

风乍起

那天晚上，打车去一个地方。小雨要停不停的样子，路两旁的灯光和招牌晕湿地闪着光亮。动身之前，去还是不去，我犹豫半晌。无论到哪里，惊喜都像一张深藏在人群中的脸，似曾相识又难得一见。平静是生活的主要定律，而惊喜是推论中导出的意外分支。我已经习惯了在旅途中埋首阅读，在旅途的终点处与许多有关或无关的人相见，握手，碰杯，交换名片。一次次假装溶解其中，像水底一粒孤单的沙子，试图确认自己是冰糖或盐。当虚饰已经成为日常中最日常的部分，对厌倦的克制由此成为习惯。

风乍起，咦，风乍起？那是什么意思？我把眼睛贴近车窗，玻璃外面布满了细雨的脚印，凌乱地闪亮。出租车滑行过湿润的街道，像一尾无声的鱼。只有这3个字，出现和闪烁仿佛带着声响。风乍起？想不出该是什么店铺的名字。发艺中心？酒吧？茶坊？以前我途经过这条街吗？何以没有一点印象？沈阳城到底是大得有点过分了，一个常年居住在这里的人，也许仍会时常与陌生的街景相遇？

风乍起。像接天的莲叶间倏忽掠过的一道小风的影子，叶隙间露出碧水下面的银鲤。惊喜从最意想不到的地方闪身出来，而生命就是这样简单又突兀的3个字，让人陡然间百感交集。

几天后，我从另一个城市回到沈阳。沈阳北站，终点和始点，我要去南昌。长途客车左拐右拐，一条又一条陌生的街，这个城市有它细致复杂的内脏。和这么多陌生人一起，我原来可以如此轻易地被消化和隐藏。想消失就消失，像一粒米、一枚菜叶，或者菜叶上一只蜗牛留下的隐约痕迹。如果人也像蜗牛一样在身后布下一条白亮的印迹好不好呢？随时可以踩着自己的脚印返回原来的地方。但是蜗牛的时间和人世的时间想来并不一样，所有的时间都应该与速度对称，像蜗牛的回望对称暮色中缓慢位移的乡村。而城市更像一枚在风中翻来覆去的树叶，我原本自以为出色的记忆力和方向感被城市彻底摧毁。长街来去随意，楼群从不需要面南背北。我咨询过我常年生活在大都市里的朋友们，他们告诉我，某处与某处之间相隔有几条街道，需要乘坐某某路公交车和几号地铁，但他们说不出南北东西。按他们的说法，地铁是城市科技的三明治，三明治需要有方向吗？当然不。你只需要知道你要去的地方，以及如何抵达那里，有了目的和过程，其它的种种与你有什么干系？

道理一目了然。可是我的心里，还是忍不住要穷根究底，要知道某地在某地的哪个方向，火车向南还是向西？一个人或者一桩事件的真实质地？我记忆的指针一次次试图指向地图上的精确位置，甚至情感的整体走势……即使我清楚地知道，这样的执著毫无道理。

这样一想，我很像一个顾影自怜的人，偏爱逆风而上。

有一天，我和一个人在一起吃饭。吃饭当然是一个简单的事件，但两个人蓦然独对，一时间都无法坦然。后来他找到了一个话题，他说，你看窗外的风，多像奔走和呼喊。经他这样一说，我才注意到那天的风全聚在窗外。窗外是树林，柳丝与地面倾成 60 度以上的夹角，挣扎复摇摆。餐厅里的空调坏了，风扇徒然地摇头晃脑。他的鬓角凝着一颗硕大的汗滴，我不知道后来它被风扇吹干还是落到了哪里。风乍起，在被撩起的记忆一角，一颗汗珠呈现得如此清晰，背景是他的脸，时间的纹路，发丝间隐约的衰败痕迹。此后我执意说服自己，自始至终，我没有错处，除了不懂得珍惜。直到我发现，我爱这个人，爱他脸上一颗欲落未落的汗滴，爱他的愤怒和孤寂。但他是这样的一枚树叶，在我生命的风里一闪，就迅速地背转身去。

我忘掉了他所有的联系方式，他的手机、宅电、E-mail、书信邮寄地址。城市可以把一个人隐藏得这样深，以致我的记忆再也不能触及。经过一座公园的时候，我翻出了背包里的通讯本，又放了回去。时尚杂志上说，爱有时要求一个人放下自尊，因为真正的爱最终让人懂得卑微。但是身边环绕的宠爱太多了，骄傲和任性像啤酒的泡沫，一不小心就泛滥到杯子外面。而这正是我和他轻易离散的真实原委。

在毕淑敏的小说里，一个女人在馒头和尊严之间，选择了馒头。而在爱情和尊严之间，我们多数会选择保留自身的尊严。即使突如其来的爱像一阵大风，作为成人，我们还是要求自己是一棵庄重的大树，至少维持外观上的沉稳和端正。从这个逻辑上说，爱情甚至比馒头低了不止一层。

在沈阳开往南昌的火车上，我精神恍惚，时睡时醒。梦中有许多人出场，却不曾留下真切的面容。彻底清醒的时候，我发现记事本上多出了欲言又止的两行字：

"爱一个人像爱一场梦境。只不过，有时候是美梦，有时候是噩梦。但即使是后者，我们也想要与所爱的人在梦中相逢。"

孤　儿

去一所孤儿学校参观。旅游大巴一直驶进校门，到教学楼前才停下来。一群高高矮矮的孩子已经站在台阶上面，但是多数并不朝我们这边看。第一眼，我的注意力聚焦到了他们中间的一个：个头高挑，非常瘦削，看不出是男孩还是女孩，头发短且稀少。他或者她，脸部的轮廓和五官都非常有特点，不是漂亮，也不是难看，但足以在几秒钟内从人群中甄别出来。喜欢画人物素描的晓开一定会高兴遇到这样的模特，十几年前他曾经说过，我这个人长得比较"特别"，比其他人"好画"得多。

第二眼，我注意到这孩子的目光，笔直地凝视往正前方，呈 30 度角倾斜向上。但前上方是天空，阴着，连云彩也无一朵。这样专注，她究竟看到了什么？

我们下车，走近教学楼前的台阶，双方队伍开始交叉。校长从楼里迎出来了。我的眼光还逗留在这个孩子身上，是个女孩，我终于可以确定。至于年龄，应该在 9 岁到 16 岁之间？我不敢断言。孩子的年龄泄露于眼睛，遗传基因和后天的营养使身高中含有巨大水分。但是这个孩子眼睛太深，或者，那是没有什么内容的眼神，与梦游者或者哲学家都很接近。对于不甚了解的东西，我们习惯称之为深。女孩比其他孩子高出一截，因而有点儿鹤立鸡群。这是一群习惯被外人参观和关怀的孩子，对我们这些成人，既不躲闪，也无好奇，有点儿见过大世面的样子。再仔细看，就看出了与普通孩子的差异。不是说衣着。因为即使父母双全，孩子出自不同的环境和家庭，仍有可能卫生潦草衣装不整。主要在于神情和姿态，眼前的孩子们少了太多儿童常态下的活泼与娇憨。

在此之前，我对孤儿这个词缺乏清晰的概念。孩子是父母的宝贝，像两扇蚌壳小心含起的一粒珍珠，一颗精血凝聚的小小异物。无论怎样迫不得已，仅有的骨肉怎舍得遗弃？天灾人祸，父母双亡的概率毕竟很低。至于那些被拐卖的孩子，在不幸成为商品的同时，似乎也大多可以找到可靠的归宿。孤儿的出现会有多大的比率？我想象不出。

今年春节，距我家不远的一栋住宅楼发生煤气爆炸，气浪澎湃，在坚硬的楼体表面割出一道大缝。肇事住宅在五楼，屋主外出。四楼一家5口，一对老夫妻和一对年轻夫妻当场死亡，只留下一个6岁的孩子，腿部重伤骨折，送到医院救治。同时失去了父母和祖父母，孩子的未来和成长比他的腿伤更令人忧虑。不知在漫长的岁月中他如何照顾自己，一点点摆脱血肉横飞的惨烈记忆？幼失怙恃，我们所能理解到的只是这字句表层的意思，再往纵深处走，我们就看不到他们，只看到我们自身的艰难和孤寂，一步一步的艰辛，让我们吝啬得只肯把怜悯送给自己。

出发之前的傍晚，我与我的画家朋友晓开和燕鸣坐在咖啡厅里，说到为人父母的话题。毕业多年，我们也早已为人父母，但是我一直心怀嫌隙。如果养育只意味着将幼童抚养成人，做父母是否过于简易？我耿耿于怀的是，在我万事懵懂的青春期，我父母不曾传输给我他们的人生智慧，哪怕是一点一滴。我跌跌撞撞，头破血流，终于侥幸地得以长大成人。晓开说，他的父母也是如此，在那个时代，他们的劳累只来得及专注于生活本身。从这一点上来看，这世上的许多人，都有一颗与孤儿接近的心。但是我们幸运地、理所当然地拥有生活的安稳来源，有爱和支撑，不需要时时面对背水一战。一旦生存无忧，我们就想要其他的种种。因为父母在，我们觉得自己还可以充当一个小孩，偶尔放纵和任性，偶尔刁钻和耍赖。

但是我们也一点点老下来，当父母撒手人世，我们是否就此还原为一群孤儿？到那个时候，我们是否才会彻底放弃对至亲的人怨怼、苛求和索取？

我快步离开人群，对着教学楼前的铭牌屏息片刻，只为咽下突然汹涌上来的眼泪。

钻天杨上的白花

从单位出来，已是晚上 8 点，旁边的重点高中刚刚放学。路灯次第亮起。我和几个学生在站牌下等末班公交车。高中院墙外面的钻天杨长得这样高了，从我站的位置看，似乎比四层的教学楼高出了两倍还多。平时没有注意，这一刻风大，满树的大叶子响亮地哗哗啦啦。是谁在文章中说过，他发现树木在夜晚比白天高大许多？手机震动，是朋友发短信来，说端午节就要到了，提前送上祝福。我心里一惊，思维一时有点儿短路。像小时候掀开木桶的盖子，水的味道凉凉地扑进鼻孔，大脑在一瞬间变得异样空旷。只有水波在水面上明亮地荡漾，而水面下是漆黑的深洞。直到波纹渐渐止息，圆圆的木桶里面，凝固一个清晰的面影。

因为不愿记起，我觉得我已经忘了。祖父去世有几年了呢？我在心里罗列了一遍相关的时间和事件，真的是两周年了。整整两年，他独自住在老家的鹤阳山上，等着我、我父亲和小弟，在相关的日子里偶尔回去。

这几天，我连续两夜梦见祖父。隔了一天，他又来到我梦里。醒来后回想，祖父的面容有点儿改变，面颊丰满起来。我愿意相信有阴阳两世，祖父在另一个世界生活得安适而愉快。他只是不时地惦记我，到我的梦里来聊聊天。我年轻时是一个不敬鬼神的人，祖父走后，我开始乐于相信人有前世和来生，对人世间的种种多了敬畏之心。

祖父去世那天，是端午节的第二日，农历五月初六清晨 6 点。整夜他都在痛，这疼痛来得比往日频繁和汹涌，一浪紧跟着一浪，他独自颠簸在疼痛的大海之上。由于已经月余不能进食，他脸颊深陷，面部的纹路一道一道，清晰地被痛楚扯得歪扭向一边，颤颤地抖动，停两三秒钟，又抖。我一遍遍地给他按摩，从太阳穴、肩膀、脊背揉到指骨，再从腰部按摩到脚。他是这样瘦，我手指上的神经一天比一天更真切地熟悉了他的骨骼。

按摩带来的短暂舒适分散了疼痛的聚焦点，他昏昏欲睡，但是很快被再一次袭来的剧咳窒息。脏污的纸巾迅速涨满痰盂，咳出的血他从来不曾看见。后半夜，他嘴唇轻轻翕动，告诉我：下雨了。半个月之前的一天，天阴着，我疑心要下雨。他说，不会的。那是个下午，他积攒了一点儿力气，用微弱的气声与我交流。他说，春夏时节，刮东北风时才会下雨；如果是秋季，刮西南风时才会有雨。像小时候一样，我听信于他，像信任一个无所不知的神祇。

　　雨停的时候，空气清凉，天已微明，我吁出一口长气。连日熬夜，我整个人有点儿迟钝，对即将到来的别离毫无预感。事后我想起来，祖父当时的神色里似乎有一些异样的东西，是……等待？10多天以前，他对小妹说，在梦中有人告诉他，当天下午3点，有人来接他去。我祖母一听这话就哭起来。小妹心慌意乱，赶忙给我发短信，催我快点从单位赶过去。下午两点20分，他小睡醒来，见我守在一旁，有点儿喜出望外。他似乎忘记了有人要接他"走"的事，开始专注地听我说笑话，间或简短地发表一点儿自己的看法。当时他正摊着左手输液，我抓着他的右手和小臂，下意识地做着按摩。我表面上言笑自若，心里却满怀恶意。我想，我倒要看看，是谁胆大包天，敢把这只手，从我的手中夺去？这只牵引我成长的手，从小到大，无条件供给我每一种营养和索取。我抓着它，像抓着我今生的根须，如果松开，我就要飘浮在半空里。

　　许多年前，是一个春天吗？我正和几个伙伴玩得酣畅，一抬眼看见他出现在我家院墙外面的大杨树上，正专心地锯着一根树枝。我站在那里仰着脖子看着他，生怕一眨眼，他就会从树上摔下来。那根树杈长得比屋顶还高，简直是长在了半空里，他心里难道不害怕吗？从来没有人爬到那么高的树上修剪枝杈，在整个郑屯，就数我家的4棵大杨树，长得最是高大而笔直。

　　现在，他站在天空里，我再也抓不到他。

　　他离开之前，我一直在过阴历生日，五月初七。但是两年前，五月初六忽然变成了他的忌日。我的生和他的死，就以这样的方式紧紧连接在一起。

还有这几棵高得惊人的钻天杨，从遥远的乡村一直生长到城市里。只是，那么多年，在明亮的月光和星斗之下，我从来没有发现它们可以开出白花。而现在，城市的风把它高处的叶子翻到了背面，这些细细碎碎的白花，近乎透明地开阖个不停。

　　有一天，远游异乡的夏加尔得知他母亲的死讯。他说：可是，我已经不会哭了。

　　祖父呀，我也已经，不会哭了啊。